秘本三國志

【日】陳舜臣　著

崔學森　等譯
丁子承
王昱星　　校

中華書局

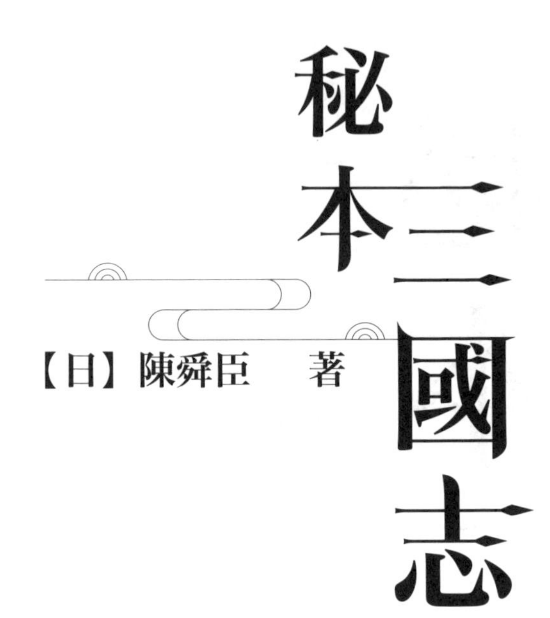

責任編輯　王春永
裝幀設計　廖彥彬
印　　務　林佳年

崔學森　等譯　　丁子承　王昱星　校

出版　中華書局（香港）有限公司
香港北角英皇道 499 號北角工業大廈一樓 B
電話：（852）2137 2338　傳真：（852）2713 8202
電子郵件：info@chunghwabook.com.hk
網址：http://www.chunghwabook.com.hk

發行　香港聯合書刊物流有限公司
香港新界荃灣德士古道 220-248 號
荃灣工業中心 16 樓
電話：（852）2150 2100　傳真：（852）2407 3062
電子郵件：info@suplogistics.com.hk

印刷　美雅印刷製本有限公司
香港觀塘榮業街 6 號 海濱工業大廈 4 樓 A 室

版次　2010 年 11 月初版
2021 年 10 月第二版第一次印刷

規格　大 32 開（210mm×153mm）

ISBN　978-988-8759-71-2

本冊目錄

第三卷

董卓死後，部下李傕、郭汜等人內訌，年青的漢獻帝因而得以東歸。董卓餘部、白波谷黃巾軍、南匈奴部族……各種勢力紛紛加入到爭奪天子的行列，最終，曹操獲取了這一巨大的政治籌碼。

逐鹿中原的形勢，似乎正走向明朗的方向……

泰山鳴動

一

泰山自古便是聖山。在山東省濟南市南方的群山之中，最高的便是泰山。

平原相劉備悄悄登上了這座山。與他同行的除了結義兄弟關羽、張飛，另外還有一人。此人身材魁梧，絲毫不亞於關羽，只是臉上神色倉皇。

劉備站在山頂，對這臉色蒼白的巨漢說道：「闕宣大人，請封土。」

被稱做闕宣的巨漢，便在原地彎下腰去，作勢想要撫土，卻又猶豫不決的模樣。

「不要猶豫嘛，走走形式就行了。」劉備說道。

巨漢終於勉強伸出三根手指，撮了一撮土，卻還是抬頭望向劉備，仿佛還心懷不安地問了一句：「你們一定會幫我的，對吧？」

「這還用說嗎。我不是連陶謙大人的重臣都介紹給你了。」劉備勉勵巨漢說。

巨漢把撮起來的泥土舉到眼前，小心翼翼地揉搓手指。泥土細細落下，在地上堆出一個頂部尖尖的小小黃色土堆，宛如酒店門前擺着的鹽堆一樣。

「起來吧。」劉備吩咐。巨漢站起身來。

「祈拜天地。」劉備以莊嚴的聲音説道。巨漢垂首閉目，口中喃喃自語，似乎在唸什麼禱告之詞。

巨漢嘴唇的嚅動停止了。

「完了？」劉備問。

「是。」闞宣又深深低下頭去，長長歎了一口氣。

「恭喜恭喜。我們三兄弟都是這場儀式的見證……如此説來，我們也該稱你為陛下了吧。」劉備説完，微微扱了扱嘴。

「今日只是形式，有這份誠心便好。只要有心，便有天地同鑒啊。」紅臉的關羽説。他面龐的顏色，同唉聲歎氣的巨漢形成了鮮明的對比。

「恭喜啦。」張飛生硬地説。

「好了，該下山了。」劉備説着，看了看周圍。

受命於天的統治者，必須要在這座聖山上以封土的儀式祭拜天地。這便是所謂「封禪」。不過並非隨便哪個天子都能勝任封禪之事。只有真的一統天下，靖平寰宇的聖天子，才有舉行封禪儀式的資格。秦始皇統一天下之後，便在這裏祭拜天地；就連漢王朝的創建者高祖劉邦，也未敢於此封禪。只有到了百年之後的武帝之時，才開始第一次封禪。

在泰山山頂封土是一件如何了得的事情，在當時乃是無人不知的。

被稱做闞宣的巨漢卻像是受命於劉備一般，在這裏做了封禪的行為。

四個人匆匆趕下山去。

地上最高乃是泰山，天上最高則是北斗。向來用於稱呼最高權威者的所謂「泰斗」一詞，便是泰山與北斗的略稱。

泰山海拔一千五百二十四米，其實並非如描述的那般高絕。只是華北平原地勢低窪，唯有泰山陡然聳立，姿態壯美，令人不由得不生出敬畏之感吧。泰山上樹木不多，山石嶙峋，隨處可見花崗岩的模樣。

四個人左依獨秀峰，右傍紅葉嶺，默默前行。其中的闞宣，身軀雖大，眼睛卻總是眯着。那雙眼睛偶爾會瞪大起來，但視線卻又遊移不定，仿佛心中恍惚一般。

臨近山腳，眼前將要踏入桃花澗山谷小道的時候，關羽道：「咱們便在此散開了吧。還是一個一個單獨下山的好。」

後漢天子獻帝還在西面的長安都城之中，卻在此妄行封禪之禮，隨意使用「陛下」相稱，這些都是大不敬之罪。因此，避開眾人耳目，也是理所當然的了。

泰山郡地屬兗州，乃是曹操的勢力範圍。泰山太守應劭，自然是要仰曹操的鼻息了。

劉備則是憑藉同窗之誼，被公孫瓚接納到他的陣營之中。袁紹袁術兄弟操戈，動亂中原，公孫瓚受袁術之邀牽制袁紹，卻於界橋嚐到了大敗的滋味。曹操是袁紹派的武將，因此，他與劉備乃是敵對關係。

在敵方的勢力範圍之內逡巡，相當危險。然而，亂世之中，聚散離合非常常見。劉備與曹操的關係，同一年前相比也已經有了很大的變化。

公孫瓚與袁紹，於初平四年（公元一九三年）正月講和。

糧食並盡，士卒疲困，互掠百姓，野無青草。——既然戰事如此慘烈，兩邊大約都沒有得到什麼好處吧。恰在此時，長安派出了使者趙岐，要來撫慰東方諸將，公孫瓚與袁紹有了這個難得的機會，很快便和解了。

派去的頭領既然已經議和，劉備也就不必再怕曹操了。而且得了三十萬青州黃巾軍的曹操，也終於開始要脫離袁紹陣營，圖謀自立。

只不過，為何劉備又要如此掩飾這一次泰山之行呢？

這是劉備與同僚陶謙二人的計謀——然而這也只是表面上看來如此。實際上，劉備是要借此陷害陶謙。

二

劉備一行人由泰山南麓繞道折回平原郡。

說起平原，總會聯想起戰國末期趙王的叔父、官至趙國宰相的平原君。平原君是戰國四公子之一，以蓄養大量門客而知名。

後漢二百年，平原有時為郡，有時為國。不過不論郡國，結果都是一樣。郡太守必須由皇帝任命；而國雖然是以皇族為王，卻也只是名義而已，連赴國都被禁止，依然要由皇帝任命的相來治理。郡太守與國相同級。

後漢第四代皇帝和帝之子於延平元年（公元一〇六年）受封平原王，也正是在這一年平原由郡變為國。隨後到了建安十一年（公元二〇六年），又除國恢復為郡。後漢末年的亂世，郡太守及國相，乃至州刺史都是任由具備實力的人物隨意任命。

此前提及的公孫瓚與袁紹的戰爭，其中也有兩個青州刺史的交戰。公孫瓚任命的青州刺史田楷，與袁紹任命的青州刺史袁譚之間的戰爭足足持續了兩年之久。袁譚是袁紹的兒子。

公孫瓚任命劉備為平原相。袁紹與袁術各自也都任命了平原相，不過到底誰才是真正的平原相，還是要看到底誰能實際掌握平原國。

劉備便是真正的平原相。

回到平原的府邸，他抱起雙臂。劉備手臂很長，站着的時候雙臂伸直可以垂至膝蓋。此可謂天生異相。劉備的雙耳也是異常之大，側目便可望見自己的耳朵。

劉備，字玄德。這一年三十二歲。自稱是中山王劉勝的後裔。劉勝是前漢景帝的十四子，是漢武帝的弟弟。因為已是三百年前的人物，劉備是不是真是他的後裔，其實也有些可疑。即使真是漢王室的支脈，此種程度的「支脈」成千上萬，也算不得什麼顯赫的家世。

劉備的祖父做過縣令，不過劉備的父親死得很早，窮得只能靠母親販鞋織蓆來維持生計。多虧了親戚的幫助，劉備拜在同鄉前輩九江太守盧植的門下。

——不甚樂讀書，喜狗馬、音樂、美衣服。由此記載，可以看出劉備不是什麼喜愛學問的人。

同在盧植門下的還有公孫瓚。可以說，這是決定劉備命運的人物。

話雖如此，劉備的成功，也並不能說純屬僥倖。

一定要成就一番事業給世人瞧瞧——正因為有着如此的執念，劉備才可以最大限度地利用往日的情誼，將自己的才能發揮得淋漓盡致。公孫瓚也不會僅僅因為與自己有過同窗之誼便提拔他。在這樣的亂世之中，若是將重任輕易委託給與自己親善卻毫無才能的人，那只會導致自己的沒落。公孫瓚也是先給劉備做了縣令，然後才根據他的表現起用他做平原相的。

說起來，自從二十三歲與關羽、張飛相識，投身黃巾之亂以來，劉備所經歷的道路絕非坦途。捨生忘死為朝廷作戰，所換來的不過是個小小的縣尉。這官職充其量只能算是縣衙助理的角色，劉備心中不滿，每日借酒消愁，又怒鞭了前來監察的督郵，棄官而逃，一度成為被通緝的對象。

好好看着，我一定做一番事業給你們瞧！

劉備還經歷過山賊般的生活，但他也咬牙忍了過來。他心中總是懷着一股出世立身的自信。有預言者曾經看過他的相貌，斷言他會成就一番偉業，這也增強了他的自信——而且不只一個人這麼說。洛陽白馬寺的胡僧也曾悄悄對他說過：「玄德公乃天下英雄，請娶我月氏美女，為我族人效力吧。」

只不過在去搶親的時候，有另一個預言者占卜說，娶了月氏美女，會有兄弟背盟之事，才中途放棄了搶親的念頭……

劉備正在如此回想的時候，自走廊傳來了下人的聲音。

「洛陽白馬寺支敬先生求見。」

「哦，正在等他，我這就過去。」劉備站起身來。

身負重任而來的客人，被請到有一棵高大槐樹包圍的房間裏。支敬如今已被視作白馬寺長老支英的接班人，而且對於劉備來說，他總是會帶來許多消息，對觀察天下形勢很有幫助，是個極其難得的人物。

「情況如何？」劉備草草問候之後，便急問道。

「建了一座大寺。還有金色燦然的浮屠之像……倒也可稱莊嚴非凡……」支敬說到最後，語氣有些不自然。

「有什麼不足之處嗎？」劉備道。

「最熱心的施主，實際上卻對佛家道義並不理解。」

「一無所知還這麼熱心，這倒是奇怪了。」

「是啊……也可能正因為不能理解，才想要建造寺院吧。」

「那不一樣……說起來，這最熱心的人是誰？」

「笮融大人。」支敬答道。

「哎呀，原來是那個笨蛋……」劉備笑了。

三

「我需要謀臣啊……」一直在心中反覆回蕩的話語，終於被劉備說了出來——此時支敬已經回去了，他身邊再無旁人。雖然關羽與張飛確實都是可以信賴的家臣，但卻不是能夠出謀劃策的人物。

「連這種事情都要我自己來做……哪裏能有謀士啊……」劉備暗歎道。

名為君臣，實為兄弟——三個人是結義的兄弟，不論什麼事情，劉備對關羽和張飛都不隱瞞。自己所想的謀略，也都說給他們這些部下聽。然而劉備心中卻也有些苦惱，總覺得應該反過來才對。手下有專門的謀士，想出各種計策，逐一向主公說明，再由主公最終定奪。一般不都應該是這樣的順序嗎？

剛才他也曾邀支敬說：「來做我的謀臣如何？我會全力守護月氏族人與佛教教義。」

碧眼的胡僧支敬，確實具備作為謀士的出色才幹。然而他卻怎麼也不肯答應。

——不可不可，我勝任不了。

——先生莫要謙虛。你為了族人與佛教出謀劃策，本來就是個當之無愧的軍師啊。

劉備想要逢迎支敬幾句，然而支敬卻只淡淡應道：「謀策也是為了教義之故，用不到現世的名利之上。我若是做了玄德公的幕僚，也就再無用處了。如此時一般，偶爾見上一面，說說世間萬象，豈不更好？無論如何，還請玄德公見諒。」

在高大槐樹包圍的房間之中，劉備一個人又沉思了半晌。他在想的是，該如何才能向關羽和張飛解釋清楚——在將情況對他人說清楚的時候，其實也是令自己將整個情況重新審視一遍。而且，在說明的時候，也有可能無意間忽然在腦海中閃現出應對的策略。

「好吧，眼下還是只能照着以往的方式來。雖然說總不能一直這樣下去……」劉備振作精神，走出房間。

裏面的房間裏，關羽與張飛已經在等着了。一看到劉備，張飛便問：「支敬說什麼了？」

「別急，聽我慢慢說……關羽，我會把一件事情說上好幾遍，你可要耐着性子聽啊。」

「知道了。」關羽點點頭。

關羽與張飛之間，理解力相差懸殊。因此劉備在說明情況的時候，自然也就會將焦點集中在理解力不夠的張飛身上。要是不反覆說明幾次，腦子不好使的張飛就理解不了。劉備也覺得這對關羽挺不公平。

「如今乃是亂世。我們在這亂世之中尋找安身立命之道。只可惜我等一無背景，二無地位，又無資產，又無名氣，當然更沒有什麼可以依靠的族人……如今雖然終於成了一城之主，但總不能到此為止。明白吧，張飛？」

「明白明白。就是說我們什麼都沒有，終於闖蕩到今天了。」張飛答道。他也已經二十五歲了。

「不是到今天怎麼樣，是說從今往後該怎麼樣啊。」關羽向張飛說道。他打算和劉備兩個人一起教導張飛。

「是啊。要是我們自己都認為到此為止的話，那可就前功盡棄了。必須加把勁往前衝才行，衝啊衝啊……張飛，郡太守、國相、刺史之上是什麼，你知道嗎？」劉備問張飛。

「唔，是三公吧……還是大將軍哪……還有丞相什麼的吧。」張飛對於官職方面的知識相當欠缺。

司徒、司馬、司空，此為三公。一般所說的丞相，指的便是司徒。司空相當於前漢的御史大夫，可算是副丞相。司馬相當於國防部長。太守刺史一類的地方長官年俸二千石，三公的俸祿則在他們的一倍以上。張飛大約是在什麼地方聽說過這件事吧。他簡單地認為，地方長官之上，便是俸祿翻倍的三公之職了。

「不是官職的名字。如今有名無實的人很多。兄長說的是能夠號令天下的人。」

「哦，明白了……啊不，我是覺得我自己明白了……」張飛老老實實地說道。

「深居都城的三公，成不了號令天下的人。只有手中擁有土地、人口與軍馬的良二千石，才會有號令天下的能力。如何，我也算是其中一人哪。」

劉備所說的「良二千石」，乃是地方長官的別稱。前漢宣帝第一次用了這個詞，由來便是太守、相、刺史這類官職兩千石的年俸。

「張飛，你知道現在的丞相是誰？」關羽問。

「不知道啊……殺了董卓的王允是丞相吧，不過王允好像已經被董卓的部將殺了……喂，是誰啊？」

「去年王允被殺之後，有個叫趙謙的接替丞相之位，不過後來他也辭官不做，如今是一個叫淳于嘉的人做了丞相。」關羽告訴張飛說。

「沒聽過這個名字。」張飛對這事好像不怎麼關心。

「都城的高官不用去管他，」劉備接下去說，「不過，良二千石的人數可有不少。州刺史十二人，郡國卻有一百多個，各自都有太守與國相，這就是很多人了。」

「不過，其中的七成都不是問題。要麼距離遙遠，要麼沒什麼實力。」關羽插話道。

「可是就算剩下三成，也有三四十人了。要想從這些人裏脱穎而出，也不是件容易的事。可是不出頭就會被踩下去，而且如今的我還沒有足夠的實力。這該如何是好？只能站在一邊暗自垂涎，看那些有實力的傢伙越來越強大嗎？」劉備説完，盯着張飛，臉上的表情直與考官相仿。

「當然不行。打垮他們！」張飛揮着拳頭説。

「咱們可還沒有能打垮他們的實力啊。」

「畜生！那，那該怎麼辦？」

「不能以兵力擊敗他們，那就只有靠策略削弱了。這不就是咱們正在做的事情嗎……讓闕宣起事造反，其實也是想要徐州陶謙出兵討伐，借此削弱他的實力。這些日子去泰山，不就是為了這個……陶謙很強大。啊不，應該説是徐州太富了。所謂實力，不單單是指兵力，財力也是莫大的力量。為了削弱徐州的財力，我這才借了白馬寺的力量。」

說到這裏，劉備停了下來，向關羽望去。那意思是說，接下來就由你來解釋吧。

「就是說，讓他們修建寺院，」關羽說道，「再讓他們在寺院裏鑄造巨大的黃金佛像，這些都會花費許多錢財……明白了嗎？」

四

白馬寺長老支英的養女景妹，曾被許給長沙太守孫堅做側室，只是因為景妹染病而延遲了出嫁的日期，後來孫堅戰死，婚約自然也就成了一紙空文。

景妹的病已經痊癒。

「去徐州散散心如何？漢人信徒建起來的寺廟，還是第一座哪。從這層意義上說，我就非去不可。如何，一起去嗎？」支英向景妹道。

「好啊，太好了……」她的碧藍眼睛熠熠生輝。

景妹十七歲患病，這六年裏從沒有一次像樣的外出旅行。徐州雖然路途遙遠，她卻不以為苦。

「這次和兗州的曹操大人已經事先打過了招呼，他答應不對我們這一行人出手。」支英和善地說。

「又破費了吧。」景妹笑道。能和曹操打上招呼，當然不會是空手而去的。

「嗯，玻璃盤，他好像很喜歡。」支英微笑道。

「送了貴重的東西啊。」景妹眯起眼睛。如此的犧牲也是為了佛教教義與月氏族人的安全。

在當時，玻璃還是來自西域的奢侈品。然而不單是玻璃，就連她自己也曾經一度成為供物。

「沒有啦，那不是西域的玻璃，是五丈原康國的朋友造的。」

「哈哈哈……」景妹將纖細白皙的手指放在唇上笑了起來。

康國（現在的撒馬爾罕）人在五丈原悄悄定居，在此處秘密製造玻璃。當然，由五丈原運往長安的時候，依然是說：「西域船來的玻璃。」

因為省下了穿越沙漠的大筆運輸費用，在這些玻璃上面賺了不少錢。不用說，同為西域人，月氏族人自然也在這些生意中扮演了自己的角色。

通過這些玻璃器皿，支英與曹操打上了招呼，說自己要去參加處於陶謙管轄下的徐州寺院落成儀式。

徐州之下共有東海、琅琊、彭城、廣陵和下邳五個郡國，人口本來約有三百萬，不過最近來此躲避中原戰亂的庶民急劇增多。

徐州本來就物產豐富，流入人口再多也能養活。當然，這裏的富豪也多。其中有個叫糜竺的，資產過億，天下聞名。

陶謙便依靠當地這些富豪的財力，鞏固自己的割據勢力。從組織上看，陶謙本是袁術與公孫瓚牽制袁紹的一枚棋子，算是與劉備同一派系的。然而他卻不像劉備那樣是公孫瓚的部將，而是一股完全獨立的勢力。

當地豪族的富足，與避難流民的貧窮及精神上的挫折感交織在一起，大約便會形成足以接受佛教思想的基礎吧。而且白馬寺的人又受了劉備的委託，便將佈道活動的重點放在了徐州。

有個名叫笮融的富豪，最熱心於佛教。然而此人正如劉備當初聽到這個名字的時候脫口而出的「那個笨蛋」一樣，實在不是個素質優異的人物。他之所以熱心佛教，只是喜歡趕時髦而已。參拜黃金巨像，焚起奇異熏香——他只是受到這些異國情調的吸引，內心其實根本沒有半點信仰可言。

負責在徐州傳教的支敬，也曾將此事匯報給長老支英。

「這也不錯啊。只要先造出一個形骸，便可以隨時注入靈魂了。」對於缺乏動力的支敬，支英如此勉勵道。

漢人於徐州所建的第一座寺院，究竟是怎樣的模樣，《後漢書·陶謙傳》中的記載大約是唯一的資料了。

——融聚眾數千，率之依同郡徐州牧陶謙，謙重其名，使督廣陵、下邳、彭城三郡的運漕。

《後漢書》在如此介紹過笮融之後，又接下去寫道——大起浮屠寺，上累金盤，下為重樓，又堂閣周迴，可容三千人。做黃金塗像，衣以錦彩。……每浴佛輒多設飲飯，佈蓆於路，其有就蓆及觀者且萬餘人。

由此記述看來，恐怕這不是什麼宗教場所，而像是大家聚在一起大吃大喝的所在。民間習俗借佛教之名而延續，其中也接納了濃郁的異國風情。寺院的規模自然很大，而且必定修繕得絢麗非凡。

落成儀式也是充滿了節日的氣氛，成了笮融誇耀自己財力的場所。

「這裏的人們好像誤解了佛教之道啊。支敬先生那般努力，卻沒有什麼效果……」躋身於盛大的落成儀式之中，景妹如此向支英說。

「要在這個國家開拓佛教之道會是何等艱難，只要明白了這一點，就可說是很大的收穫了。」支英仰頭望向巨大的建築，如此說道。

「可是，這個徐州實在是個奇怪的地方啊。」景妹側頭道。

「哪裏奇怪？」

「說不出是哪裏……有些怪怪的感覺……看上去一片平和，可是四處都彌漫着殺氣……我說不太好，反正就是不正常。」景妹感到徐州的氛圍中有些讓她很難適應的東西。而且不僅僅是不適應，簡直像是對她懷有敵意一般。

「無論如何，形式已經有了。眼下這種時候，只能滿足於此……」支英這話仿佛不是說給景妹，而是說給自己的一樣。

五

在那個年代，佛寺都被稱為浮屠祠。

雖然小祠堂一般的浮屠祠隨處可見，但真正可稱伽藍的，卻還是以這徐州的寺院為最初的一座。

在落成儀式上，混進了一群可疑人物。這些臉上蒙着藍布的人，在足以容納三千人的寺院長廊中舞動，雖然動作不是很激烈，但因為是一群人一齊在跳，足令空氣中都帶上了一股異樣的韻律。他們異口同聲，一齊唱道：

浮屠異國邪宗
我為漢室子民
敬奉天帝之子
天子統率大地
崇之，崇之

非常簡單的歌詞。一聽便知這些人都是反對建立浮屠寺院的。

崇之，崇之
徐州刺史陶謙
敬拜天帝之子
徐州天帝都城
建造天子宮殿

這群人愈唱愈顯興奮，節奏漸漸明朗，歌詞也愈發清晰。

看起來，這群人似乎是屬於某個敬奉天帝之子的團體，徐州刺史陶謙也與他們有些關係。浮屠教義雖然被作為異國邪宗而受排斥，然而出資建造了這座寺院的富豪們，聽到這歌卻並沒有什麼氣憤的模樣。這也並不奇怪。他們喜歡浮屠教義大多只是出於好奇，並不追求什麼靈魂的救贖。對這些跳舞的人嗤之一笑，僅此而已。

就在此時，突然響起了叫喊聲。一群士卒一擁而入，開始抓捕跳舞的這群人。抓捕的時候動作相當野蠻，拳打腳踢，還有直接踹翻在地的。雖然士卒們並未拔刀，但手中的棍棒毫不留情。臉蒙青巾的這些人本來就沒有兵器，對於一擁而入的士卒們，毫無還手之力。或許應該説，事情太過突然，連抵抗的念頭都沒有來得及生出來吧。

「為何要抓我們?」他們也對自己的處境難以置信。

棍棒如雨點一般打下來,把這些人打得皮開肉綻,滿身是血。緊跟着士卒們拿出預先準備下的繩索,將他們一個個捆了起來,動作麻利得很。

「啊,可怕……」景妹緊挨在養父支英的膝旁。

「不要驚慌。你不是也見識過好些戰亂的場面嗎?」支英責備道。

他們身在正殿,長廊裏的事件對他們來說宛如舞台上的表演一般。修建寺院的笮融與大富豪糜竺也坐在正殿的黃金佛像前面,還有徐州刺史陶謙,也盤腿坐在中間。各自面前都擺放着美酒佳餚,他們一定是從一開始就知道長廊裏的事情,沒有顯出半點吃驚的模樣,依然在繼續飲酒。

支英與景妹距離這些要人稍遠一些。支英提議讀經的時候,他們回答道:用過飯後再讀不遲。

景妹對於養父的責備,辯解道:「我看到的分明是修羅場啊,這裏不是伽藍嗎?伽藍裏竟然會看到血,我太吃驚了……」

「這哪裏是伽藍……」支英壓低聲音說。聲音中滿是怒氣,仿佛是要將自己的怒火宣洩出來一般。

被繩索捆住的有百餘人。擁進來的士卒看起來有他們的三倍之多。這場抓捕鬧劇只在一炷香的工夫就演完了。被強行拖走的一群人之中,有一個男子尖鋭的叫喊聲直刺入景妹的耳中:「這算什麼啊!我們都是被大人請來跳舞的。為什麼抓我?錯了,錯了!」

「錯了,錯了」的聲音終於漸漸遠去。看到這一幕的,不只是正殿裏的人們。

因為儀式之時也有大型「佈施」活動,路上都鋪着蓆子,擺上了各種食物。附近鄉村的萬餘平民紛紛聚集過來。他們也在下面看到了寺院長廊裏突然上演的這一幕。

終於，陶謙站起身來，慢慢向長廊走去。他掃視了一圈下面的庶民，大聲説道：「下邳妖人闕宣，自稱天帝之子，起事作亂，這事大家都知道了。我州人馬即刻出動討伐叛賊，只是州都之中也有參與亂黨之人，想要與下邳叛賊呼應起事，我等查知此事，將這些叛黨一網打盡，斬草除根。適才抓的那些人，都是妖人的同黨。下邳之亂，不久就會解決，諸位只管安心生活吧！」

去年剛剛迎來六十大壽的陶謙，此時的演講卻顯得中氣十足，看不出年過花甲的模樣。他的話講完之後，臉上顯出微微的笑容。

由長廊回到正殿的時候，他自言自語般地説：「看到了嗎，劉備。別太小瞧我了。」

陶謙進到正殿，直直望着黃金佛像的臉向前走。

「弄不好這也是劉備讓造的……啊不，難道説……」他有意放慢了腳步。

「若有什麼萬一，也可以熔了這佛像，充作軍資。哈哈，這座寺院，分明是個相當漂亮的要塞啊。」陶謙坐回座位的時候，已經連眼睛裏都滿是笑意了。

「可怕啊，那個人……」景妹悄悄向養父説。

「是啊……手中有權的人，想要得到更大權力的人，確實可怕。」支英壓低聲音説。連緊挨在旁邊的景妹都只能勉強聽見。

陶謙已經舉起酒杯了。

六

「玩計謀，也要知道天外有天的道理……」舉杯的陶謙低低自語道。

陶謙，字恭祖，丹陽人士，算是出生江南。父親做過浙江餘姚的縣長，所以陶謙自小也是生長在江南。當時的天下豪傑，江南出生的非常少見。世人都認為江南多文弱之士。

但是陶謙卻曾作為車騎將軍張溫的部將出征西方。黃巾軍於徐州起事之時，他被任命為徐州刺史，戰功卓著。不過即便如此，在陶謙的內心依然有一種自負。

「我可不是一介武夫……」他有自信，認為自己除了武功，謀略也不會落於人後。

生為男兒，自然想要號令天下——在這一點上，陶謙與當時群雄的想法沒有什麼不同，然而在他身上卻有兩個弱點。

第一，他的年紀太大。曹操三十八歲，劉備三十二歲，孫策（孫堅之子）十八歲。由此看來，六十一歲的他已經步入垂暮之年，甚至比董卓還要大上七歲。

第二，自從十年前的徐州黃巾之亂以來，便再也沒有什麼像樣的功績。連反董卓聯合軍都沒有參加。

「還要再立一番武勳才是……」陶謙一直在想。

劉備看穿了他的想法，勸誘他道：「下邳有一群人整日祭祀天帝，而且人數還與日俱增。依在下之見，不如勸其造反，大人意下如何？若是平定了這場叛亂，恭祖大人的武勳便會威震天下。況且所謂叛亂，本是要出其不意之時才有威力，大人若是從一開始就對他們的動靜了如指掌，自然沒什麼可怕。如果全都由我方操縱，當然更加安全……假如能讓他們在兗州邊界附近舉事，可就更有意思了。」

陶謙沉思半晌，終於決定接受劉備的建議。

他知道劉備的打算。劉備這是要削弱徐州的兵力吧，同時還想讓陶謙與曹操之間已經和緩的關係變得再度險惡起來。陶謙雖然對此心知肚明，卻依然接受了劉備的建議。

其實即使沒有劉備的建議，身為徐州的最高長官，陶謙早已經調查過下邳郡搞那套天帝崇拜的教派了。那支教派有兩萬餘人，其中壯丁約有八千。雖然也有結社之事，行為卻都很檢點，沒有什麼叛亂之兆。只是這教派的教主闕宣被下面的教眾視作神一般的人物，只要他一聲令下，教眾都會起而響應。劉備的計劃也是從這教主身上下手。

「天帝之子便是天子啊，你是天子啊，該統率這片土地才對……」闕宣本來就是容易接受暗示的性格才會成為教主，再被劉備如此反覆勸說，漸漸也就變得在意起來。

作為誘發叛亂的點睛之筆，劉備想出了泰山封禪的把戲。

「我平原郡的教徒人數也不少，內部的活動就由我來做吧。闕宣作亂之前，必定通知大人。」劉備如此向陶謙說。

「然而目的既然是要削弱徐州的兵力，恐怕不會做什麼預告，直接起事的吧。」陶謙如此猜想。

陶謙的對策，則是將自己的人馬滲透到教團內部去。本來這也是難民大量遷移的時代，出現陌生的面孔當然並不奇怪，也不會引人生疑。陶謙便將三千名士卒送進了教團之中。

天帝教非黃巾軍那樣是帶有戰鬥性質的教團，換言之是一群烏合之眾。若是將他們納入到一個有着明確指令系統的組織當中去，應該便可以掌握主導權了。這樣一來，這天帝教的八千壯丁，也就可以原封不動編入自己的隊伍。徐州的人馬非但無損，反過來更是增加了士卒。

天外有天哪——陶謙嗤笑劉備的計策。

在兗州邊境處雖然會有戰鬥，但陶謙也預先聯絡了曹操：「州境處會有討伐邪教之戰，我軍盡力不犯州境，若有萬一之事，還請將軍諒解。」

用過酒飯，終於到了讀經的時候。

徐州境內還沒有「僧侶」，也沒有能讀佛經的人。只有巨大的伽藍和佛像，因為其蘊涵的異國趣味而被建造起來。支英雖然未曾出家，但經文還是能讀的。他捧起經書，來到佛像面前。

「我以為漢譯經文更易理解……」支英施了一禮，如此說道。

白馬寺大長老支讖，已經將數種大乘佛教的經典譯成了漢文。其中也有數種傳至今日。支英選的是《道行般若經》。

「不用，反正都是唸經，唸得地道一些不是更好……你就用天竺語唸吧。」笮融搔搔膝蓋說。

「是……那就以天竺語唸誦。」支英探手入懷。他本來也通曉梵文經典，讀起來自然省力。只是在他心中，卻也暗自歎息道：「全無想要理解佛教之道的意思啊……」

就在此時，陶謙站起身來：「我要回去聽聽戰事進展了。支英什麼的，你回頭來我府邸慢慢讀給我聽吧，待我打完這場小仗之後。好了諸位，我就此告辭……備馬！」

七

只靠教主的魅力集合在一起的烏合之眾，只要收拾了教主，也就等於把整個教團收拾了。這些人從來連做夢都沒想到過要打仗，當然連戰鬥的方法都不知道。要取教主的首級，應該就像探囊取物一般容易吧——陶謙如此以為。然而他卻想得太簡單了。

因為劉備派去了部將趙雲，指揮教團的戰事。

趙雲，字子龍，原本是公孫瓚的部將，被借到了劉備軍中。不過比起公孫瓚，此人看起來更與劉備稟性相合，從此便再也沒有離開過劉備的陣營。

「糟糕，徐州陶謙該不會已經在教團裏埋伏下人馬了吧！」趙雲不愧是身經百戰，他發現了陶謙的安排，急忙帶着教主闕宣連夜逃亡，總算是將陶謙軍最想要的人物藏了起來。雖然這並不能挽回大局，但也算是給了對手一點打擊吧。

「什麼，沒拿到那傢伙的首級？！」聽說闕宣脫逃，陶謙震怒。

雖然如此，此戰還是以陶謙的大勝告終。他想提醒劉備小兒天外有天的目的也算是達到了。

「罷了，這樣也罷……」因為大獲全勝，陶謙的怒火很快就平息了。不過對於從戰場回來的探馬，陶謙依然沒有給出好臉色。他橫眉立目，訓斥道：「傳令下去，拿不到那個蠢貨的首級，不要回來見我！」十日後，首級送來了。

「這是那廝的首級嗎？」陶謙望着那張臉，看起來這人的年紀與自己的兒子相仿。鼻子微微翹起，嘴巴半張着。不知道什麼緣故，只閉着一隻眼睛。看得久了，陶謙不知怎的生出一股感覺，彷彿覺得這張臉與自己的二兒子相仿一般。

「好了。」他丟下這一句，轉身走進裏屋。

這首級其實不是闞宣的。

「主公震怒。」前線主帥知道主公沒見過闞宣的相貌，便從戰死者之中隨便挑了一個首級，送去了徐州。主帥隨即取消了於泰山一帶掃蕩殘敵的指令。既然已經將教主的首級送去了徐州，若是再冒出一個首級來，可就不好辦了。

這恰恰救了闞宣。

正因為陶謙太想要闞宣的首級，反過來卻保住了闞宣的性命，這實在是一種奇妙無比的轉折。

泰山的招軍嶺和雞籠峰之間，有一處搖搖欲墜的小祠堂，闞宣與趙雲便一起躲在這裏。

「為何變成現在這種模樣？不該如此啊。天命不是在我的嗎？」所謂天神附體，到了這種時候，也就一文不值了。只知道一個勁地說些蠢話。

「天之命可沒有那麼簡單。天將降大任於斯人，必先苦其心智，餓其體膚。只有耐得如此苦難，才能最終成就天命。眼下的這番經歷，還只是剛剛開始啊。」趙雲訓斥道。

「是嗎……唔，說得也是啊……」闞宣點了點頭。他抬起頭，出神地望向掛滿蛛網的房頂一角。眼神異常空洞。

「這人腦袋是不是有問題啊？」趙雲不禁生出了如此的疑問。

這樣一個發了瘋的傢伙，自己還要拚死保護，豈不是很蠢嗎——趙雲雖然心中如此暗想，但還是先往平原送去了急報。要想由這裏逃往平原，單靠喬裝打扮恐怕是不行的。若是沒有全副武裝的護衛隊悄悄護送，應該是逃不出泰山的吧。

潛伏在附近觀察周圍動靜的部下前來稟報：「自數日前開始，便沒有搜索的跡象了。」

但是趙雲依舊很小心。無論如何，此次叛亂的結果分明顯示出對手要比劉備技高一籌，說不定這傢伙只是擺出停止搜索的模樣，實際上正在什麼地方等着我們自投羅網吧。

「不可外出。絕對不可外出。再不能上當了。」趙雲在祠堂裏躲了很久。他下定了決心，不等到平原來人護送，絕不離開此處。

「徐州已經退兵。」即使聽到這個消息，趙雲依然搖頭告誡部下道：「騙人的。那只是擺出退兵的模樣給我們看，其實還是在某處躲着哪。對手可是個狡猾的老狐狸。」

過了二十多日，終於由平原來了三十個精壯士卒。當然這些人都是打扮成獵人的模樣，身上悄悄帶着兵器。就在他們到達之前不久，剛好天上下起了連綿陰雨。

「天助我也。趁着雨勢衝出去。」趙雲終於下了決心。

恰在此時，外出收集情報的部下回來稟報：「曹操的父親一行人正由琅琊去往兗州，不久將會由此地附近經過。馬車百餘輛，泰山太守應劭親率部下約五十人，隨行警戒。」

趙雲考慮了半晌，低低自語道：「這更是天助我也啊……」

「什麼天助啊？」闕宣在一旁問道。

「和你沒關係。」趙雲在祠堂躲了這許多時日，終於也明白了闕宣到底是個什麼樣的人物。這人腦子確實不大正常，不值得認真對待。就算和他好好說話，最後還是會變得很粗魯。

「為什麼沒關係？我可是統率天下的人！」教主撅起嘴唇，唾沫飛濺。

「知道知道……就是說我們這就能去平原了。」趙雲一邊敷衍闕宣，一邊下令士卒在祠堂集合。

八

曹操的父親曹嵩，雖然曾經位列三公，不過如今已隱退。

中原戰火紛飛，加之自己的兒子已經成了爭霸戰中的重要角色，曹嵩便遠遁去了山東半島的琅琊國。曹操平定了兗州，治內安定，便想將父親接回來重享天倫之樂。

依照手握兵馬的曹操指示，琅琊相親自將曹嵩一行人護送到沂河岸邊，在這裏與泰山太守應劭交接，接下來由他護送。

泰山已是兗州的領地了。最近雖然有天帝教作亂，但很快便被平定，已然沒有什麼危險。即使如此，為了以防萬一，還是帶了五十名全副武裝的士卒同行。

這一行人冒雨來到了泰山郡的費縣。在費縣驛館安頓下來的時候，已快到黃昏時分了。

「啊，濕透了濕透了……」隨行警戒的士卒已經渾身濕透了。一到驛館，全都爭先恐後地脫了濕衣服，拿乾布擦身去了。

乘轎的曹嵩一家，當然沒有淋到半點雨水。進了驛館，慢悠悠地等着吃晚飯。

曹嵩與一個心愛的小妾待在房裏。

「累不累？」曹嵩問愛妾道。

「轎夫要比我累吧。坐着轎子的時候，我總在想着這事。」小妾答道。她的體態相當豐滿。

「哈哈哈……是啊，當然是轎夫更累。比平日裏沉了一倍都不止吧。」

「呀，老爺是討厭我……」

「哎呀，我很喜歡豐滿的女人啊。這是在誇你哪。」曹嵩將手伸向愛妾的衣裳。此時正是夏天，穿得不多。掀起裙子，雪白豐滿的大腿便映入了眼中。

「呀，有人來怎麼辦？」小妾蜷起身子。曹嵩撫摸她的肌膚，又向更裏面伸去。

「我已經吩咐過了，不讓任何人來打擾。不管有什麼事，都不許過來……」

「真的？壞蛋……」

「外面下着雨，裏面也濕一下好不好……」就在此時，本不該有人來的房間外面，突然響起了慌亂的敲打聲。

「什，什麼？不是說不許過來嗎！」曹嵩慌忙將手從愛妾身上拿開，訓斥門外的人。

「賊！賊！快逃！快……快！」這聲音聽起來正是泰山太守應劭。無論如何，太守不可能在這種時候開玩笑吧。

曹嵩拉起愛妾的手往外就跑。賊人已經衝進了驛館之內。

黑暗中只聽見有一個刺耳的聲音喊道：「我等乃是徐州刺史的人馬，來此搜索自稱天帝之子的亂黨……你們定然就是亂黨的同伙，受死吧！」

急切的雨聲中，趙雲指揮的奇襲，比預想的還要成功。

警戒的士卒全都散開休息去了，而且幾乎都是全裸。趙雲手下的士卒，將這些裸身的男子逐一斬殺。

「留幾個下來，別全殺光。依我的命令行事！」趙雲叮囑部下道。

他自稱是徐州刺史陶謙的手下，聽到這話的人，當然不能全數殺掉，需要有人逃去向曹操通風報信才行。

曹嵩拽着肥滿愛妾的手，向院子裏逃去。雖然曹嵩冒着雨拚死逃竄，但他的女人卻跑不快。終於兩個人逃到了院子的角落裏，旁邊的土牆剛好有一個洞。

「從這裏出去。」曹嵩一邊喘氣一邊把愛妾按進洞裏。頭雖然進去了，身子卻太胖，肩膀出不去。曹嵩拚死推她的屁股，可是怎麼也推不出去。

「不行……走那邊吧。」曹嵩又拉着女人的手逃向不遠處的茅廁。

這時候曹操最小的弟弟曹德正要從門口逃出去，卻被當場斬殺。曹嵩的家人也被逐一殺掉了。

曹嵩與愛妾跑不出幾步，也被趙雲的士卒看見，隨即砍了腦袋。

「逃了多少人？」趙雲問部下。

「剛好十個。」

「好，把車裏的貨物都給卸了。丟下車子，挑着貨走。」趙雲向遍佈屍體的院子望去。

太陽終於落山了。雨下得更大。

「大雨晝夜二十餘日。」連史書中都記載了這場豪雨。也正是這場大雨之中，呂布察覺到危險，由邯鄲驛館連夜脫逃出去。

「曹操該暴怒了吧……陶謙，這一招你可沒想到吧。咱們也能耍你一回……老奸巨猾的狐狸……」趙雲故意由費縣策馬向南，直到深夜時分才引軍向北而去。

聽到陶謙手下殺了曹嵩一族的消息，曹操氣得臉色煞白。

「備馬！出兵！」傳令的時候，曹操的眼睛都已經充血了。他的牙齒緊緊咬住嘴唇，咬出了血都渾然不覺。

泰山太守應劭，也在逃走的十人之中。他沒有返回自己的任地，而是去投靠了北方的袁紹。應劭知道，依照曹操的性格來看，不管怎麼辯解，他也是不會饒恕自己的吧。

作者曰：

陶謙遣使長安，由朝廷處得了「牧」與「安東將軍」的稱號。原本僅相當於監察使一類的刺史，加上行政權與兵權之後便成了「牧」，所以這時候陶謙本也應該被稱做徐州牧才對，然而在當時，對於一般人而言還是刺史這個叫法更容易理解，通常也還是稱之為徐州刺史。

講談本《三國演義》中，陶謙也作為反董卓聯合軍的一員而出現，但在正史中所記載的討董諸將名單之中，卻並沒有他的名字。

在講談本裏，陶謙雖然是受反面人物曹操攻擊的正面形象，但作為軍人也好，作為政治家也罷，他似乎都是個失敗的人物。

「謙信用非所，刑政不理，以忠直見疏，由斯漸亂。」史書中對他的評價也頗為嚴厲。

此外，正史中有關闕宣作亂一事，如此寫道：「下邳闕宣自稱天子，謙初與合從寇鈔，後遂殺宣，併其眾。」

後世卻有不少頗為同情陶謙的史家：「按謙據有徐州，託義勤王，何借宣數千之眾，而與之合從？」如此點評史書中的記載。

不過清代王夫之卻在《讀通鑒論》中做了如此的推測：曹嵩之輜重，謙固垂涎而假手於別將耳。這也未必不可說是一種卓見吧。

天日因此暗淡

一

陳留郡太守張邈之好客無人可比。

從早上便接待來訪的客人，聽他們談論世間萬象。因為此事，他的部下也有不少抱怨。每逢此時張邈便回答道：「各地太守刺史之中，恐怕鮮有能如我這般通曉天下情勢的人吧。之所以如此，全賴這些遠道而來的客人說給我聽啊。」

依舊我行我素。後漢末年的亂世之中，身為地方長官，通曉天下情勢也許正是最大的職責所在。

今天的河南省開封市東南，惠濟河沿岸一帶，依然還有陳留縣的地名。這個地方差不多剛好位於洛陽與徐州的正中間，是中原交通的要衝，不過訪客之所以多也並非單純這一個原因。

有些地方，會讓旅途之中的人想起那裏的主人，隨即生出想順路過去拜訪一番的念頭；也有些地方，雖然土地頗具魅力，但一想到地方的主人便使人敬而遠之。

陳留便屬於前一種地方。城中幾乎每天都能看到陌生的面孔，這些都是被張邈的個人魅力吸引來的。

攜了弟子陳潛在中原旅行的五斗米道教母少容，也在陳留住了不少日子，成了張邈的客人。

這時候，始於日食而終於地震的初平四年終於過去，已是第二年的春天了。

大約是要掃除厄難，這一年正月裏改元「興平」。

興平元年正月，皇帝劉協（獻帝）滿十三歲，加元服。來年該立皇后了吧，長安庶民如此暗中議論。

這條消息早早便傳到了張邈耳中。還有更新的情報傳來。長安的紛爭情勢，由此也終於可以判明了。

征西將軍馬騰雖然屯兵於當年董卓的居城郿塢，但對於長安朝政被壟斷在李傕諸人手中之事，心中頗有不安：「我豈非正被排擠於都城之外嗎……」

於是馬騰向李傕要求朝中官職，然而李傕顧左右而言他，拖延不答。

當是之時，李傕正與往日同僚郭汜、樊稠等人爭奪朝政大權。在這種時候，若是再有馬騰這樣的莽撞武將來到朝中，萬一生出事端，那更是火上澆油了。與馬騰同樣心中抱有不滿的，還有受封「鎮西將軍」之位，實際卻被趕去涼州的韓遂。

「邊鄙之地怎可與都城相比！」韓遂率兵直指長安。

馬騰與韓遂，都有訴諸武力的自信。實際上真正煽動他們的，卻是正在四川建立獨立王國的劉焉。

劉焉打的如意算盤，是先在一旁靜觀眾人混戰，等到爭奪天下的戰爭接近尾聲之時再橫空出世。為了在終盤時候佔據優勢，首先要將具有相當權勢的強敵預先擊潰才好。

董卓雖然已經潰敗，但他的後繼者李傕、郭汜等人卻在不斷壯大。

「該要敲打一下長安之主。」劉焉如此考慮，於是借給馬騰、韓遂五千人馬，又向他們吐露機密，「長安有內應。」

長安城中，劉焉之子劉範官拜左中郎將，弟弟劉誕則是治書御史，都是朝中的要職。又有諫議大夫种邵與侍中馬宇等要人同為內應。有這些人物既能在朝中牽制李傕、郭汜，又可在長安起事呼應——馬騰、韓遂的自信也就是理所當然的了。

可是，馬宇的手下卻洩露了這個機密。

李傕、郭汜、樊稠諸人近日雖然愈見不和，但面對新出現的敵人，他們也會同仇敵愾，重新建立共同戰線吧。

單靠內應作為取勝之道，內應一旦敗露，想要取勝也就難於登天了。長安軍奇襲馬騰屯兵的長平觀。馬騰、韓遂敗走，內應逐一被殺……

張邈便由前日自長安來訪的客人口中聽說了這些變故。

而幾日之前來到太守官邸做客的少容，卻又告訴了他更新的消息：「四川之主劉焉，也因此事件受了極大的打擊。他的兒子劉範與劉誕，都作為『長平觀戰』的內應者被殺了。」

恰巧此前不久偶然遭遇雷擊燒了劉焉的居城，他移居去了成都，此時又聽說了兩個兒子都被處斬，更是傷心欲絕，一病不起，很快便告不治。

「啊，劉焉嘛……」張邈微微閉上眼睛說——劉焉行事那般小心，卻也終於避免不了悲劇的命運。

「疽發背卒。」少容說。所謂疽，是一種惡性的瘡。

「和范增一樣啊。悲痛之極與憤怒之極一樣，都對身體不好啊。」張邈長歎一聲。

范增是項羽手下的名臣，因為見疑於主公辭官回鄉，又因過度憤懣於途中病發身亡。

「疽發背而死。」《史記》中有如上的記載。

張邈的歎息聲極富人情味。他對於世間的悲哀非常敏感——這，大約正是俠義心的所在吧。

二

近日張邈正在煩惱不已。因為曹操——啊不，應該說是因為此人的性格才更恰當吧。

不知為何他與曹操相當投緣。一定是被他的性格魅力所感染了。

陳兵酸棗的反董聯軍諸將之中，借了人馬給兵力不足的曹操的，不是旁人，正是這個張邈。

張邈喜歡他的性格。可是，他的性格若是變了，又該如何是好？或者，這個自己一直很喜歡的人，其實並非是自己想像的人物，也即是說自己誤解了對方的時候，又該如何是好？

陶謙的部下殺了曹操的父親，這件事情張邈也不是不知道。不過曹操的報復也未免太過分了。

曹操連攻下陶謙十餘座城池，在彭城擊破陶謙主力，又於此殺了數十萬無罪的平民投入泗水，據說連河水都為此阻塞。

陶謙的主力由彭城逃往郯城，曹操追擊過來，卻久攻郯城不下，便轉而洗劫周圍的慮縣、睢陵、夏丘等地。——五縣城保，無復行跡。便是如此徹底的屠殺。

曹操雖然暫時退兵，卻是為了下一次復仇之戰作準備。據說不日便會再度出兵。

「豈非不義之戰嗎……」張邈皺眉低語。若是袁紹、公孫瓚一類的人物行此不義之戰，張邈大約只是皺眉而已吧。可是，這一次卻是自己喜歡的曹操，又怎能單單皺眉而已？

況且曹操出兵之前曾經告訴自己的家人：「我若不還，往依孟卓。」孟卓正是張邈的字。萬一之時足以託付遺族的人——這當然必須是自己最為信任的親友才行。

陳兵酸棗的時候，身為反董卓聯合軍盟主的袁紹行止傲慢，張邈曾經面責袁紹。袁紹心中憤怒，向曹操道：「為我殺張邈。」

對於袁紹的要求，曹操斷然拒絕道：「孟卓，親友也，是非當容之。今天下未定，不宜自相危也。」

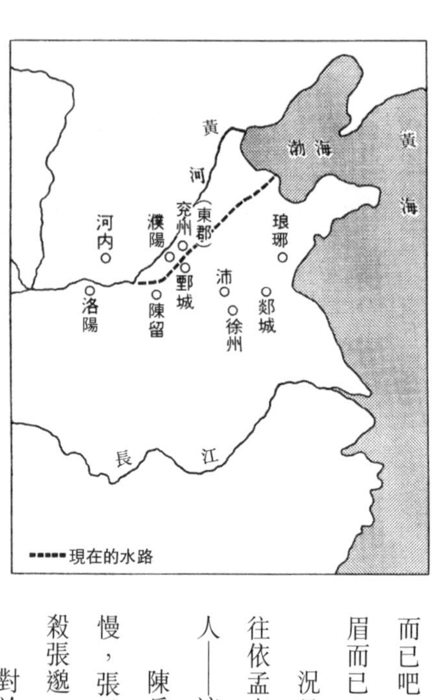

雖然有過這樣的交情——啊不，應該說，正因為有過這樣的交情，張邈才不能原諒自去年以來曹操攻打陶謙的不義之行。

「曹操本是個相當冷靜的人啊……」對於曹操的行為，張邈怎麼也無法理解。

如曹操這般根深蒂固的現實主義者，當今之世再找不出第二人了。他總是冷靜地觀察現實，算盡了利害關係之後才會行動——實在無法想像曹操會做出什麼衝動的舉動。

在酸棗的貿然出兵，粗看之下彷彿是無謀之舉，然而張邈卻能夠理解那時候曹操的做法。——還是計算之後的舉動。那一次的出兵，曹操一躍而得了「猛將」之名。這個名聲給了曹操多少好處，可說是無法估量的——他確實是仔細計算過這樣的結果。

然而唯有這一次，曹操彷彿失卻了理性。

「難道說，這才是曹操的本性嗎……我所知道的曹操，若是他刻意偽裝出來的話……」若真如此，那可就太可怕了。

此時的張邈，便為曹操頭疼不已。

「都到了這時候，還在因他的殘暴驚訝嗎？從一開始，曹操便是這樣的人物啊。兄長看人的本事實在不高。」弟弟張超如此說道。

張邈向來不會聽從他人中傷自己的朋友，不過這一次，對於弟弟的話，他卻有一些半信半疑了。

真正能夠聯結人與人的，唯有「俠義」之心——這是張邈的理想，他也一直是按此來做的。當年在酸棗面責盟主袁紹，也不是計算得失之後的決定。那時候的曹操也很有俠義的風範，拒絕了袁紹要他殺自己的要求，所以兩個人的交情必然是真的——直到去年為止，張邈一直對此深信不疑。

然而此時卻不同了。

據說，殺了曹操父親的，乃是陶謙的手下。又據說，陶謙鄭重囑咐了自己的手下，要他們小心謹慎，一定要將曹操的父親安然無恙地送到兗州境內。可是陶謙的手下覬覦曹操父親所攜的無數財寶，違背了陶謙的命令，殺死了曹操的父親，引發了這一次的事件。

退一步說，部下的失職也可以算作陶謙的責任。可是，陶謙治下的徐州百姓又何罪之有？又不是百姓選擇了陶謙作為自己的長官。曹操父親的遇難，徐州百姓並無責任。

「全都殺光！一個不留！」據說曹操如此下令。

在他這樣叫喊的時候，「俠義」之心又在何處？

「看錯人了嗎……」張邈喃喃自語。

三

「走吧，往東。」少容說道。

「東邊正在打仗啊。」陳潛凝望着教母那張美豔不可方物的臉龐。雖然從孩提時代就在她的身邊長大，可陳潛還是無法從少容的表情中看出她的喜怒哀樂。唯一能讀到的，只有——決意。

由少容眉宇的細微變化之間，陳潛能明白她是不是下了決定。此時，決意的顏色正從少容美麗的眉宇之間流露出來。

「我必須去見兗州之主。請盡速準備。」所謂兗州之主，指的乃是兗州刺史曹操。兗州的州都雖是東郡，不過曹操卻不在那裏。他的人馬已經到東面攻打陶謙去了。

曹操的部將陳宮率領剩餘的人馬駐守州都東郡。少容首先同陳潛一齊去了東郡。

曹軍與青州黃巾軍決戰之時，多虧少容居中調解，兩軍得以合二為一。因此，曹操軍中的將領都知道少容這個名字。陳宮也恭恭敬敬地將少容迎進城中。

「夫人此來，不知有何要事？」陳宮問道。

「我有事要向曹公說，想去大軍駐地，不知能否借些士卒帶路？」少容道。

「此地剩餘的人馬不多……」

「不要許多人，能夠領路兼通報的，只要兩三個人足矣。」

「如此當然沒問題……那麼，夫人想與我家主公說些什麼？」

「這場戰爭實在太過殘酷，哪怕號稱為父報仇，此事也對曹公自身的將來不利。」

「主公會聽夫人此言嗎？」

「那是當然。」少容確信般地說道。陳宮沉吟了半晌。

「這個女人有着奇異的力量……說是魔力也不為過啊……」與青州黃巾軍交涉的時候，那個固執己見的曹操也爽快地接受了她的意見。那時候的她究竟提出了怎樣的意見，就連陳宮這樣的將領都沒有資格在場，當然也就無從知曉。不過因為交談的時間意外之短，可以推斷出她很快便令曹操接受了她的意見。

「對了，有個問題想問，」陳宮說，「夫人以為，如今這樣的亂世，並不需要武力嗎？單靠五斗米道，足以拯救世人嗎？」少容搖了搖頭。

「我並不否認武力。在這樣一個四分五裂的國家裏，首先需要用強大的武力統一才行。然而正因為武力是要用來統一天下的，用在復仇之上也就太浪費了。我當初調解青州軍，也並未想過這股力量會在這樣的目的上使用。」

「少容夫人，在這件事情上，能容我說說自己的看法嗎？」

「洗耳恭聽。」

「我以為，武力是武力，智謀是智謀，應該各自分開才對。無論武力如何強大，那也該是由智謀來支配的東西。智謀控制着武力的使用，武力自己不可擅用。」

「也有人智勇兼備，曹公便是如此人物。」

「所謂兼備，換句話說便是兩面都不是很強。便是我家主公曹操，那樣一個出類拔萃的人物，若是單從武力上說，也有比他更強的人物吧……董卓如何失敗的？是呂布那般強大的武力。然而指揮那個呂布的，卻是王允的智謀。呂布之力，並非無謀而動。」

「我明白了。先生所言，我很明白。」少容施了一禮。與陳宮的問答，由此結束。少容等人在東郡停留了三日。

與此同時，由冀州處來的袁紹使者也在東郡。聽那使者的下人說，他們被派往東郡曹操與陳留張邈兩處，雖然預定首先是來東郡，然後再去陳留，不過因為曹操不在，只得在東郡多留些時日了。

東郡城中也有五斗米道的信徒集會。少容與陳潛在集會上傾聽信徒的煩惱，為他們出謀劃策。集會在閒談中結束。閒談剛剛開始的時候，有一個雕刻師站起身來說：「我先告辭了，有份工作要得很急……」

「不用介意。其他有急事的也請回吧。」少容微笑道，不過除了這個雕刻師，再沒有旁人站起來。雕刻師搔了搔頭說：「哎呀，本來也不是什麼大工作，只是非要一點一畫仔細雕刻，不能有半點錯誤……唔，又很麻煩，又費時間。」

說着他從懷裏拿出一張紙給少容看，大約是想為自己解釋幾句吧。

「沒關係，沒關係。」

少容如此說着，眼光落到這個人取出的紙上，頓時壓低了聲音問：「給你這份工作的人，難道沒告訴你不能對旁人提起嗎？」

「不愧是教母啊，連這種事情都知道。」

「那，為什麼給我看？」

「教母當然另當別論啊。雖然說不能對旁人提起，可教母又不是旁人……」

「知道了，」少容轉向在座的諸人，叮囑道，「此刻的事情，絕對不能洩露出去。」

少容看到的那張紙上，蓋着一個印章——冀州牧袁紹印。

四

在暴怒的曹操瘋狂的攻擊之下，陶謙終於抵受不住，向劉備求援。

平原相劉備的手中只有數百人馬，其他的都是些被稱做「雜胡騎」的烏丸兵。劉備回應陶謙道：「兵馬太少，無力馳援。」

於是陶謙答應劉備：「以丹陽兵四千益使君。」丹陽是陶謙的出生地。

陶謙與劉備同屬公孫瓚的派系，作為同僚，求援之事也是理所當然的吧。

「四千人馬到手了呀。」關羽粗大的眉毛上下抖動。他一高興就會這樣。作為亂世的慣例，借來的兵馬便不用再還了。

「只要有兵馬……」這是劉備與副手關羽的歎息之語。

由劉備看來，像曹操這樣擁有三十萬青州兵的陣營，簡直奢侈得令人憤怒。所以才撒下戰爭的種子，想要削弱他的力量。

曹操與陶謙雖然交兵，但是由去年秋天以來的戰爭看來，曹操太強了。陶謙固然不擅作戰，曹操一方也因「憤怒」而更具力量。

劉備雖然因陶謙的乞求而出兵，但也是採取了儘可能避開曹操的鋒芒，使對手疲於奔命的戰法。然而對於曹軍預想之上的攻擊力，劉備也深為不安。

「得了四千人馬固然不錯，但也有被曹軍俘虜之虞啊。」劉備伸出右手抱住左臂。他手臂很長，可以越過左臂探到背後。

「那可就連本都賠了……」關羽的聲音中帶上了一些憂鬱。

「被自己放的火燒到……這可真是死不瞑目。」劉備的臉頰浮現出自嘲的表情。

他本打算密謀激怒曹操。然而曹操的怒火卻猛烈地燒向了自己。

二月，曹軍雖然因兵糧將盡，由彭城退兵，但一回到鄄城，便又開始進行再度出兵的準備。

「用不了兩個月，就能將出兵之事準備完畢吧。在這段時間裏，若是不用些方法的話，我們可真要被燒到了。」劉備手抵額頭道。

「所謂方法……」關羽問。

「為了不讓火燒到這裏來，只有到別的地方放火了。」

「別的地方？」

「效果最好的當然就是對手的老家。要是有人在自己家放火，肯定會慌忙回去的吧。」

「那，曹操的……」作為兗州之主，曹操將行政的中心定在東郡，不過軍事的中心卻是在距離東郡稍南的鄄城——劉備是說要在這附近放火吧。

「根據細作的報告，守東郡的是陳宮，守鄄城的是荀彧……陳宮是個厲害人物……不過，陳宮嘛……」劉備仰頭望天。

因為曹操必定會再出兵，因此雖然曹軍於二月退兵，劉備也依然應陶謙的請求留在徐州治內。平原一直無人看守。

「難免不被人乘虛而入啊。」劉備暗示自己想要回去的時候道。

「相比平原，徐州之地豈非更加富饒嗎？這樣吧，你就以豫州刺史領小沛如何？小沛可是個有福之地……就這麼辦吧。」陶謙極力挽留。

陶謙如今已經相當消瘦了，那聲音中也沒了什麼中氣，令人聽到都感到痛心。

「好吧，我就留在小沛，且看形勢變化吧。」劉備終於同意了。

在這時候，豫州的州都乃是曹操的故鄉譙，而且是一個名叫郭貢的人作為豫州刺史屯兵於譙。而陶謙則像當時具有實力的人物一般，自己隨意任命官職，給劉備新封了豫州刺史之職。只不過這並非是為了誇耀自己的實力，而是擔心援軍劉備一旦離開自己就沒有後盾了。

沛是漢王朝創建者高祖劉邦的出生地，確實是個有福之地。

劉備當然並非因為有福才留在小沛，而是因為對陳宮的工作進展順利的緣故。中原之西，似乎會有些有趣的事情發生，既然如此，也就沒有必要回到河北的平原了。

對於被曹操留在東郡的陳宮，劉備從很久以前就相當了解。

「輔佐霸主。」這是陳宮的心願。

陳宮希望，自己能夠輔佐英雄，使其稱霸天下，就像張良輔佐劉邦取得天下一樣。投在曹操手下，他的心中也是存着這般宏大的志向。

從前劉備曾經讀過陳宮的詩，其中有一句：「子房未得志。」

劉備隱約感覺，由這一句仿佛可以窺見陳宮的內心。子房乃是張良的字——自己也想像張良一樣輔佐霸王，然而至今尚未得志，便是如此的感歎。

陳宮在表露大志的同時，也由「未得志」這幾個字中隱約透露出，他對於此時所仕的曹操並非霸王之才的不滿。

實際上曹操不是能被陳宮操縱的人物。他依自己的想法行事，不需要任何人的輔佐。

陳宮的不滿正在於此。

「更宜輔佐的豪傑……」此時陳宮最盼望的正是這樣的人物。也即是說，若是有了這樣的人物，他必然會棄曹操而去。

「不是有嗎……至今為止都很容易受人操縱的英傑……」

呂布——想到這個名字，劉備放開了伸在背後的手。

五

二月退兵的曹操，果然還是留陳宮鎮守東郡，於六月再度出兵攻打陶謙。又是淒慘的復仇屠殺。

誰都看得出來，曹操的計劃是領兵直逼東方，攻取山東半島南端的琅琊、東海諸地，讓陶謙所在的徐州都成為孤城，然後以大軍圍城，再作屠殺。曹操當然也並不打算隱瞞自己的計劃。

徐州陶謙顫抖不已。他本來就有病在身，這下更加害怕了。

「我只想回到故鄉丹陽，看看大江，如此也就死而無憾了。我要趁徐州尚未被圍之時逃出，還請諸位盡力援護。」陶謙向手下的諸將與救援的將領送去如此近乎悲歎的書信。

「請再忍耐些時日。曹軍不日將退，數年之中不敢正視徐州。」劉備將這封回信送往徐州。

不但如此，劉備又向陶謙屬下的將領要人以及資助陶謙的徐州富豪公開宣佈：「我有一計，能使曹軍退兵，請諸位安心。」

劉備與陶謙的部將曹豹一同陳兵於郯（現在山東省的郯山縣）縣之東。曹操突破防線，攻下了襄賁。襄賁是今天的山東省臨沂縣。這裏的古墓出土了孫子的殘簡，近年來備受世人矚目。

曹操在襄賁稍作休整之時，少容與陳潛來了。

「哎呀，真是難得啊。我本聽說你們身在冀州……這一帶兵荒馬亂，並不太平啊。」曹操迎接他們，如此說道。

「確實很不太平啊。由戰場的模樣看來，似乎不是通常的戰爭。曹軍所過之處都是雞犬不留。」少容答道。

「復仇之戰本就如此……夫人這是要去何處？」

「我是一路追隨曹公來到此處的，並非要去別的地方。」

「哦，有什麼緊急的事嗎？」

「緊急之事共有兩件。」

「那，第一件是？」

「我想請問，曹公心中，確有問鼎天下之志否。」少容語氣不變，如此說道。啊不，應該說是她刻意用一種平穩的語氣說話。

曹操沉默了半晌。對於少容出乎意料的問題，他無法立即回答。少容目不轉睛地盯着曹操的臉。

「三十萬青州兵，是用於統一天下的人馬。我應該說過，他們的魂是借寄在曹公這裏的。這是將四分五裂的天下合在一處，使人民安身立命的三十萬。然而曹公卻因個人的憤怒使用他們，非但如此，所過之處更是雞犬不留。如此一來，我只能認為曹公捨棄了統一天下之志。如此殘忍的主公，百姓豈會追隨？若是失了民心，又如何統一天下？這違背了我們當初的約定吧。」

少容慢慢說道。

曹操呆張着嘴，臉上顯出奇怪的表情。對於他來說，可以說這是非常少見的表情。就好像正在發高燒的人，突然間退了燒，恢復了正常一樣。

接着曹操又不安地環顧四周——彷彿終於意識到這是在襄賁城內一般。

他抬頭望向天空，隨即將揚起的下頷重重點到咽喉之間——也就是說，他是用力點了點頭。

在座的曹軍將領，緊張地看着這一幕。不管對誰，全都是第一次看到這樣的事情。

「明白了嗎？」少容這一聲讓曹操恢復了正常。他張開了緊閉的嘴：「明白了……夫人適才說有兩件急事，第一件事我已經知道了。第二件呢？」

「請盡速退兵，退回兗州。」少容說。

「為何？」

「曹公身邊不日將有謀反之事。」

「什麼，謀反？何時？」

「我動身的時候還沒有，不過此時也許已經開始了吧……無論如何，還是儘快回去的好。」

「是，是什麼人謀反？」

「我猜是陳宮。」

「怎麼會……他沒有那樣的膽量……」

「確實沒有那樣的膽量……若是他一個人的話。」

「那，還有誰？」

「那是用來替換你的，能夠託付自身未來的另一個人物……更強的人。」

「什麼，更強的人？」對於曹操來說，比自己更強的人應該是不存在的。也不能允許這樣一種人存在。

「是啊，到底是誰……我雖然知道得不是很清楚，但依照我的推斷，恐怕是呂布將軍吧……」

「呂布……」曹操啞口無言。

由袁紹處逃走的呂布，應該寄身在河內太守張楊之處才對。

「他去了陳留之後，便一直打算奪取兗州吧……不然的話，得不到足夠的兵力啊。」少容淡淡地道。

「陳留……張邈……難道說連張邈……」曹操不禁挺直了身子。

「是那位陳留太守張邈大人嗎……在曹公危難之時借兵給大人的人啊，也是曹公在萬一之時託付家人的人吧。」

「張邈也會參與謀反嗎？……難以置信！難以置信！為什麼？」

「張邈大人也說過同樣的話。『難以置信』……如惡鬼一般在徐州境內屠殺的人物，竟然會是那個冷靜的曹操，實在難以置信。」

「哼！」曹操猶如呻吟一般地哼了一聲，站起身來。

陳宮不足為慮，呂布也只是個莽夫。雖然兩人聯手，曹操也並不畏懼。但是，若有陳留張邈的加入，立刻便能動員十萬大軍了。而且曹操的根據地就在旁邊，這可以說是家中有難了。

「立刻退兵！」曹操叫道。

他對少容所言毫無懷疑。她不是世間普通的女子。對於她說的話——啊不，應該說，對於她的一言一行，曹操全都深信不疑。沒有確認真假的必要。她既然如此說了，那就一定是這樣了。

翌日清晨，曹操的大軍便從襄賁消失了。

六

這一場曹操劇目中的關鍵，便在陳留太守張邈的身上。使他背叛親友曹操的，正是曹操發狂般的復仇屠殺之戰。

比任何東西都重要的正是人性——因此，對於始終將俠義放在第一位的人來說，若是對方做出一些背離俠義的行為，那麼對於這個人的評價也就會逆轉了。

由於劉備的工作，急於尋找更易操縱的英雄的陳宮，終於注意到了呂布這個合適的人選。

前面已經說過，呂布自袁紹的刺客手中逃出，趁大雨之日逃離邯鄲前往河內的途中，順路去了陳留太守張邈那裏。

以俠義聞名的張邈，對於失意的亡命之人而言，態度非常親切。他盛情款待了呂布。呂布心滿意足地去了河內。

「要迎呂布，最好是去拜託張邈。」陳宮如此想法，再正確不過。

得了青州黃巾三十萬人馬，曹操差不多已經算是從袁紹的派系中半獨立出來了。然而在為父親報仇而戰的時候，為了解除後顧之憂，曹操還是與袁紹再度締結了友好關係。

因此袁紹的使節才來了兗州。陳宮宴請袁紹的使節，將其灌醉，偷看到了使節要拿去陳留的書信。

「將軍盛待自我處潛逃的呂布，世人皆以為將軍是在借此責怪於我，我卻知道，這是世人誤解了將軍。將軍乃俠義之人，不能對落魄之人袖手旁觀，此種稟性我亦深知，不能責怪將軍。不過還請將軍下不為例才是……」信上寫的便是如上內容。語句相當溫和，沒有什麼可以做手腳的地方。

然而陳宮還是打算利用這個機會。他偽造了一封書信，用詞嚴厲，幾近脅迫，又仿造了袁紹的印章，用這封信掉換了使節手中的那封。信中強調，張邈接納呂布一事，令袁紹大為震怒。

「你以為相距甚遠便能輕視於我？在你近旁，也有我的盟友。這個盟友今次還會再救你嗎？你好好想想吧……」便是如此可怕的書信。

酸棗陳兵之時，袁紹雖然讓曹操去殺張邈，但曹操拒絕了。也就是說，曹操曾經救過張邈——曹操還會再救你嗎？這封偽造的書信，分明是讓張邈覺得袁紹充滿自信，斷定「盟友」不會再度救他。

由曹操近日的舉止看來，確實存有疑問。發動了那般不義之戰的人，怎能期待他還有什麼俠義之心？

陳宮又不斷聯絡一直厭惡曹操的張邈之弟張超，更是親自來到陳留遊說。

寄居河內的呂布，一聽說有人要來請他，自然欣喜非常，立即動身前往陳留。

自從與黑山諸軍戰於常山以來，已經過去一年了，這段日子裏，呂布一直沒有上過戰場。他的手早就癢了，很想大戰一場，只是苦於沒有機會。這一次不但機會來了，而且前來請他「共取兗州」的，不正是對他禮遇有加的陳留太守張邈嗎？

誅殺董卓的呂布——如此威名響徹天下。以這樣的呂布為盟主，結成了反曹操聯合軍。陳宮的計劃進展順利。

「鄄城遇襲！」由接到這份急報開始，到曹操由徐州西部的戰線撤離的這段時間之內，他的軍事據點鄄城若是失守，那就萬事皆休了。

呂布率大軍出現在鄄城門前，向城上喊道：「呂布將軍助曹公進擊陶謙來此，敢請資助軍需糧草。」

由城牆上往下看，確實是一支大部隊。

「呂布應該沒有如此大軍。能派出這麼多人馬的，只有陳留郡……也就是張邈……」守鄄城的荀彧，即使在曹操的幕僚之中，也是出類拔萃的人物。

荀彧，字文若，潁川出生。曾經輔佐袁紹，但因袁紹平庸，棄了袁紹，改投曹操帳下。那是初平二年的事。那時候曹操還屬於袁紹的派系，因此荀彧的轉投也可以算是正常的調動。

調職後的第三年，荀彧三十一歲，成為駐守鄄城的城主。

可以說，多虧他看破了呂布的計謀，才在千鈞一髮之際挽救了曹操徹底敗亡的命運。

他緊急聯絡東郡太守夏侯惇，請他在濮陽方向佯裝出兵。濮陽在鄄城之西，曹操則是由東而回。因此，這是要盡力將敵人引去西面的策略。

呂布果然中計，進兵濮陽，隨即攻佔了城池。兗州各郡縣一個個都落入了以呂布為盟主的反曹操聯合軍的手裏。剩下的只有鄄城、東阿與範縣三座城池。然而沒有攻取鄄城，卻應該說是呂布軍的大失策。荀彧固守、呂布被引去濮陽、再加之曹操的回兵早於預期，這三件事加在一起，終於成就了曹操不幸中的萬幸。

引兵回到鄄城的曹操，手執馬鞭指向濟水對岸，向全軍大聲道：「布一旦得一州，不能據東平，斷亢父、泰山之道乘險要我，而乃屯濮陽，吾知其無能為也。」隨即放聲大笑。

夜以繼日飛奔而回的將士，聽到曹操充滿精神的笑聲，不禁感到心中又有了新的勇氣——

七

呂布雖然缺乏總攬全局的才能，但在局部戰役中還是相當厲害，無愧於猛將的稱號。他的人馬雖然不多，但五原的輕騎兵和蒙古的鐵騎兵構成了軍中強大的核心力量。

曹操的青州兵原本只是民兵，抵受不住騎兵的攻擊。呂布依靠騎兵戰法，屢屢大破青州兵。曹軍大部分都是由徐州境內疾馳回援的部隊，士卒疲敝。

「匹夫之勇。」曹操雖然如此看待呂布，然而此時呂布的背後卻有智囊陳宮出謀劃策，兵源則有張邈提供。曹操想用計謀，呂布卻不會輕易上當。對於曹軍而言，這實在是一場殊為不利的戰爭。

「呂布這樣的傢伙，應該有什麼可乘之機才對……」曹操苦思計策。

呂布此人的性格，從來不考慮百姓生死。對於他而言，所謂平民，完全只是用來徵發軍需糧草的對象。盡力榨取而已——陳宮也曾忠告呂布，不要過分榨取百姓。

「偶爾也要想想百姓……不然他們可活不下去了。」

「死了就死了吧，反正人多得是……眼下正是決勝之時，哪裏顧得上平民的死活。」對於呂布的暴政，濮陽城的平民當然極為不滿。曹操算定了這一點，悄悄聯繫城內心存異議的人士。其中便有濮陽城的豪族田氏，與曹軍密切接觸，將呂布軍的機密通報給曹操。

如此一來，曹操便掌握了呂布軍的弱點。濮陽城東門守備薄弱，而且守東門的士兵都受了田氏的賄賂，會給曹軍開放城門。

事先商定好時間，以掛在東門門樓左右兩側的朱紅「信」字旗降旗為號，守城士卒自會打開城門。

到了約定好的時候，「信」字旗果然降了下來。曹軍士氣高漲，大喊一聲「衝」，向城內一擁而入。

之前呂布軍一直都是緊閉城門，只是不時遣騎兵出擊。因為城中多有人家之類的障礙，若是讓曹軍進了城，呂布軍擅長的騎兵戰法便難以施展了。

「只要進了城，便是我軍勝了！」曹操喝道。

曹軍剛一衝入城內，他便下令道：「燒了門樓。」

火燒門樓，便意味着絕不退兵的意思。無論如何，此次一定要拿下這座城池——主帥曹操如此破釜沉舟的決心，當然也感染了手下將士，一個個奮勇爭先，果敢殺敵。然而，這場攻擊還是以失敗而告終。

呂布軍分散在民居之中。相比由平民處徵發糧草分給士卒的做法，還是讓士卒寄宿在民居之中，直接在平民家中吃飯的方式更加省事。呂布的這番做法，恰好是應對曹操奇襲的絕佳策略，雖然他本來並非是為了防備曹操的偷襲。

燒卻門樓的曹軍，本打算找到呂布軍的主力加以殲滅，然而濮陽城中卻沒有哪一處能有明確的軍隊。

「哎呀，呂布的中軍究竟是在何處？快去找！」曹操心急如焚。

呂布與陳宮所在之處，也即是所謂中軍的所在。然而即使找到了這裏，也還是無計可施。此處雖然號稱中軍，卻並不意味着主力屯聚在這裏。

呂布軍中的老弱之士雖然都躲在民居之中不敢出來，精壯士卒卻都全副武裝出來應戰——城中各處都出現了呂布軍的身影。

「四處分散的敵人，依然還是敵人。」對於曹軍而言，這是預想之外的局勢。

衝入濮陽的計劃雖然成功，可是殲滅敵軍主力的最主要目標卻無法實現。事已至此，只有退兵一途。然而即使退兵，門樓卻還在燃燒。曹操下令退兵的時候，恰好是火勢最盛的時候，這也算是一種諷刺吧。

曹操也掉轉馬頭，正要向東門逃去，突然衣襟被人一把扯住了。曹操回頭一看，只見那是一個雙眼放光、滿面鬍鬚的紅臉大漢。

「喂，矮子，曹操在哪裏，說！」這人身上滿是酒氣，一定是剛剛一直都在喝酒。

曹操是個小個子。不過在這種時候，個子小可以說是一件幸事。醉酒的呂布軍騎兵，根本沒有想到眼前這個矮子會是曹操。

「喂，快說！」醉漢搖着曹操的衣襟。

「是他。騎黃馬的就是曹操。」曹操伸手向左邊一指。

「是嗎，好！」這個醉漢把曹操甩到一邊，去追那個騎黃馬的人去了。

曹操也在心中暗叫了一聲「好」，朝東門疾奔而去。

門樓的火焰伴着濃濃的黑煙直衝雲霄，仿佛要將天空都燒起來一般。但這時候已經不能再有絲毫猶豫了。在離這座門樓十丈左右的時候，曹操緊緊抓住戰馬的繮繩，伏下身子貼在馬鬃上，狠狠踢了戰馬的肚子一腳。要從火場中逃脫，要點便是儘可能快速地穿過火焰。

曹操也依照此種常識，策馬全速奔馳。

然而，正在他堪堪穿過城門的時候，有一道燃燒的欄杆從天而降，正砸在曹操戰馬的鼻子上。曹操的戰馬剎那之間悲嘶一聲，高高抬起了兩隻前蹄，將身上的曹操一下子甩了下來，掉在火海之中。

「啊，將軍！」由身後趕來的是曹操的司馬樓異。他慌忙由馬上跳下來，將曹操抱上自己的戰馬，又撿起掉落的木棍狠狠抽了一下馬屁股。

戰馬飛馳而去，曹操終於逃出濮陽。

樓異也跟在後面拚死逃到了城外。他剛剛安下心來長出一口大氣的時候，忽然感到手心劇痛，不禁喊了一聲「好疼」……

原來，樓異從火海中撿起的那根木棍，上面本來還帶着火。他的掌心被火燒傷了。

八

雖然一度攻入濮陽城，最終曹操依然不得不含淚而退。

「接下來才是決戰，我軍勝券在握。」曹操如此動員全軍。

此時已是七月。很快便是秋天的收穫季節了。濮陽城中的軍糧眼看就要見底了吧。曹軍的米倉也基本上空了。誰能得到河南土地上生長的糧食，誰便能獲得戰爭的勝利。

城中雖然也有一點耕地，但只能提供少量糧食，杯水車薪而已。所以呂布軍應該還是會以他的騎兵隊作掩護，出城搶糧的吧。

曹軍當然要想盡辦法不讓呂布得逞。這一場爭奪，應該說不利於城內的呂布軍。曹操之所以向全軍宣稱勝券在握，也是算定了這一點的緣故。

「讓那幫傢伙餓死才好。」曹操恨恨地說。

呂布軍出城掠奪之時，必然會做些準備。城中的田氏一派，只要看到了出城的跡象，應該便會通知曹操。到時候曹操只要埋下伏兵，就能擊破呂布了。

去年大雨，今年卻是大旱。河南秋季的收穫因此也不如往年，不過應該還是能收到往年八成的糧食。

城中的呂布，也登上城樓，遠眺黃綠交錯的平原，唾道：「曹操，你以為這些全都能進到你的肚子，那可是大錯特錯了。我要你好好見識見識我騎兵隊的威力，搶得你一粒不剩！」

據《周禮》記載，兗州物產以黍、稷、麥、稻為主。這其中除了小麥，其餘都是秋季收割的作物。五穀的穗兒開始壓彎枝頭了。出手不能太早，不然可能還未成熟；然而若是出手太晚，也會全都落入敵軍手中。呂布想出一個計策，要等農民剛剛收割下來的時候縱兵去搶。

曹操則打算派士卒協助農民一起收割。

再有幾日——一天天緊張地過去。

「再有三五日……只要農民開始收割，我軍便要立刻出擊。全軍都給我做好隨時出擊的準備。」

呂布手搭涼棚，如此下令。

與此同時，曹操也步出中軍，同樣手搭涼棚，遠眺平野，低聲道：「若是早的話，明日就要開始了吧……」

呂布眺望之後，往地上吐了一口唾沫，隨即下了城樓。然而在曹操這邊，則是抬頭望天。他的天性中獨有一股詩人風骨，自然不會如呂布這般粗魯。

秋空晴朗，一碧如洗。

「如此秋空……卻有相爭相戕之事……我也是其中之一啊……」曹操如此低語了一句，隨後沉默下來，又向天空望了半晌。忽然間他「哎呀」了一聲，皺起眉頭，向東面的天空放眼望去。

雖然是萬里無雲的晴朗秋空，然而東面的天空中卻能看見一絲陰霾。這是突然天陰了嗎……抑或是霞光？

便在此時，曹操聽見自村落處傳來了激烈的鉦鼓聲。

「啊，啊呀，這是……呂布偷襲？」曹操打量四周。

不像是敵軍出城偷襲。若是呂布出城，報警的應該是曹軍之中探望敵情的士卒才對。然而此時的鉦鼓卻是由百姓的民居村落之中傳來的。

很快周圍紛亂起來。

百姓自四面八方擁出，每個人都神情緊張。跑過軍營的時候也沒有人去看曹操。曹操走向人群，迎面跑來的一個年輕百姓明明以前見過曹操，知道他的身份，卻並沒有停下來行禮，還是徑直要跑過去。

「等等！」曹操大喝一聲。年輕人吃了一驚，回頭望向曹操。

「什麼事如此慌張？」曹操問。

「蝗，蝗，蝗……蝗蟲來了。」年輕人結結巴巴地回答。大約是太過驚慌，手中的銅鑼都掉在了地上。

「什麼，蝗蟲……」曹操也不禁變了臉色。

綠色的平野若是遇上了蝗蟲的襲擊，轉瞬之間就會被吃得一乾二淨，待到蝗蟲飛過，便只剩下一片土黃了——如此可怕的蝗蟲，正在成群結隊地飛來。數量之多，遮天蔽日，連天空都被覆成了灰色。

曹操在東方天空的一角看到的那抹雲霞一般的東西，原來便是蝗蟲——果然，那片灰色的霞光轉眼之間便開始分散了。

在中國，這種大群的蝗蟲往往被稱做「飛蝗」，彷彿與普通的蝗蟲不同一樣。

據説飛蝗一天可以飛行五十公里。大群飛蝗一旦着陸，人們便再無計可施。不管作物還是雜草，只要是綠色的東西，全都會被牠們啃食殆盡。

可憐的農民為了不讓飛蝗落在他們的土地上，一旦發現飛蝗的蹤跡，便敲響警鐘召喚村民，大家一起敲打銅鑼大鼓乃至一切能夠發出聲音的東西，試圖驅走飛蝗。

然而，這種方法基本上沒有什麼效果。濮陽郊外的農民們將一切可以發聲的東西都敲遍了，可還是阻止不了飛蝗的降落。

被灰色覆滿的天空之下，無論男女老少都只能呆呆站在那裏，任憑眼淚流淌——眼睜睜看着他們辛辛苦苦種下的糧食，轉眼之間便被這群仿佛地獄使者一般的惡鬼吃得乾乾淨淨。

等待他們的只有飢餓——在這個村落中，還有幾個人能活下來？

「是時穀一斛五十萬，豆麥一斛二十萬，人相食啖，白骨委積。」《後漢書》於興平元年七月，便有如上淒慘的記載。為飢餓所迫的人，一旦與他人相遇，便會吃了對方，只餘下滿地的白骨。

連活都活不下去了，戰爭當然也無法繼續。

曹操回了鄄城，呂布則往東面尋糧去了。

這場戰爭，便因為飛蝗的緣故不了了之。

回了鄄城的曹操依然沒有糧草，只得率軍奔赴東縣。

呂布先去了乘氏縣，但被當地的豪族李進所拒，一直去了東面的山陽。即使是天下英雄，也無法戰勝飢餓。

《後漢書》裏，興平元年九月的記載中可以看到這樣一句：「桑復生葚，人得以食。」初夏結實的桑葚，卻於秋日將近的陰曆九月再度結實了。多虧了這突如其來的桑葚，人們才終於得以充飢。

這一年的十二月，徐州牧陶謙病故。

「太好了……」臨終之時，陶謙嘶啞着聲音說，「沒有死於戰亂……這也是多虧了劉備啊……我不想讓自己的孩子們再參與亂世爭戰了……可這徐州還是要有人接管才行啊……」一直支持陶謙的富豪糜竺，侍立在他的窗邊。

「主公可有中意之人……我糜竺願為使者。」

「唔……中意之人……你知道的吧？」

「是，我這就去小沛。」糜竺深施一禮。

劉備劉玄德正在小沛。當初正是他號稱要攪亂曹操的後方，迫使曹操退兵，此後的事態果然也如他所說的一般發展。因此緣故，徐州境內的人士，上至陶謙，下至平民，全都對劉備感恩戴德。

糜竺依陶謙的遺言，以使者的身份來迎劉備，如此懇請道：「請為徐州牧。」

劉備起初故作推辭，糜竺自然也百般請求，最終劉備應承了糜竺的邀請。

由此，徐州牧劉備終於登場。

作者曰：

山之南為陽，山之北為陰。在日本也是如此，也有山陽、山陰這樣的地名。不過河流正好相反，南為陰，北為陽。秦的都城咸陽位於九峻山的南面、渭水的北面，不論依山傍水，咸為陽面，所以便有了這樣的名字。

曹操與呂布交戰的濮陽，是在一條名為濮水的河流北面。濮水是黃河的支流，傳説莊子曾在這裏垂釣，不過如今因為黃河改道，早已經乾涸了。這裏只留下了濮陽的地名，而鄄城這個名字也一直保留到現在，是中國河南省的一個縣。

然而單單看今天的地圖，很難想像當年的那一場大戰。因為當年與今天的黃河水路已經截然不同了。在今天的地圖上，鄄城與濮陽之間隔着黃河。鄄城在河南，濮陽則在河北。可是後漢末年的黃河卻在距離今天黃河的位置北面很遠的地方，出海口也同今天的位置相差將近三百公里，位於今天天津的附近。因此，鄄城與濮陽都位於黃河之南。曹操攻濮陽之時，並不需要渡過黃河進軍。

另外，後漢末年的徐州州都乃是下邳，是在今天的徐州市東面很遠的地方。因此，劉備與曹豹所守的郯城便是在距離當年的徐州州都很近的地方。只要復原了當時的地圖看一下，應該便能更好地理解老病的陶謙當時有多麼害怕了。

消失於黃河之上的女子

一

杏花已經謝了大半。淡紅色的花瓣鋪滿了整個庭院，美不勝收，仿佛是飄落的花瓣還在自豪於自身的美麗一般。然而落花終於還是要退去顏色，再經受了風吹雨打，都被捲到了院角庭石一類的地方，又在不經意間化作泥土，消失不見。

「人也是要歸於泥土的啊……」南匈奴的單于於扶羅在病床上如此低語。房間的窗戶可以望見院子裏的景色。他在杏花盛開的時候便已經病了。

農曆二月，也被稱做杏月。如今卻已是六月了。整整五個月，於扶羅每日都看着同樣的庭院。雖然有時也會抬起上身，但大多數時候都是躺在床上的。

在各處流浪的匈奴軍隊，去年攻佔了平陽，屯駐在此地。平陽城也就是今天的山西省臨汾縣附近。

自平陽城出發，沿汾河往前，可以在一個名叫河津的地方抵達黃河。順黃河而下經過數百公里，便有由西而來的渭水匯合。此處靠近函谷關，正處在長安與洛陽之間。也即是說，平陽看起來像是邊鄙之地，其實距離中原出乎意料的近。

去年的乾旱與蝗災引發了大面積的饑荒，曹操與呂布之戰也因大群飛蝗的來襲而告終。

杏花開了又謝，今年雨水依舊不多，看來旱魃在所難免。匈奴的軍馬也有大約半數出了平陽城。平陽一帶的糧食養活不了全軍。為了節約糧草，匈奴士卒只能兩個月一換，分批在汾河流域遊蕩。此刻駐守在平陽的士卒很快也要外出流浪了。只不過，對於生來便是遊牧民族的他們來說，流浪並非苦事。倒不如說是留在城內更加難熬。

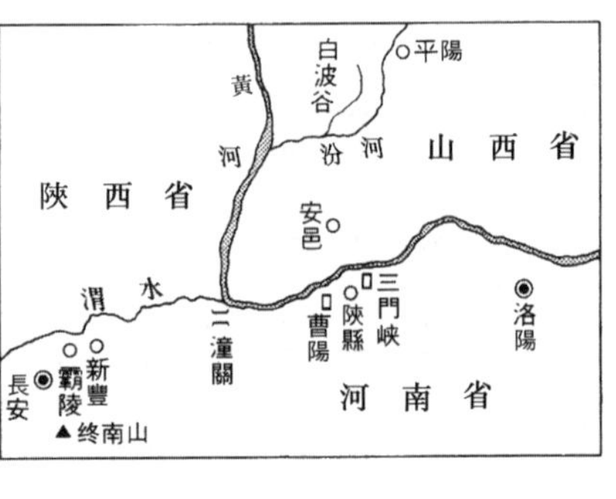

對於扶羅而言，躺在病床上的最初一個月，簡直如同地獄生活一般痛苦。不過隨着時間的流逝，他也漸漸生出了放棄的心境，到了如今，連對生命本身也再沒有什麼執著了。就像杏花花瓣化作泥土一般，自己也終將歸於泥土啊。

「看來，這一次真要不行了。」於扶羅心中暗想。

十年前他也生過一場大病。那時候他向龍王祈求了十年的壽命。當時他還沒有登上單于之位，而且兒子也還剛剛出生。

與龍王約定的十年轉瞬而逝。如今他已經當上了單于，兒子豹兒也已經十三歲了。匈奴王子十三歲是為元服。

「白馬寺的支英還沒來嗎？」於扶羅問。

病房中總有數個下人隨侍。其中一人應道：「支英隨五斗米道的教母同行來訪，再有兩三日便到了。」

若是聽了西方天竺的浮屠教義，便不會畏懼死亡的恐怖——世人皆如此傳言。所以於扶羅才有了請白馬寺長老來訪的念頭。他曾經在白馬寺附近駐軍，與寺中諸位長老都有交往。

對於他的請求，白馬寺回應說：「若連浮屠教義都不可解，那便請五斗米道的教母一同前往。」

五斗米道的教母少容，據說正在遊歷河南各地，不日將會去往洛陽。白馬寺方面也在等待她的到來。迄今為止，白馬寺一直致力於教化那些客居漢土的西域人士，對於漢人與匈奴的影響力，白馬寺方面自身也沒有多少把握，因此，他們決定還是邀請同樣倡導靈魂救贖的五斗米道的教母同行。

「唔，那我就慢慢等吧。」性格急躁，可以說是匈奴人的民族特性。然而於扶羅這一次卻顯得很有耐性，簡直連他自己對此都感到驚訝。

「我這是快要死了吧。據說，人之將死，脾氣會有變化啊。」於扶羅暗自心想。

這時候有將校進來稟報：「去卑大人由長安回來了。」

去卑是匈奴的王族，於扶羅派他去長安打探消息。

「快帶進來……其他人……」於扶羅說到這裏，在枕上將頭輕輕搖了搖。

「遵命。我等告退。」

「叫呼廚泉和豹兒過來。」於扶羅嘶聲說。呼廚泉是於扶羅的弟弟。於扶羅臥床以來，呼廚泉以攝政的身份總攬諸事。

也即是說，於扶羅這是要屏去眾人，單召弟弟和兒子聽取去卑的報告。

「眼看也該到託付後事的時候了。」為了託付後事，必須充分把握天下情勢，確立對應的方針。

不久，三個人進到於扶羅的病房，圍着他的病榻，盤膝而坐。

「去卑，長安城中可有喜慶之氣？」於扶羅問。

去卑搖頭答道：「沒有絲毫喜慶之氣。連喜慶的傳聞都沒有聽説。」

二

去年十三歲的獻帝元服之後，於今年四月立了伏完之女為皇后。

伏完是琅琊人，八世祖伏湛官至三公，是漢朝名門之後。伏完本身也娶了桓帝之女安陽公主為妻。立這樣一個血統純正的伏家之女為皇后，宮廷內外自然沒有異議。

少年天子迎娶妻子，可不是隨隨便便的事件，都城之中當然應該充滿喜慶之氣才對——可是，就像去卑回答於扶羅的一樣，長安城中沒有半分成婚的氣氛。

漢朝制度，能夠「開府」的只有三公。所謂「府」，是指朝廷之外的政務處理機構，日本也有名為「幕府」的政務所。只不過日本的幕府是唯一的政權機構，而漢朝的府則是三公各自開設的，共有三個府。

興平二年（公元一九五年）時候的三公，分別是：

司徒趙溫；

司空張喜；

太尉楊彪。

然而掌握長安實權的，不用說，自然還是當年董卓手下的部將，李傕、郭汜、樊稠三人。李傕為車騎將軍，郭汜為後將軍，樊稠為右將軍，三人各自都依自己的心意開府，再加上三公之府，長安城中一共有了六個府。這不得不說是一件很詭異的事。

三個實權人物之中，樊稠以剛勇知名。因為他氣度慷慨，在士卒之中頗有人望，所以聚集到他府中的人越來越多。

為了與東方諸將作戰，長安城中也在擬訂出兵的計劃，其主帥便被選作樊稠。李傕擔心樊稠借此擴大自己的勢力，暗中策劃除掉樊稠的計策。恰好樊稠向李傕提出要求：「我的兵力尚有不足，想要借些兵馬。」

「知道了。具體事宜，請來我的府中商議。」李傕如此回答。

樊稠去李傕的府上赴約，李傕找準時機，在會談的席間刺殺了樊稠。

這是二月的事情。長安也正是杏花盛開的季節。三雄之一如此覆滅之後，接下來便是一山不容二虎的態勢了。也正是在這時候，郭汜貪戀李傕府上的女僕，經常找各種藉口出入李府。

兩人既是心氣相同的同僚，關係也相當好。

挑撥二人關係的，卻是郭汜的妻子。她察覺到了丈夫的不軌，於是想，如果自己的丈夫與李傕交惡，也就不會再去李傕府上了。

恰好李傕送來了美食，郭汜之妻悄悄在其中投毒，然後在吃之前假意勸誡丈夫：「樊稠都已被害，食物之中但恐有毒，還是先驗一驗為好。」

郭汜笑道：「我與李傕，自幼相知。怎是樊稠能比……也罷，就驗一驗毒，讓你安心就是。」

郭汜割了一片肉扔給狗吃，狗吃了之後滿地打轉，片刻之後便倒了下去，喘了一陣，最後吐血而死。自此二人反目，勢力之爭愈演愈烈。

李傕先下手為強。勢力之爭中，挾天子者自然有利。最先考慮迎天子來府的其實是郭汜，然而李傕早已派了細作潛在郭府，探聽到這個消息跑去稟告了李傕。李傕當即命侄兒李暹率領數千人馬包圍宮殿，將天子挾持到自己的府中。

獻帝煩惱於這兩個實權人物的不合，派朝中公卿勸解，然而郭汜卻把前來勸解的公卿一個個扣在了自己的府上。楊彪、張喜這幾位三公也都被扣在郭汜府裏做了人質。

一個人挾持天子，一個人扣留公卿，兩相對峙。這是三月的事情。因此，四月間天子的成婚也就在李傕府上舉行。當初挾持天子的時候，李暹的士卒已經放火燒了宮殿。

李傕召集了羌族與波斯族的士兵征討郭汜，而郭汜則收買了李傕營中的中郎將張苞作為內應。兩軍作戰之時，李傕差點死在陣中，流矢射中了天子的鑾駕，李傕的耳朵也中了箭。然而張苞放的火被風吹滅，夜襲未能成功。這一戰中，也是多虧了由白波谷投身李傕的楊奉鼎力奮戰，終於擊退郭汜的人馬。

然而也正是這位楊奉想要謀殺李傕，自己取而代之。只是因為事情敗露，楊奉帶着自己的弟兄逃往終南山去了。

朝臣則是依附於較弱的一方。這並非什麼任俠的精神，而是若有一方坐大，就會導致出現新的獨裁者，董卓第二。還是雙方勢力保持均衡的好。

「相攻連月不斷，死者以萬計。」史書中這樣記下的淒慘戰鬥，便在長安的舞台上展開。昨日在東，今日在西，長安一帶隨處可見戰火與劫掠。既然是如此狀態，就算天子成婚，當然也不會有任何喜慶之氣。

去卑將長安的模樣詳細報給了於扶羅。他離開長安之時，恰是在楊奉篡權失敗之後。

「嚯，那個楊奉啊……奪權若是成功，弄不好天下就在他手中了……」於扶羅的臉上顯出笑容。

匈奴鐵騎曾經與白波谷的黃巾軍結盟。啊不，這份盟約至今自然還在存續。因此於扶羅才會知道白波谷的部將楊奉。

「連那樣的人都差一點奪了天下嗎……」這樣一想，於扶羅不禁為自己的病感到遺憾了。本來自己與龍王有過約定，不該對生命再有什麼貪戀，然而偶爾之間還是會有留戀的火焰閃爍——正因為如此，他才等待着白馬寺浮屠教義的救贖。

「不錯。我們非常……」去卑剛說到一半。

「別說了。心中知道就行了，不要說出口。」於扶羅望着天花板說道。

「是，我等明白。」回答的不是去卑，而是於扶羅的弟弟呼廚泉。

「兩者如今的勢力如何?」於扶羅沒有理會呼廚泉的回答，繼續問道。

「李傕一方略勝一籌，不過因為楊奉潛逃，又加之朝臣暗中干涉，勢力有所削弱，如今大約是平分秋色。」去卑答道。

「朝臣暗中干涉?」

「賞諭羌人，使其還郡。雖然人數不過三千，但都是精強之士。對李傕而言，是個巨大的損失。」

「你對今後形勢如何估計?」

「天子一直想回洛陽。」

「那是自然吧。」

「只要擁戴天子，無論如何都要向東歸還，沒有不回去的道理。長安城中也是流言不斷，不日便有動靜吧。」

「天子由長安回洛陽之時，天下形勢必然又要有極大變化了吧。好，呼廚泉，去召各地匈奴軍馬歸投平陽。一刻不得耽擱。」

「是，遵命。」枕邊的三人同時點頭。

「天子鹵簿不會悄聲前進。只有邊戰邊走一途。飛矢如雨，血流成河……由汾河至黃河的這一條路上，眼看便是修羅場了。」於扶羅雖然不斷說話，聲音卻是越來越微弱。（譯者按：天子出車駕次第謂之鹵，兵衛以甲盾居外為前導，皆謂之簿，故曰鹵簿。——漢應劭《漢官儀》。）

「是，我軍也要出戰。」十三歲的豹兒探身向前。

「去卑領軍，豹兒隨行。呼廚泉鎮守平陽城。」

「這……」呼廚泉彷彿有些不服。

「別忘了誰是匈奴的總帥！」於扶羅的聲音之中再度帶上了力量。

「是。」於扶羅的弟弟低下了頭。

「要加緊與白波黃巾軍的聯繫。」於扶羅說完，閉上眼睛，雙肩搖擺不定。

三

長安的李傕、郭汜二人疲於對陣，有時候偶然發現一個機會，可等不及動手對方便已經補上了漏洞，自己這邊若是稍有鬆懈對手也會乘虛而入，哪邊都馬虎不得。也正因為兩邊的實力不相伯仲，哪一邊都不肯輕易讓步。雖然都想重歸於好，可誰要是先開口示弱，誰就難免落入不利的境地。

在這樣的時候，只有依靠第三者居中調解才行。然而這個斡旋者必須是一個不偏近任何一方，且說話頗有分量的人物。所謂說話有分量，其實也就是手中握有兵力。在當時的長安，已經沒有這樣的人物了。

斡旋者由東而來，是為鎮東將軍張濟。張濟原來也是董卓的部將之一，與李傕、郭汜、樊稠同為將軍，四人合力攻取長安，為主帥董卓報仇。不過比起另外三人，張濟似乎更有智謀一些。

「若是居於長安，便要整日與宮廷爭鬥為伴了吧。我與那些蠢人不同，還是離了長安為好。總有一日，我會成為長安之主。」張濟如此思量。他對爵位功勳不甚關心，不在乎徒有虛名之物。他所相信的只有「實力」。

另外三人留在長安得了高位，唯有張濟離開了都城。四個人攻陷長安，奪回了舊主董卓的遺產，但是東面依然有反董卓聯合軍的諸將虎視眈眈，不可不防。張濟便自告奮勇接下了防備東方諸將的任務。

過去董卓勢力範圍的最東面是在弘農郡的陝縣。陝縣位於長安與洛陽之間，靠近黃河南岸的洛陽城。張濟便以前線主帥的身份屯駐於此。當然，長安城中的消息還是會源源不斷傳到他的耳朵裏。

「這兩個蠢貨，搞得筋疲力盡了吧。好，這便該是我出馬的時候了。如何，長安終究還是我的囊中之物吧……」六月，張濟率大軍，藉口「為天子和傕汜」，直逼長安。

張濟此來，雖然正中對峙二人的下懷，但也不能如此輕易地重歸於好，雙方當然都要儘可能提出對自己有利的條件。最終雙方商定以各自的女兒為人質和解。李傕、郭汜也各自將天子公卿逐一釋放。

「請天子駕幸弘農。」張濟提出了這樣的條件。他的理由是，李傕、郭汜既然是因天子而起的爭鬥，那還不如將這個爭鬥之源遷去別處的好。

「說得好聽，其實你是要將天子置於自己掌中，借此擴張勢力吧。」李傕與郭汜就像餓犬守護到嘴的食物一樣，如此提防道。本來一直爭鬥不休的兩個人，此時開始懷疑斡旋的張濟，重新站到了統一戰線上。

「我要的並非天子，而是長安啊。這些蠢貨哪裏知道。」張濟內心暗自冷笑。

「既有此疑，我不隨天子，獨留長安便是。只是你等也不可前去弘農，如此最為公平。除此之外，再無解決之道了吧。」張濟道。

的確，獻帝一直盼望東歸。對於這位少年天子而言，洛陽乃是值得懷念的故鄉。不過，想要離開長安的心情並非僅僅出於望鄉之念，更多的是他再也無法忍受被人像球一樣踢來踢去的生活。即使是被迎入李傕府中的時候，也依然不過是個人質，沒有任何自由可言。

「形勢若有變化，總該有什麼解決之道的吧……」總之不管再怎麼變也不會變得比現在更糟了——這番念頭，也就化作了「想要東歸」這樣一個希望。

就像當初來到長安探聽消息的匈奴去卑所預想的一樣，天子鹵簿的東去，已然勢在必行了。

張濟等三人擺出置身事外的姿態，任由天子東去——然而，此番行幸不可能平安無事，這一點連病榻上的於扶羅都能預見。

天子東歸，最反對的當屬郭汜。獻帝為了迫他同意，絕食一日，滴米不進。這一舉動終於有了效果，郭汜不得不作出讓步。

「請陛下巡幸東方。」郭汜雖然如此說，其實暗地裏依舊沒有放棄。

李傕因為解散了麾下的羌兵，此時兵力已有不足，短時間內只能觀望形勢，然而對權力的慾望卻沒有半點消退，這一點自不待言。

張濟這一邊，本打算將長安納入手中，但是此刻卻也開始猶豫了。

長安城一片饑饉，住民不斷離去。

「李傕、郭汜，還要咬住長安不放嗎……」張濟心灰意懶了。

四

自從支英與少容抵達平陽，於扶羅的臉上多少有了一些血色。側近的人這麼說的時候，於扶羅露齒一笑，說道：「我聽說臨死之前人都會迴光返照，我命不久矣。」

支英與少容差不多每天都被召去病房，同於扶羅交談。在這裏不是說教，而是與將終的於扶羅閒談。話題自然無所不包：氣象、農耕、牧畜、住處、食物、孩子，等等等等。於扶羅想到什麼便說什麼，支英與少容則對他的話時而點頭，時而更正，時而補充。

每逢如此談話之時，於扶羅總是儘可能召喚弟弟呼廚泉和兒子豹。忙於訓練士卒的去卑也常常抽空來病房旁聽。

「景妹怎麼沒有同來？」於扶羅問。他曾經向白馬寺說過，可以的話最好能帶景妹一起來。

「景妹病後初癒，不能遠行。」支英答道。

「不是去過徐州的嗎？」於扶羅聽說過景妹在浮屠寺落成之時應陶謙之邀去徐州做客的事。

「徐州是南方。」

「你是說，北方於身體不利嗎？」

「是醫生如此說。」

「去不了北方的……那裏沒有我們匈奴的立足之地啊。」於扶羅望向弟弟。

單于之弟，呼廚泉的嘴唇緊緊抿着。

「哈哈哈……」於扶羅發出微弱的笑聲，「景妹沒來，真是可惜啊。若是來了的話，還想讓她做豹兒的妻子……」

「啊，單于這是在說什麼？」聽到這話，就連支英也不禁愕然。

「做豹兒的妻子啊。豹兒已然元服了。長他一歲的漢天子不是也娶了伏完的女兒為妻嗎？」於扶羅說。

「伏皇后還是幼女，相較之下，景妹的年紀已經不小了。要做豹的妻子，單于是在開玩笑吧。」支英說道。

「不是開玩笑。景妹多大了？」

「二十五歲。豹十三歲……相差幾乎一倍……」

「既然年長，便可以教他很多事情。豹兒終將成為匈奴的領導，必須要趁現在多學一些東西才行。景妹這樣的女子正為合適。」

「話雖如此，景妹的身子……」

「有病在身也就沒辦法了。生病的事我知道……若是健康的女子就好了……」於扶羅閉上了眼睛。

這時候去卑走了進來。他剛剛結束了城外的訓練回來。

「聽說不久之前，漢天子險些在新豐被郭汜軍擄走。只是擄掠天子的計劃事前敗露，郭汜敗走。這人看起來擺脱不了洩露機密的命了。」去卑盤腿在病榻旁坐下，把剛剛得到的消息告訴房裏諸人。

獻帝的鹵簿七月一日出了宣平門。宣平門是長安城東側最北邊的門。在這之後，郭汜反對天子東幸，獻帝絕食強行的消息也已經傳到了平陽。此時去卑所説的，乃是天子出宣平門一個月之後的事，也是最新的消息。

八月六日，天子一行才剛剛走到新豐附近。新豐乃是當年項羽與劉邦會面的地方，著名的鴻門宴便發生在這裏，距離長安之東不過八十里。

興平二年是閏五月，八月六日已然是深秋時節了。

「三個人就像野小子玩踢球一樣，把球踢到野地裏，約好誰都不能去撿，沒想到野地裏還藏着別家的野小子……事情也就越來越亂了。」去卑如此比喻。

張濟等三人約好誰也不可干涉天子一行，所以天子鹵簿只有近乎裝飾的數百羽林軍守衛。三個人都在相互提防，誰都擔心另外兩個突然出手搶奪天子。

誰知道剛過灞陵，突然出現了數千人馬。來人正是當初想要伺機奪取李傕的地位、卻因機密洩露逃往終南山的原白波谷黃巾軍部將楊奉。

「今聞駕至，特來保護。」楊奉跪在天子鑾駕前如此説道。獻帝終於放下心來。少年天子一直在擔心長安三人之中突然有哪個半路殺出，又將自己搶回長安。不管三人之中的哪一個來，自己這些羽林軍自然都是會一擊而潰的吧。現在有了數千值得信賴的人馬，獻帝放心的同時，心頭當然也是大喜。

「封汝興義將軍。」獻帝慰諭楊奉。

不單如此而已。不知從哪裏又冒出當年潰敗的牛輔殘部，也組成了數千人的軍隊加入了護送天子的行列。牛輔是董卓的女婿。董卓被殺之時，他正駐紮在弘農一帶。牛輔迷信筮竹，不管什麼事情都要靠占卜決定。聽說董卓被殺的時候也占了一卦，得到了「棄軍去國」的結果，於是連夜帶着金銀珠寶孤身潛逃，替他扛袋子的胡人卻惑於珠寶，殺了牛輔。這件事情前面已經說過，而被牛輔丟下的人馬此後由將軍董承收攏，遊蕩於渭水沿岸。他們本是流浪軍隊，聽說天子巡幸至此。「這是做官的好機會！」立刻跳了出來。

獻帝比得了楊奉的時候還要高興，當場便封董承為安集將軍。之所以如此，是因為董承乃是靈帝之母董太后的外甥。對於獻帝而言，祖母的外甥，也就是他的親舅舅了。

三個淘氣野孩子丟在野地裏的皮球，就這樣被遊蕩在附近的另外兩個孩子撿走了。

「哎呀，趕緊搶回來才行。」郭汜計劃偷襲楊奉、董承。然而有人將他的計劃密報兩將，兩個人傳令全軍戒備。

知道事機敗露的郭汜，只得逃往終南山去了。終南山可說是逃亡者的巢穴，當初楊奉也是在事機敗露之後逃往那裏。

「眼下的亂局輕易難以收拾，正是我們匈奴崛起的好機會啊……該投哪一方才是？」

是去幫忙守衛天子，還是去助力奪回天子——匈奴歷來便是功利主義的傳統，哪方有利便依附哪方。

然而，單于於扶羅卻沒有回答，反而問道：「天子身側，除了公卿百官之外，可有宮女相伴？」

「有。宮女人數約是羽林軍的一半，行軍時候很是累贅……唔，有兩三百人吧。」去卑答道。

「去搶宮女。」於扶羅說。

「啊，什麼？搶……」去卑不敢相信自己的耳朵。

「我說去搶宮女。」於扶羅只說了這一句。把自己心中所想付諸語言實在很累。他支起上半身，環視在場諸人。

「只有支英和少容啊……能讀懂我的心的人。」於扶羅由在場諸人的表情之中如此判斷。

他率領匈奴人馬，將據點定在靠近中原的平陽城，然而要想繼續在這裏生存下去，就必須接受漢人文化才行。所以，於扶羅才想要掠奪最具文化的宮廷女官，用她們來改造匈奴族人。以這兩三百名宮女作為匈奴年輕人的妻妾——如此一來，漢人文化便該滲進匈奴族的血肉之中了吧。這就是於扶羅心中所想。

「最好的女子是要許給豹的吧？」少容道。

於扶羅深深點了點頭。這時候，門外傳來了下人的聲音：「白波黃巾軍有使來訪。」

五

郭汜再度襲擊天子一行，乃是十月一日的事。郭汜的部將夏育、高碩率兵在宿營地放火，然而楊奉、董承的人馬戒備森嚴，力戰之下終於再度擊退郭汜的部隊。

在那之後，天子一行的內部卻又起了紛爭。負責後勤補給的寧輯將軍段煨，與楊奉和董承發生了摩擦。

天子鹵簿本是在饑饉中前行。隨行的朝臣全都是嬌生慣養的人物。段煨把這些人的衣食都供應得妥妥帖帖，當然也就受到眾人的交口稱讚，自己也變得飄飄然起來。

「哎呀哎呀，有這麼多吃白飯的士卒，我也夠辛苦的。能不能減些人數哪……」段煨這番話傳到了楊奉與董承的耳朵裏。被說成是吃白飯的，發怒也是理所當然了。

於是雙方發生了衝突，相互爭執了足有十餘日。少年天子盡力在兩邊斡旋，終於使雙方和解，鹵簿得以再度東行。行進遲緩的原因，是因為調運糧食頗費時日，加之內部又起了爭執，也就堪堪抵達渭水與黃河的匯合點上。

獻帝一行抵達弘農郡的時候，已經是十一月了。

內爭的消息給駐留長安的三個人帶去了希望。雖然半路殺出護衛的人馬出乎他們的意料，來不及做出對應，但既然有內爭，便說明護衛的人馬也不是鐵板一塊。

話雖如此，楊奉與董承的堅守之陣也不是輕易可以攻破的。然而若是長安這一邊聚集全力，也並非全然沒有可能——在這一點上，三個人利害相通。必須把天子奪回西邊。若是天子到了洛陽，難保不會有什麼詔書詔諭關東諸將討伐西邊的三人。無論如何，李傕、郭汜諸人之前欺壓天子太過了。

「已有密旨傳與兗州曹操，請他迎天子巡幸洛陽。」坊間已然有了這樣的傳言。

李傕、郭汜、張濟——這三個狼狽為奸的人終於結成同盟，決心追趕獻帝一行。三人將所有人馬集結到一起，把老弱殘兵留在第二線，急追獻帝。

這一支追擊的人馬，在弘農郡的一個叫做東澗的地方，追上了皇帝的車駕。有過內爭的隊伍果然不堪一擊，由後面追來的人馬輕易便擊潰了獻帝的護衛隊。

「棄了輜重！輕裝疾行！」楊奉急命獻帝的隨從。這些隨從一個個都帶着一堆堆的東西，全都當寶貝一樣小心捧着。

「為何不扔了這些東西？！」楊奉晃着手裏的刀。

「這是天子的用具。」朝臣回答道。皇帝所用的各種物品都裝在箱子裏，箱子又被小心翼翼地放在車上。箱子很重，車的速度自然也快不了。

「什麼天子用具，要是被追上了，誰還管你是不是天子用具……對了，把這些東西都扔到路上去！」楊奉從車上拖下箱子，撬開箱蓋，裏面都是衣服飾品之類的東西。他把這些東西全都撒到路上。根據當年他在白波黃巾軍的經驗，逃亡的時候若是扔下值錢的東西，便可以延緩對手的追擊。敵人的士卒免不了要爭奪這些財物，自然會阻礙追擊的速度。

楊奉的計策起了效果。這一戰中朝臣與護衛隊伍損失慘重，傷亡不計其數，但自獻帝而下的主要人物最終還是逃脫了李傕等人的追擊，一路逃到了一個名叫曹陽的地方。在這裏，楊奉與董承終於可以收拾人馬，重整態勢。

少年天子到底不過才十四歲，經此一戰，也不免驚慌失措。

「朕若是西歸，應該便不會再有流血了吧……朕想下休戰的詔書，但不知誰能當此重任？」

「陛下可選一個信任之人去做使者。」楊奉答道。然而楊奉私下卻沒有和解的打算。獻帝雖然向李傕等人派去了使者，楊奉自己卻也派出了別的使節——給白波谷的盟友。他自藏匿於終南山的時候開始，便與白波谷一直保持着聯繫，請他們在緊要之時派兵相助。當然，白波黃巾軍與南匈奴軍之間也有緊密的聯繫。

此時此刻正是需要援助的時候。

獻帝所說的停戰談判，對於楊奉而言不過是在爭取時間而已。此時白波黃巾軍的將領乃是胡才、李東、韓暹幾人，而且一直保持着隨時都可出兵的狀態。楊奉的使者一到白波谷，白波谷便立刻向平陽城派出了急使。

平陽城的南匈奴鐵騎也早已做好了出擊的準備。白波黃巾軍與南匈奴的聯軍一路南下渡過黃河直逼曹陽，偷襲了在此附近同獻帝談判、順便休整士卒的李傕等人的聯軍。

追擊的這些人馬本來都只注意前方的動靜，根本沒有想到會有敵人從背後殺來。突然之間發現身後塵埃大起，一個個面面相覷，不知所以，還以為是狂風大作的緣故。

「難道是敵軍？」等他們開始反應過來的時候，南匈奴鐵騎的弓箭已經如雨點一般射進營帳之中了。

「有敵人！」士卒只知道四散奔逃，全然顧不上抵抗。眨眼之間，追擊的人馬便被殺得落花流水。

「好一個奸詐的皇帝！竟敢暗算我等！」張濟騎在馬上，一邊逃一邊恨恨地唾罵。

曹陽一戰，追擊的聯軍損失了數千人馬，不得不退回西邊去了。

六

隨獻帝出行的宮女畏懼眼前血腥的戰鬥場面，這一點自不待言。

「都打起精神來。大家在長安的時候也不是沒有見過打仗。生於這樣的亂世，也算是我們命中注定的。要是心中恐懼，就閉上眼睛，雙手合十放在胸前……西域的浮屠信者告訴過我，這樣可以安撫情緒……不要去想任何事情。」宮女的隊伍之中，也有女子在勸慰大家。

那是蔡文姬。

父親死在獄中之後，蔡文姬便在家中閉門不出。不過天子成婚之時，還是將她召進了宮裏，由她負責教育年幼的皇后。

然而她卻沒有時間教導皇后詩文。剛被召去皇后身側，便遇上了連綿不斷的戰爭。

鹵簿東歸之際，她恰是宮女之首的身份。雖然年紀尚輕，可是先有丈夫死別，後有父親投獄，她也可以說是飽受折磨了。

「已經經受了如此惡劣的遭遇，往後不管再有如何悲慘的經歷，我都不會害怕了。是的，沒有什麼可怕的。睜大眼睛，接受命運吧……」她常常把這樣的話掛在嘴邊。

得了白波黃巾與南匈奴軍的援助，天子一行終於脫離苦海，愁眉也得以舒展。這也算是奇事一件。白波黃巾軍當年屢受朝廷征討，此刻董承所率的牛輔舊部，當初也曾參加過討伐白波谷的戰役。現如今雙方卻成了友軍，轉而並肩作戰了。

「好了，打起精神，不可輕忽。」事態暫時安定下來，宮女們也開始鬆懈。蔡文姬便以言語激勵眾人。其實她更應該對士卒們說這樣的話。這些士卒經過曹陽一戰的大勝，全都變得輕佻起來。

雖然李傕等人的聯軍遭遇慘敗，向西退去，但由長安而來的後繼部隊正在不斷加入。那是當初來不及備齊軍需而留在長安的第二線、第三線部隊。

「他們遭遇了如此慘敗，短期之內不敢再來進犯了。」護衛天子的諸將都作如此考慮。他們卻不知道，敵軍的新銳部隊正在源源不斷抵達對手的陣營。

由長安至洛陽的行程已經過了三分之二，距離令人懷念的洛陽已經近了。比起陝縣這樣的鄉村之地，獻帝連做夢都想早日回到洛陽。同樣出生在洛陽的伏皇后也是這樣的心情。然而根據傳來的消息，洛陽城自從當年被董卓一把火燒了之後，已經沒有人在城中居住了。

旅途之中野營倒也罷了，若是回了舊都，天子卻還是要在都城之中野營，朝廷的威信何在？無論如何，哪怕是造個臨時的宮殿也行。待宮殿造好之後再將天子隆重迎入洛陽——朝臣之中，多數都是如此的意見。

那麼，誰來造這個宮殿？

關東諸將之中，靠近洛陽的乃是兗州曹操。於是天子遣使去召曹操。河內太守張楊當初便與長安朝廷親近，又與關東諸將聲氣相通，就由他來擔任使者一職了。

說起來，曹陽這個地方本來是個山谷的名字，別名「七里澗」，四周沒有城牆環繞。後來曹操稱霸天下之時，不喜歡這個地名與自己的姓相同，把它改作了好陽。

無論如何，在進入洛陽之前，天子一行至少要先去一個有城牆的地方才對。陝縣城恰好距離這裏不遠，於是經過了很長一段滯留曹陽的時間之後，護衛軍終於起身再度向東面出發了。

一般人在由靜轉動的時候總會有些疏忽的地方。劍法之中也有引誘對手出擊，趁對手剛要動作的時候狙擊其破綻的訣竅。大軍行動的時候自然也是一樣。

獻帝乘輿的左右，分別跟隨着董承與李樂，胡才、楊奉、韓暹、去卑等人緊隨其後。

「好，出發……」董承懶懶地舉手示意。

這支人馬，按人來比喻的話，相當於剛要起身的時候，是一個極端不穩定的狀態。李傕等人的聯軍，瞄準的就是這個時機。

「殺！」李傕雖然也是舉手示意，卻與董承舉手的模樣不同，動作之中充滿了力量。

喊殺之聲響徹天地，以剽悍的西涼兵為主力，董卓舊部的聯軍殺向了護衛軍。

「死者甚於東澗。」史書中如此記載這場戰役。

護衛軍中，光祿勳鄧淵、廷尉宣璠、少府田芬、大司農張義四人戰死。也就是說，九卿之中死了四卿。

由此也可看出戰鬥的激烈。位列三公的司徒趙溫，與九卿之中的太常王絳都被俘虜。

「事急矣，陛下請上馬。」李樂向獻帝說。

少年天子淚流滿面，搖頭道：「百官俱在，朕豈可獨行！」

「陛下，請上馬。」蔡文姬也一同進諫，然而獻帝依然搖頭不允，「羸弱宮女身赴險地，朕豈有獨活之理。」

就在此時，匈奴軍的主帥去卑將蔡文姬叫到營後：「我有一法，可勸陛下。」

「什麼方法？」

「宮女若是逃離，陛下必然上馬。」去卑答道。

蔡文姬望着去卑的臉。她看到百官自顧而逃，武將則在準備出戰。這些都不用旁人操心，那麼在獻帝所受的帝王之學當中，最需要他關心的便該是那些柔弱的宮女了吧。的確，若是宮女先逃了，獻帝應該也會動身了。

「可是，車馬……」蔡文姬理解去卑的意思，然而要想由亂軍之中救出行動遲緩的宮女，車馬一類的代步工具必不可少。蔡文姬覺得，一時之間根本籌措不到那麼多車馬。

「我匈奴軍這就去準備車馬，兩百多人的宮女，應該能容得下。」去卑的語氣中滿是自信。單于於扶羅交給他的任務，表面上是護衛天子，其實更重要的還是擄掠「最具文化的女子」。

「真的？」蔡文姬驚訝地問。

「就是為了這個目的才來的這裏……」去卑在心中暗暗回答，嘴上卻說：「騙你做甚。車馬這就備齊，你快去把宮女都集中到這裏來。」兩人說話的時候，喊殺聲已經越來越近了。

七

對於天子護衛軍而言，身處狹長的山谷窄道，敵人無法團團包圍，這可以算是不幸中的大幸。逃跑固然只有一條路可走，追擊也只有同樣的一條路。只要砍下樹木堵在路上，後面的人馬首先就得清理道路才能繼續追擊，這樣便可爭取到逃跑的時間了。

但是畢竟不能沿着河岸一直向東逃，還是要找準時機渡河去到北岸才會安全。附近並沒有能供大軍渡河的船隻，追擊的人馬要想過河，至少要花費幾天的時間調度船隻。另一方面，扈從天子的此時只剩下不到百人，想要過河還是比較容易的。

「只有一隻船，只能載三十人。」在河岸打探情況的李樂部下如此稟報。

「三十人嗎……」董承仰面望天。天色已經有些晚了。已經是農曆的二十四日了，晚上應該不會有什麼月光。他垂下目光，轉頭望向身後——身後站的是符節令孫徽。

「孫徽，你的劍法不錯吧。」董承說。

「啊，略有心得。」孫徽答道。所謂符節令，是管理重要文書的職務，歸屬於九卿之一的少府之下，俸祿六百石。

「船上只能乘三十人，」董承放低了聲音，「天子身邊卻有近百人，若是一齊爭搶船隻，必然混亂不堪。上船之前，先減些人數才行……就靠你的劍了。你領天子先走，多斬下賤之人。」

「是。」孫徽將手按在劍柄上答道。

不久，一行人靠近了河岸，捨了馬車徒步而行。獻帝也自己下車行走，只有伏皇后被兄長伏德背在身上。孫徽手持長劍在前領路，一邊高聲呼喝：「閃開，膽敢靠近至尊嗎？！」一邊揮舞手中的長劍。揮舞之時，他也留心觀察兩邊的人——判斷對方是不是下賤之人。

白刃揮過之處，鮮血飛濺，都噴上了皇后的衣裳。

「殺旁侍者，血濺后衣。」史書中以這八個字描寫出這樣一幅淒慘的地獄圖景。

道路狹窄，就算不想接近至尊，也沒有別的地方可讓。況且有人本來便是在天子身旁隨侍的。

一行人如此徒步來到河岸，然而岸邊距離水面卻有十餘丈。當時的一丈雖然只相當於今天的二百三十厘米左右，但也是相當的高度了。眾人用絹編成網，從山崖垂到河邊，再一個個坐在網上降下去。不過也有人沿着山崖爬下去的。

孫徽雖然已經斬了不少人，但到達河岸小船處的也有五六十人，差不多是承載數量的一倍。

「還是要殺啊。」孫徽立於船舷，手中擎着長劍。拉纜繩者斬手臂，赴船舷者斬手指。農曆十二月正是嚴寒時分，落在水中的人，即使沒有負什麼傷，也都被活活凍死。

終於只剩下差不多三十人了。

伏皇后恐慌至極，一直掩面哭泣。衣裳之上滿是鮮血與污泥。獻帝抬頭望着夜空，低聲自語，「不知宮女們怎麼樣了」，隨後放下心來。

「開船了！」李樂大聲喊道。

船緩緩離開了岸邊。

孫徽將沾滿鮮血的劍刃浸在水裏用力擦洗，忽然間感到背後傳來一股殺氣，他急忙回頭——就在回頭的同時，他的背上被人重重踹了一腳，往前衝去，掉進了水裏。

落入了嚴冬時節的黃河，命是保不住了。

「你，你幹什麼？！」董承向踢孫徽下船的人厲聲問道。

「這小子殺了不少我的手下，反正到了北岸也會被剩下的人尋仇，小命肯定保不住，還不如趁現在鳧水逃走為好，哈哈哈……」怪笑的人正是白波黃巾軍的勇將胡才。

獻帝一行終於渡過了黃河。對岸是個叫做大陽的地方。河內太守張楊派數千民夫獻上了大米。這可以說是雪中送炭之舉了。

獻帝的鹵簿繼續北上，到了安邑，終於暫且安定下來。河東太守王邑獻上了絹棉之類的衣物。

獻帝在安邑的行宮封賞了有功的諸臣。白波黃巾軍的諸將之中表現最為出色的胡才被封作征東將軍。

「宮女們都怎麼樣了……」獻帝有時會想起那些消失不見的宮女。可是，他從沒有說出口過。若是被董承聽到，只怕他又會進諫說：「陛下身側並非只有宮女。不是有許多大臣與士卒都戰死疆場了嗎？」

八

一百五十餘名宮女，忽然消失在黃河岸邊。

那是混戰正酣時候的事。大家都只顧着保住自己的性命，沒人有多餘的精力去管宮女的死活——不過，只有一個人例外。

那是一個不管在怎樣的混戰之中，對於某個女子的動向，都比自己的性命更加關注的男人——衛尉士孫瑞。

衛尉是守備宮門內安全的官職，位列九卿之一。整頓宮門外街市秩序的執金吾雖然與九卿待遇相同，卻並不屬於九卿之列。封建專制時代，負責皇室安全的人，總要比維護一般平民秩序的人地位更高。

董卓君臨長安的時候，士孫瑞官居執金吾。後來他與王允合謀，成為誅殺董卓的叛亂團體中的重要成員。再後來王允諸人因為謀殺董卓而被攻入長安為主報仇的李傕等人殺害，但士孫瑞之前就藉口與王允諸人意見不合主動辭官下野，因此得以免遭李傕等人的復仇。

然而士孫瑞預見到董卓的部將必然前來復仇，他所尋找的下野藉口，卻是蔡邕的投獄——由此說來，他也算是個明哲保身的人物。

恰是這樣一個士孫瑞，對於蔡邕的女兒蔡文姬，卻寄託了滿心的愛戀。這份愛戀之情當中，又有一份內疚——當初若是有人能救蔡邕，這個人非士孫瑞莫屬。

蔡邕死在獄中之後，士孫瑞的愛戀愈發強烈。即使身在混戰之中，也總是會想着蔡文姬如何如何了，經常會去尋找她的身影。因此，士孫瑞看到宮女們上了匈奴軍的馬車，便縱馬追在隊伍的後面。

「陛下在那裏。」去卑看見有人追在宮女的後面，便向他如此喊道，想讓這人離開。去卑是要誘拐宮女，當然不能走漏消息，必須盡力掩人耳目。若是被這個位列九卿之一的人物看到，可就不好辦了。

「不，人太多反而礙手礙腳。陛下就交給董承大人與白波諸將了，我與匈奴人馬一起行動。」士孫瑞答道。

匈奴軍在距離獻帝一行渡河地點不遠的地方，已經事先藏下了十餘艘船。

乘船的時候，去卑也沒辦法拒絕士孫瑞的跟隨。船上的空間綽綽有餘，一百五十多名宮女都能上船，卻單單拒絕一位公卿，道理上實在說不過去。

渡河的時候，天色已經黑了。去卑與士孫瑞一同乘的第一船。身為宮女之首的蔡文姬也在同一條船上。

船離岸之後剛過一會兒，去卑突然大聲叫了起來。

「伏身！被敵軍發現了，有箭！伏身！」宮女們一陣慌亂，船身劇烈搖晃起來。

「哎呀，衛尉大人中箭了……」去卑依舊是蹲着的姿勢，抱住士孫瑞的身軀。雖然天色已晚，但還是可以看見物體的輪廓。旁邊的蔡文姬探頭張望，清楚看見士孫瑞的背上有一支箭矢一樣的東西。

渡河去了北岸之後，匈奴一行迂迴返回了平陽城。

一路上，自去卑而下，匈奴的將校幾乎都不開口說話。宮女們暗中竊竊私語：「難道是要贖金？」

只有蔡文姬向諸人說：「看來不像。不管什麼事，都不要驚慌。」

背後中箭而死的士孫瑞，被埋在夏縣東南。

一到平陽城，宮女們便被帶進了石壁高壘的家中。第二天，文姬一個人被傳了出去。

「單于傳見。」一個全身披掛整齊的士卒板着臉說。自從來到這一座被匈奴佔據的平陽城之後，文姬很快便明白了匈奴全軍了無士氣的緣由。

南匈奴單于於扶羅，不日就要病故了。文姬是被傳去見他最後一面的。

「坐到前面來。」去卑說。房間裏只有十個人左右，都是南匈奴的最高首領吧。十三歲的豹也在場。文姬來到單于的枕邊跪坐下來。不知怎的，她的心中異常平靜，差不多都感覺不到自己心臟的跳動一般。

「是伯喈的女兒吧……」於扶羅睜開細長的雙眼，用微弱的聲音說，看到文姬點頭，又接下去說，「聽說你擅長彈琴，就教豹兒彈琴吧……一起過吧……我們也改住有城牆的地方了……到了下一代，我們匈奴也要能彈琴……」文姬點頭不語。除了點頭，她什麼都做不了。對於於扶羅話中的意思，她理解得非常清楚。這是要她去做這個十三歲少年的妻子抑或侍妾，為了將文明傳播到這個草原民族之中。

退下之前，在前面領路的去卑，到了門口的時候忽然回身說道：「看上去你竟然半點都不驚訝啊。」

「是不驚訝。我已是一個死了的女子，哪裏還有會驚訝的心。」文姬答道。

「死？」

「在船上的時候，有箭穿過了我的胸口。」

「什麼，在船上的時候？」

「士孫瑞大人的背上，不是中箭了嗎？我當時坐在他的身後，若不是有箭穿過了我的胸口，又怎麼會落到他的背上？」

「是嗎……」去卑也不想再作什麼分辯。正是他偷偷將毒箭插在了礙事的士孫瑞背上。雖然他的手法很快，但還是被文姬識破了。

翌日，於扶羅病故。弟呼廚泉接任單于。去卑為右賢王，少年豹為左賢王。

作者曰：

關於獻帝東歸的幾場戰役，其進度很難切實把握。

根據《後漢書》記載，因白波黃巾與匈奴的援助而大勝的「曹陽之戰」，發生在十一月的壬申日。這一日正是冬至的前一日、農曆十一月五日。而獻帝一行戰敗之後離開曹陽則是在十二月的庚辰日。但是不管怎麼數，都不應該是十二月的庚辰日。庚辰是在壬申的八日之後，應該是十一月十三日才對。也就是說，十一月是被誤寫作十二月了吧。《資治通鑒》中寫的是十二月庚辰自曹陽出發，如此算來就是十二月二十四日了。在曹陽這樣一個狹窄的山間谷道宿營四十八日，實在讓人難以置信。如果非要說是十二月的話，那一定是將辰誤寫為申了。（譯者按：這裏有問題。《資治通鑒》中沒有查到「十二月庚辰自曹陽出發」的記載，倒是《後漢書》中寫到「十二月庚辰，車駕乃進」。懷疑作者將《後漢書》誤寫為《資治通鑒》了。）

《後漢書》中，有不少曆法記載錯誤的地方。同樣是在興平二年（公元一九五年），也有將十二月一日寫成庚辰的地方。

曹陽大勝之後疏於防備的滯留，看起來應該也只有八日左右吧。

渡河抵達安邑的日子，《後漢書》記為十二月乙亥，然而這一年的十二月沒有乙亥日。不管怎麼說，乙亥已經是第二年了，而次年正月之時，獻帝已經在安邑舉行祭祀儀式了。考慮到乙字與己字很容易混淆，筆者以為，這裏有可能是己亥寫作了乙亥。若是己亥的話，那也就相當於十二月三日了。

另外，最初遣數千民夫獻上米糧的勤皇太守張楊，來到安邑的時候乃是乙卯、十二月十九日。依照己亥推算，應該是說得通了：

曹陽大勝——十一月五日；

大敗——十一月十三日；

達到安邑——十二月三日。

《後漢書》中的錯漏不單是在曆法，其他地方也有不少問題。本紀之中稱去卑是左賢王，到了列傳裏卻又説是右賢王了。右賢王是正確的，左賢王是豹。蔡文姬成為左賢王的妾，十二年後由曹操出錢贖回。文姬在匈奴生了兩個兒子。南匈奴出了據傳乃是豹之子的劉元海這樣的大文人，或許也是受了文姬的影響吧。

講談本《三國演義》之中，關於馳援獻帝的人馬，只寫到了白波黃巾軍，並沒有提南匈奴去卑的名字。這大約也是因為一種所謂漢天子不能受異族之助的正統思想，而故意略過不寫吧。

講談本中對於黃巾軍的記載也有故意冷處理的地方。譬如書中寫到，白波黃巾軍的勇將胡才在與李傕等人的聯軍混戰之中戰死。然而前文已經説過，胡才直到安邑的時候依然活着，還被天子封為征東將軍。

胡才是在之後因受人怨恨被殺的，並非是戰死。然而在封建思想之中，曾經造過反的人，絕不能被舉薦為征東將軍吧。講談本的作者一定是在考慮，還是讓胡才在受封征東將軍之前被殺的好，反正左右不過一個死字。

又見混戰

一

年幼的伏皇后，緊鎖雙眉說：「這座城裏總有些奇怪的味道，是什麼呀？」

「是鐵的氣味吧，或者是鹽……」獻帝答道。

安邑是產鐵和鹽的城鎮。雖然只是臨時駐紮，但將這裏稱做都城，也確實是太煞風景了一些。

獻帝一行在安邑度過了新年，年號也改為了「建安」。迄今為止的「興平」只持續了兩年，之前的「初平」也只不過四年而已。

「建安啊，真是一個好年號。要是能延續下去就好了……」伏皇后說。

「一定要延續下去。」獻帝輕咬嘴唇說。然而即使他想讓這個年號延續下去，又真能將自己的意思貫徹下去嗎？豈不是全都由權臣恣意妄為的嗎？董卓如此，李傕、郭汜也是如此。

「從今往後，再不能如此了！」獻帝心中暗暗下了決心。

此時他最盼望的，乃是回到洛陽。比起其他的事情，他此刻最需要的是將返回洛陽的意思貫徹下去。

「回洛陽。」獻帝如此說。

然而對於回洛陽的問題，獻帝身邊的諸將卻意見不一。李樂、韓暹、胡才、楊奉這些白波谷的諸將，都反對遷都洛陽。理由很簡單，這座安邑城靠近他們的領地。

贊成遷都的則是河內太守張楊與安集將軍董承這些朝臣。

兩派因此發生了爭執。韓暹攻董承，董承逃往張楊所在的野王。然而接下來白波系內部又有了不和，胡才與韓暹相互對立，鬧到了兵戎相見的地步。獻帝派使者兩相斡旋，才終於使雙方放下了刀槍，算是避免了流血事件。

「貫徹自己的意見竟然如此之難嗎……」獻帝想放棄了。

然而若是就此放棄，那就徹底完了。他咬緊牙關，怎麼也不肯撤回遷都洛陽的旨意。

白波系諸將終於也不得不尊重皇帝的意見。但是此時的洛陽城太過淒涼，最少也要先做些應急的準備才行，譬如說修繕皇宮等。

董承得了張楊的援助，開始修繕洛陽的宮殿，是三月的事。南方的劉表也為建設都城提供了人員和材料。東方的曹操雖然最受期待，但他在定陶擊破呂布之後，又圍困了雍丘很久，直到去年十二月的時候才迫降了此地的張超，實在騰不出手來援助洛陽。實際上曹操暗地裏正在籌措另一個計劃，故意對洛陽視而不見。

所謂另一個計劃，便是將天子迎去自己的居城許。曹操一直等待這樣的機會，他不動聲色地密切關注着周圍的動靜。曹操一面笑看皇帝身在安邑、卻因嚮往洛陽而坐立不安的模樣，一面也在觀察自己攪動的波瀾。

被他趕走的呂布去了何處？去了徐州劉備那裏。

陶謙臨死之前將徐州讓給了劉備。對於曹操而言，這個陶謙乃是殺父仇人，曹操恨不得將之碎屍萬段，然而卻讓他死在了病床上，真令曹操又悔又恨。早在攻取呂布之前，曹操本就打算取了徐州，卻因為荀彧的進諫而擱淺。

「昔高祖保關中，光武據河內，皆深根固本以制天下，進足以勝敵，退足以堅守，故雖有困，終濟大業……且陶謙雖死，徐州未易亡也。」荀彧如此說。

只不過他所說的「徐州未易亡也」，卻也並非是指由陶謙處得了徐州的劉備很強。而是因為當初曹操討父仇、攻徐州之時，人馬所過之處皆是燒殺搶掠，這一次若是再攻徐州，徐州庶民必然堅壁清野，誓死頑抗。

因為荀彧的諫言，曹操放棄了進攻徐州的計劃，劉備這才順利當上了徐州牧。

然後，被曹操擊潰的呂布，也逃到了那裏。

「我攪動的波瀾還在擴大啊……接下來便是將天子由洛陽接到我的許都，隨後便可號令天下了。」曹操冷笑起來。

忽然間，曹操心中生出一個念頭，自己臉上的笑容，究竟是什麼樣子的？

「恐怕是讓人不寒而慄的笑吧。」曹操心滿意足。在這樣的時代，還是身上帶着邪氣的人物更強大。

二

「太忙了。說是隱居，反倒更加忙了，真是的。」少容說。

少容將五斗米道的權力移交給兒子張魯之後，本應該過起隱居的日子了，然而反倒更加忙碌。

看過南匈奴單于於扶羅的病情之後，她剛回到白馬寺與陳潛會合，又不得不由這裏趕往徐州。因為陳潛從長安帶來了呂布的愛妾貂蟬。呂布寄身在徐州牧劉備處，被劉備借了小沛供他落腳。小沛這個地方，時而為國時而為縣，為縣的時候通稱小沛。少容受了呂布的委託，只得將貂蟬送去他所在的小沛。

「我也忙啊。」白馬寺的支英也苦笑着說。

他帶着少容自南匈奴的平陽城剛剛回來，還沒有來得及休息，就接到了建浮屠的笮融邀請，不得不準備南下長江。笮融本是陶謙的手下，曹操攻打陶謙的時候，徐州全境動盪不安，他便率了數萬平民避難去了南面的廣陵。

這一次他是要在長江沿岸建造更大的浮屠寺，所以又來邀請支英。

「雖然不是很想去……」支英說。他早已看出笮融不是真的佛教信徒，信仰之中大半還是對異國風味的嚮往，實在算不得純淨。

「是啊，這人雖然號稱自己信奉浮屠，卻有不少不好的傳聞哪。」少容同情地說。

陶謙既無政治手腕，也無軍事能力，他之所以能將徐州一直維持下去，靠的正是麋竺與笮融這兩根頂樑柱。麋竺是徐州當地的大富豪，笮融是掌握着連接中原與江南的運輸網的人物。這兩個經濟幕僚一直支持着陶謙。

當然，麋竺與笮融都不單單是經濟方面的人才，只是以逐鹿天下的要求來看，兩個人都差了一點。陶謙手下雖然也有不少諸如曹豹的武將，然而卻並沒有足以繼承徐州的優秀人物。譬如曹豹，剛猛有餘，謀略不足，更不會洞察人心，只是一介武夫而已。因為這個原因，不得不由別處請來劉備這樣的領袖人物。

麋竺決定繼續為新的領袖工作，去迎劉備的也是他。他是當地的富豪，當然不願意離開故土。相比之下，自稱佛教徒的笮融，本來便是行走四方的運輸業者的首領，很有自信：「到哪兒都能過得好。」

他受陶謙的委託，負責下邳、彭城、廣陵三郡的糧食運輸。然而大部分其實都進了他自己的腰包。興建巨大的浮屠寺，舉辦大型的水陸道場，其資金也是來自這裏。

徐州動盪以來，他之所以攜數萬平民南下，則是因為他身為運輸業的經營者，需要大量的人力。

當然，作為經營者，笮融本身有着優異的才能。經營，特別是運輸業的經營，最要緊的便是如何善用人力。為了這個目的，必須將大量平民團結在自己的周圍。不過，單純平民內部的團結也不足取。作為首領的笮融，需要借助某種特殊的關係，將這些平民掌握在自己的手中。

笮融由此想到了浮屠的教義。從事運輸業的人成為佛教信徒，作為同樣的信徒互相團結。而且作為信徒代表的他，更是不遺餘力興建寺院，舉行各種儀式。由此一來，平民們便不會離開他了吧。

笮融對佛教的興趣，雖然也有異國情調的原因，不過作為商人的他，也是很快便想到了如何利用佛教的緣故。

實際上，一旦帶了這些平民南下，即使可以依靠佛教團結他們，但如何能夠養活這些人口，也是一個不得不解決的問題。

笮融詐稱商討運糧事宜，與廣陵太守趙昱相會。趙昱盛情款待笮融，宴席之上，就在酒意正濃之時，笮融引兵殺了主人。

趙昱的死也是相當可憐。他手執酒杯，問笮融，所謂「浮屠教義」，究竟是為何物。

「……一言以蔽之，慈悲而已。四海之內皆兄弟。不爭，不奪。為天下諸人，將世間化作淨土，此便是我浮屠教義的精髓……」笮融這樣說的時候，舉起了左手，給事先埋伏下的士卒發去動手的信號，右手依舊舉着酒杯。

笮融劫掠廣陵，以養自己所率的平民。

此後他又去了秣陵，投身在彭城相薛禮之處。然而沒過多久，他又故技重施，殺了薛禮。

實在是個殘酷無情的佛教徒。

「正是這樣的人物，才要最先救贖啊。」支英說道。

「這一點我很理解。」少容點頭。道教與佛教，雖然教派不同，但同樣都是以拯救人類靈魂為己任。相互之間的心情都很理解。

「據說入教者已有數萬，然而其中卻沒有能講佛法的人。若是入了邪道可就糟了。比起建寺，還是將他們引導上正途更加重要。無論如何，這一趟我也是非去不可的……雖然說實話，我實在不願與笮融見面啊……」

三

天下紛爭的時代，只要稍顯弱小的土地，都會被臨近的豪強進攻。

「徐州薄弱。」陶謙讓給劉備的徐州，被人虎視眈眈也是理所當然的。領袖的更替，不管如何理想，終究還是會生出少許嫌隙。

劉備雖然將自己的手下都帶到了徐州，然而徐州城中還有陶謙一族的勢力。這兩個系統若是不生嫌隙便能融合在一起，恐怕可以說是奇跡吧。

而且，劉備還接納了呂布這樣一個麻煩的人物進徐州，更成問題。

呂布兩次謀殺自己的主公。第二次的時候，他所殺的董卓不但是主公，也是他的義父。不管怎樣的亂世，這都是足以使人聲名狼藉的事件。

為何劉備要收留這樣的人？

劉備的親信關羽、張飛極力反對，然而劉備卻笑道：「天下畏懼的人物，總有能用得上的地方。使御呂布，我有信心。」

這是劉備太過自信了，也是他有些虛榮的緣故。並非出身豪門的劉備，經不起世間的喝彩。

「呂布，投在劉備處。」只要想像一下這樣的傳言在天下流佈的情景，劉備的心中便已經激動不已了。

「呂布這廝，還不知道會搞出什麼事情來。」張飛說。

「哈哈哈……翼德也會擔心這個嗎……少見啊。」劉備大笑起來，心情很是暢快。說起來，經常突然就惹出事情來的人，不是旁人，正是這個張飛。

「瞧，就連你張飛這樣的問題人物我不也用得很不錯嗎？」劉備很想這麼明說。

張飛確實很不省事。自從進徐州以來，和陶謙的舊部最常發生衝突的也正是他。

「我們該盡力避免內憂外患。此時外患一日緊似一日，為何偏偏還要收留呂布這樣的內憂之種？」關羽如此說。

「外患是什麼？」

「北有曹操，南有袁術，徐州之側，強敵環伺啊。」
「都是很危險的對手。」
「所以說，像呂布這樣的……」
「等等，」劉備不等關羽把話說完，「正因為如此，我才要收留呂布。」
「此話怎講？」
「呂布雖然勇猛，但依他的性格，打下的城池也保不住。」
「啊，是有這麼一說……」
「如今的亂世到底會走向何方，誰也看不明白。我們這座徐州，也說不定什麼時候就會得而復失。若是落到了曹操、袁術之輩的手裏，想奪回來可是難上加難的吧……明白了嗎，反正要丟，還是丟給保不住它的人為好吧。我正是要把奪徐州的人養在身邊……呂布是最佳的人選啊。」
「啊，原來如此……」關羽啞口無言。
劉備這是在下一盤很大的棋。
「如何，現在明白了？」劉備抬起他異於常人的頎長手臂，摸了摸自己碩大的耳垂。
「這樣說來我倒是明白了，可這到底還是一步險棋啊……」關羽答道。
劉備便是這樣力排眾議，將天下人都視作洪水猛獸的呂布，安置在了距離徐州州都不遠的小沛。
不久，劉備得到消息，袁術有出兵的模樣。
袁術，字公路，常常以後漢名門袁氏的嫡出自傲，同時還貶低堂兄袁紹，說他是側室所生，不是純正的袁氏血統。由這一點看來，他也實在不是什麼有能力的人物。

當初的天下形勢，只有袁紹、袁術兩兄弟逐鹿，然而那已經是很久以前的事了。

孔子後裔、北海相孔融，曾經對劉備如此評價袁術：「塚中枯骨。」

曹操的勢力正在抬頭，孫堅的遺孤也在江南一帶嶄露頭角，劉備則在徐州大志初伸，天下形勢一變至此的如今，只知道炫耀家世的袁術，大約只能算是一個落後於時代的人物了吧。

而且近來世間又有傳聞：「袁術將即帝位。」

這並非空穴來風。而是袁術近來的動作讓人不得不如此推想。

「好，迎擊！」劉備起身說道，「出兵之前，先去一趟小沛。」

四

小沛城中有遠道而來的客人。少容與陳潛送貂蟬來到小沛。呂布喜笑顏開。

算起來，自從當初提了董卓的首級逃出長安以來，已經度過了四個春秋。在這四年中，他漂泊四方，轉戰各地。然而不管經歷多少事情，貂蟬的面容依然不時閃現在他的眼前。

「堂堂男子漢，竟然如此想念一個女子，這算怎麼一回事……」起初呂布也會如此斥罵自己，然而再怎麼斥罵，還是抹不開貂蟬的面容。漸漸地，在他眼前浮現的貂蟬，慢慢化作了心中的慰藉，他也更加不願將這面容抹去了。對呂布而言，這是他漫長的流浪旅途中彌足珍貴的東西。

在這樣的亂世之中，相對來說比較頻繁地在各地遊歷的人，便是五斗米道一脈的商人了。呂布想到了這一點，便打算請他們將貂蟬送來。如今他的夙願終於達成。在戰場上人神共懼的呂布，此時有如一個孩子一般，喜不自勝。

少容靜靜看着這幅奇異的景象。

「少容夫人，太感謝了。今日雖然我呂布以敗戰之身拿不出什麼謝禮，但有朝一日取得天下之時，必定將巴蜀之地獻與五斗米道。大丈夫一言九鼎，自不食言。」

呂布說起敗戰之身的時候，臉上毫無羞色。說到取得天下的時候，也沒有半點猶豫。

「真像個孩子……」少容心想。

外表上看，呂布似乎很適合這個弱肉強食的時代。然而，這個懷有一顆童心的英雄，恰是最難在這個亂世生存的人物。

「貂蟬既來，便有了百倍的力氣。」呂布更說出如此可愛的話來，絲毫沒有一軍主帥的模樣。

在這四年間，貂蟬略略豐腴了一些，看上去更顯嫵媚。由年齡上說，她本該比四年前濃豔妖嬈，然而在她的整個容姿之中，卻有一股清純的感覺。

「太美了……」呂布看得入了迷，然後又有些迷惑。他彷彿感覺自己看到了什麼不可思議的東西，然而究竟哪裏不可思議，他自己也不是很明白。

但少容是明白的——明明是應該更加成熟的女子，看上去卻比當初更顯清純，呂布是為此而感到不可思議吧。

「拜見將軍。」貂蟬雙手合在胸前。

她在五丈原康國人的聚居處藏匿了很久。在這期間，她開始信奉浮屠教義。之所以會有清純的感覺，大約便是由她的靈魂之中散發出來的吧。

就在此時，門外有人通報：「劉徐州大人求見。」

「不用說了。」呂布把貂蟬抱了起來。雖然少容與陳潛還在場，但呂布根本就沒有意識到旁人的存在。

「是劉備劉玄德嗎……」

「是，似乎是微服來訪。」

「好，帶他去隔壁。」呂布説着站起身來，出門的時候，又回頭向貂蟬說：「我很快就回來。」

「將軍不必着急。」貂蟬輕輕點了點頭。

雖說是隔壁，但因為兩個人的聲音很大，少容與陳潛本沒打算偷聽他們的談話，卻也將他們的說話內容全都聽在耳朵裏。

「玄德大人特意前來，不知有何貴幹？」

「公路來攻徐州了。」

「哦，這可不妙啊。」

「與其坐待公路來攻，我還是打算出徐州迎擊。」

「嗯，還是野戰為好。不愧是勇毅果敢的玄德大人。」

「勝負難料，況且公路的人馬眾多。我這一戰，怕是連五成的勝算都沒有。」

「玄德大人何必說這種長他人志氣的話。」

「所以我有一事相求。」

「要借兵?」

「不是,並非如此。如果這一次劉備不幸落敗,請將軍不要猶豫,自取徐州。」

「什麼?」劉備的話太過出人意料,呂布也不禁大吃一驚。

「與其被公路奪走,我還是想由奉先大人取了的好。」

「哦,是嗎……」這樣說就明白了。有着一顆童心的呂布,對於這樣一種近乎玩笑的說法反倒更加容易理解。

「我若是戰死疆場,還請將軍照顧我的妻子。」

「別說這樣不吉利的話——不過,若有萬一之時,玄德也不必掛心……哎呀,不會的。玄德你也不必殊死作戰,就算潰敗,也一定要想方設法回到徐州……」

說着說着,呂布自己倒擔心了起來。劉備若是敗北,我便要取了徐州。然而這時候劉備回來了又怎麼辦?是把徐州再還給劉備嗎?或者說,不用還了——「我若兵敗回了徐州,想請將軍收我在手下做一員部將……」劉備既然這樣說了,呂布也終於下了決心。

「好,我明白了。我答應你。」他挺起胸說道。

「我就是想在出兵之前與奉先大人約定此事而來……有誰能為我們作個見證嗎?」劉備說道。

「哦,見證人啊……啊,對了,剛好貂蟬來了。」

「貂蟬是……」

「某奉先的妻子。」這位將軍實在天真，連當事人的妻子不能作為約定的證人都不知道。

「原來是將軍的夫人……這個……」就連劉備也不禁對如此不通常理的呂布啞口無言，「還有旁人嗎？」

「哦，由長安送貂蟬來的人怎麼樣？剛好都在隔壁。」

「是什麼人？」

「五斗米道的人……」

「哦，那很好，很好。」劉備重重點了點頭。

滿是不義之戰的年代裏，包括興兵作戰的人在內，世人都迫切尋求一種能夠不偏不倚主持公道的「證人」。——五斗米道的人。這是當時最受人信賴的。彼此征戰的諸侯也都對五斗米道的人很放心。作為眼下這一約定的見證人，再沒有比他們更合適的人選了。

五

劉備率兵遠赴淮陰與袁術的人馬對峙。張飛作為守將，駐守徐州的州都下邳。下邳相則是陶謙的舊部曹豹。呂布此時已經打算奪取徐州了。

雖然兩人的約定乃是戰敗之時取了徐州，然而呂布已經打定主意，不論劉備的勝敗如何，自己都要當這個徐州之主。就算是為了遠道而來的貂蟬，他也要給她一個徐州牧夫人的身份。

問題在於時機。恰好便有了一個絕佳的時機。

駐守下邳的人馬之中，劉備手下的張飛，與陶謙的舊部曹豹起了內訌。向來不知察言觀色的張飛，與完全不會洞察心機的曹豹，簡直就是合在一起專為爭鬧的組合。這樣的爭鬧之中，誰先動手誰就能勝。

張飛動手比動口要快，他暴起發難，在下邳城中殺了曹豹。到底為什麼原因殺了曹豹，恐怕就算問了張飛自己，也只能得到這樣的回答吧：「總之這小子目中無人。」

主公出兵之際，下邳城中卻是一片大亂，簡直不可收拾。殺了曹豹的張飛，興奮之餘，更是開始頤指氣使，就好像他便是徐州之主一般。不單是對立的陶謙舊部不滿，就連同一陣營的劉備手下也開始厭惡他。

「好，就是現在。」呂布翻身上馬，不用說，目標自然就是下邳。寶馬赤兔雖然略上了一些年紀，但速度依然不遜當年。

守下邳城門的本是劉備手下的許耽，然而他也看不慣張飛頤指氣使的模樣。

「呂布來了？好，讓他去教訓教訓張飛。」這也是個做事不考慮後果的傢伙。身負守護城門的責任，卻悄悄開了城門，將呂布軍迎進城內。

脾氣暴躁的張飛，有時候也會出人意料地有些細心之處。主公劉備出兵之時也曾說過：「能信得過你這傢伙嗎？一旦起了性子，自己就收拾不住，連在幹什麼都不知道了。真讓人放心不下。」

張飛拍着胸脯說：「我這個人不管再怎麼莽撞，給我的事情我好歹也知道要好好去幹。既然身為駐守大將，我當然會忍住自己的性子。」

「真的？不管有什麼事，你都不發怒？」劉備反覆叮嚀之後，才終於將駐守的任務交給了他。

然而他還是一時衝動，把曹豹給殺了。在駐守的州都之中，曹豹本是行政上的最高負責人，張飛則是軍事上的第一把手。這兩個人爭執起來，怒火衝上了頭，衝動起來不顧後果的張飛也就動手把曹豹收拾掉了。

曹豹被張飛擊碎頭蓋而死。

看到由頭頂噴出的鮮血，張飛終於冷靜下來。

「糟糕！」他想起了和主公劉備的約定。

二哥關羽的那張紅臉也一定會怒得通紅吧。不管我怎麼解釋他肯定都不會聽——那可如何是好？

事情發生之後，張飛茫然不知所措。

不能一直茫然下去。剎那之間，張飛賭氣似的生出了這樣的想法：「我是這下邳城中的大將！」他開始要起威風。然而這不過是外強中乾而已。正因為他不知道如何是好，才故意做出這樣一副粗野的模樣。在他心中，恐怕滿是困頓不安吧。

就在此時，呂布帶着精鋭的五原兵衝進城來。

還未接戰，勝負便已分曉。

抵抗呂布的只有劉備的將校。然而即使在劉備的人馬之中，真正奮力作戰的，也只有張飛直屬的部隊而已。

呂布雖説是敗戰之身，但還是有少量五原出身的精鋭士卒跟隨在他的左右。一旦開戰，只要以這些精鋭為中心組建軍隊便夠了。一般士卒自然而然便會以這些少數的精鋭為領導。軍隊的強弱，便是由這些中堅力量的強弱而決定。

建安元年（公元一九六年）依然延續了前年的饑饉。庶民為了求食，什麼事情都肯去做。只要放出募兵的消息，便會有遠比預定所需的人數為多的應徵者蜂擁而至。

張飛的人馬轉眼之間便被趕出了下邳城。張飛只得投奔淮陰的劉備而去。走在路上，他忽然想起一事，不禁在馬上叫苦不迭。

「糟糕了！」張飛把主公劉備的家人徹徹底底給忘記了。

身為駐守大將，不管敵軍如何進逼，接戰之前至少要把主公的家人安置到安全的地方。這一次雖然是許耽擅自打開城門，張飛還沒來得及做出反應，戰鬥就開始了，但即使如此，直到逃亡的途中才終於想起劉備的家人，這也只有張飛了吧。

「唉，女人和小孩就無所謂了。玄德兄這一次也必須得把妻兒的事忘了。」張飛策馬而去。

六

自興平年間一直延續到建安初年的戰爭，其慘狀令人不忍目睹。無論如何如今正是荒年，這固然是天災，但又有人禍加諸其上。戰亂年代，百姓也無法安心農耕，紛紛逃離家園。就算勞作一年，一到收穫期，便會出現不知道來自何處的軍隊，割了自己的糧食。既然如此，自然不會有人願意好好種地。在這幾年中，農耕漸漸變成了軍隊的工作。

因為饑荒，軍隊也變得衰弱不堪。彼此的征戰也全然沒有半點勇猛的模樣，簡直就像無數鬼魂相互吞噬一般。這裏的「吞噬」絕不是比喻，而是真的吞噬。——殺了對手，吃他們的肉。

劉備本是南下淮陰迎擊袁術，走到半路兵糧用盡，想要在行軍途中隨處徵發，結果哪裏都沒有足夠徵發的糧草。

「吏士大小自相啖食。」關於此番劉備的出兵，史書上如此記載。軍中開始自相啖食，直如地獄光景一般。

「預想落空了啊……」劉備哀歎道。

這樣的人馬，當然不可能勝得了袁術的大軍。他在廣陵遭遇袁術的部隊，隨即被打得一敗塗地。飢腸轆轆的劉備軍一路直逃到一個叫做海西的地方，總算站住了腳。就在這樣的地方，張飛趕了上來，同時也帶來了呂布奪取了下邳城的消息。

「家人都在何處？」劉備問。

「都在城裏。」張飛答道。劉備上來就問自己的家人，這讓張飛頗感意外。

「渾蛋！為何留你在下邳？不就是以防萬一嗎？這不是萬一之時又是什麼？」大聲唾罵的不是劉備，而是關羽。

劉備默然不語。他並不擔心自己的妻子，他和呂布本來就有約定。雖然單單一個呂布不足為信，但至少還有五斗米道的教母少容見證。

「嗯，算了吧，」劉備制止了關羽，「張飛的毛病也不是一天兩天能改得了的。」聽到劉備這話，拜伏在地的張飛放聲大哭，那聲音真如雷鳴一般。

「接下來該怎麼辦？」關羽問道。他的聲音本也不小，但張飛的哭聲實在太大，不得不在他哭泣的間隙抽空詢問。

「回去。」劉備答道。

「回哪裏？」

「不是下邳嗎？」

「下邳有呂布啊。此前雖然確實也說過，呂布就算打下了城池，也保不了太久，但是現在回去……大哥你看，以這些殘敗之軍，怎麼勝得了呂布？我們還是先找個地方休養生息，靜待呂布自滅吧。」關羽說。

劉備的臉上顯出一絲疲憊。

「我缺少謀臣啊……」關羽忠貞不貳，張飛勇猛無雙，然而在劉備的陣營之中，始終沒有權謀之士，於是只能依靠劉備自己出謀劃策。

「何必找什麼地方？不是已經定好呂布了嗎？」

「哎，呂布？這，這究竟是怎麼一回事？」關羽皺眉問道。

「我們這就去下邳，投降呂布。」劉備的語氣平淡如水，沒有半點激動的模樣。

「什，什麼？投降呂布……」

「還有別的路可走嗎？」

「這，這……」關羽雖然焦急，卻也沒有什麼對策。他這個人，只要給出一個明確的方向，便能發揮出無與倫比的執行力，然而尋找方向這件事，卻不是他所擅長的。

「自中原至江南，但凡有糧的地方，都已經有了各自的主人。帶着這支饑饉之師，我們能到哪裏去？哪兒也去不了吧。除了投降呂布，還有別的辦法嗎？當初呂布來投，我收留了他。這一次，不正是呂布助我的時候嗎？」劉備解釋道。

「呂布豈是知恩圖報的人物？他可是個連身為自己義父的主公都殺的傢伙啊。」關羽漲紅了臉說。

這時候張飛的哭聲也停止了。

「無論如何，沒有別的路可走。趕緊收拾人馬回去吧。再要磨蹭下去，袁術的追兵就要殺過來了。」劉備斷然道。

自然，他並不懷疑呂布會不會接受自己的投降。在這個時代，各地諸侯多多少少都會用到五斗米道的聯絡網。既然是其教母做的見證人，就算呂布也應該不敢怠慢。

「好吧，我這就去。」關羽站起身來。在這時候，他的心中不禁有些懷疑，主公是否是因為牽掛自己的家人，才要返回下邳？不過很顯然，他並不會問出這個問題。

劉備這邊，也並沒有將自己與呂布立約的事情告訴給這個忠貞的重臣。

關羽扯住還在抽泣的張飛的衣襟：「別再哭了，該走了！」

回到下邳，呂布果然接受了劉備的投降。

「我不是忘恩負義之人。我落魄之時，玄德大人曾經給了我小沛容身。如今我也將小沛城奉與失意的玄德吧。」呂布說。

劉備的家人當然也平安無事。根據當時的目擊者說，呂布進城之後，首先就在劉備府邸大門周圍安排士卒守護，下令道：「有敢跨入此門者，斬立決。」原以為禽獸不如的人，竟然也有這樣重義的舉動，世人不禁開始重新認識呂布。

引軍去小沛的路上，劉備對表露不滿的將士如此說道：「呂布能由小沛騎着他那匹老赤兔取了徐州，我們也未必不能由小沛奪回徐州。這是亂世之中常有的事啊。」

七

在徐州的見證告一段落之後，少容向陳潛道：「我們去追支英，一併去南方吧。」

白馬寺支英與少容他們一同來到徐州之後，一個人繼續南下，去鄱陽湖畔尋訪陶謙舊部、自稱佛教信徒的笮融去了。

逗留徐州期間，少容本想打探南方的消息，卻發現各種消息非常混亂，沒辦法清楚掌握那裏的實際情況。早年戰死硯山的孫堅之子孫策，好像在長江下游逐漸建立起了自己的地盤。這裏本來是劉繇的領地。劉繇也是漢室宗親，當年作為反董卓聯合軍的一員，陳兵酸棗的劉岱的弟弟。劉岱後來與青州黃巾軍作戰而死。兄長劉岱當時是兗州刺史，弟弟劉繇則是揚州刺史。當時揚州的州都並非今天的揚州市，而是在西面頗遠的壽春。而今天的揚州市在當時叫做廣陵，今天的南京一帶則是當時的秣陵。

劉繇雖是揚州刺史，南陽的袁術卻在不斷蠶食揚州的地盤，劉繇只得沿長江向東遷移。然而世間不如意事十常八九，為了躲避袁術而去的地方，卻早有孫策盤踞了。劉繇無可奈何，只得溯長江而上，去西邊尋找新的天地。

那便是如今江西省境內的鄱陽湖。那裏的豫章郡都城，也就差不多相當於今天南昌市的位置。

恰巧豫章太守周術病死，情勢因此有了變化。

在這時候，州刺史也罷，郡太守也罷，已經全都是由各家諸侯隨意任命的了。

袁術任命了諸葛玄為豫章太守，與此同時，終於躋身於諸侯行列的曹操則任命了朱皓去做豫章太守。劉繇怨恨趕走自己的袁術，與朱皓同仇敵愾，趕跑了諸葛玄。據說，號稱佛教徒的笮融也參與了兩家的紛爭，投在劉繇、朱皓的陣營中。

得到這個消息的支英，渡過長江，去了鄱陽湖。少容打算去追他。她還沒有踏上過江南的土地。這時候江南正是春光明媚，舒適宜人，不過依照當時的觀念，總以為越往南去越不開化。因為中華文明本是發祥於黃河中游，與江南之地相距遙遠，最多也只能算是抵達長江岸邊，若再往南，人們便會反射性地想——蠻荒之地。

當時的世人，對於南方大多抱有如此的看法，更有人先入為主地以為——瘴癘亡地。

「夫人的身體能行嗎？」因此陳潛如此擔心，也是理所當然的了。

「我雖然上了年紀，但身子還沒有虛弱到如此程度吧。」少容笑答道。上了年紀這樣的話從她嘴裏說出來，讓人感覺不可思議。當時一般的看法是，過了四十歲就可以稱老了，少容也已經年過四十。可是，不管怎麼看，少容也只是不到三十歲的模樣，與「老」這個詞格格不入。

「好吧，那我陪夫人一同去。」陳潛答道。

「五斗米道也要向南擴展了。佛教徒們也都去了。我們都是要救這個世上的人哪。要從這些人吃人的禽獸行徑中拯救他們的靈魂……」少容說着這些話的時候，表情隨之凝重起來，看上去愈發美麗。

「這很難啊……」陳潛遊歷各地的這些年，對於亂世中的獸行已經看得太多太多了。要將人由獸道拉回人間正軌，實在是一件異常艱難的工作吧。

「與浮屠的人爭先啊。我們非勝不可。」少容說道。這也是她一貫的主張。浮屠教義，只重人心。個人的心——當然，這也可以無限擴展開來，然而浮屠到底是太強調與世俗的隔絕了。

相比之下，五斗米道要顯得更加實際。為了消除人吃人的情況，主張要生產更多的糧食。天下紛爭四起，庶民苦於戰亂。為了拯救世人，便要謀求天下的統一——具體說來，就是要探訪能夠統一天下的人物，盡力給他援助。如此一來，與世俗的關係自然也就很深了。

浮屠的教徒批判五斗米道，認為他們的這種路線，太不關心世人的靈魂。

「想關心也關心不了。若是不顧世俗之事，不去解決紛爭與饑饉，那在世人的靈魂得到拯救之前，一個個豈不都要慘死嗎？」對於他們的批判，少容如此反駁。

大運河是在隋朝時候開鑿的，後漢末年的時候還沒有如此大規模的人工水路。不過，由徐州下江南的一路上，淮河的支流猶如漁網一般複雜交錯，隨處皆是大小不一的湖沼。因此，少容一行人主要還是走水路南下。日後大運河鑿通之後，由徐州可以直達長江，不過在後漢末年，還是要時時棄舟登岸，在陸上行走一段，然後再於下一處水路借船前行。他們的旅途便是如此情狀。

舟旅之中，不用自己行路，因此便有了大把的時間。少容與陳潛也終於有時間可以深入交談了。至此之前，他們還從沒有過這樣的機會。

「潛先生現在是有些困惑吧……煩惱不已是嗎？對於五斗米道……」不愧是少容，觀察得很仔細。

「啊不，說不上困惑。只是……身在亂世，究竟該如何是好……我只是在想這件事。」陳潛的否認毫無說服力。

「不會不困惑的，換成我也會困惑。浮屠教義已經在中土傳播，五斗米道的下一代人，不會不困惑啊。潛先生的困惑，對於下一代人來說，是非常寶貴的經驗哪。」少容說着，微笑起來。慈母般的微笑。

陳潛在送貂蟬去呂布處的旅途之中，心中充滿了疑惑。

受到殘酷命運捉弄的美女——在陳潛的眼中，貂蟬本是這樣的形象。然而貂蟬對於自身的命運卻仿佛有一種超然的態度。無論什麼事，都只是雙手合十，閉目低語。

「我佛慈悲，萬物皆空。」似乎如此一來，便可以擺脱苦惱一般。亂世之中，這樣的生存方式是否更加安樂呢？

浮屠教義，便能使世人一個個都如貂蟬一般，哪怕身在亂世，也能達到安樂的境地。

相比之下，五斗米道為了祛除人世的苦惱，正在努力將眼下這個紛爭不斷的亂世導向和平統一的未來。

究竟哪一條才是正途？

「教母大人也有困惑？」陳潛問。

「潛先生這樣的困惑，在我對浮屠知之不詳的時候，也曾有過。五斗米道的做法當真好嗎……不過，在我知曉了浮屠之後，也就不再困惑了。五斗米道的弱點，恰好都被浮屠補足了。我如今的困惑，是在別的事上。」

「什麼樣的事？」

「我將統一天下的希望寄託在曹操身上，本想要盡力相助，然而有時候也不禁為旁人吸引……徐州的劉備，此時雖然算不上強盛的勢力，然而是否應該為他助力……我煩惱的便是這個。」

「可是，劉備新敗，連徐州都丟了。」

「非也非也，」少容搖頭道，「這一次的戰敗，並非真的失敗。劉備雖然敗給了袁術，但袁術也沒能拿下徐州。既然沒有為敵所取，這一場敗仗也可以說敗得相當漂亮了。」

「可是被呂布拿下了啊。」

「劉備當初曾經請我作為見證，邀請呂布來取徐州。通常來說，袁術應該早已趁勢攻入徐州了，而現在之所以沒有來攻，是因為勇猛的呂布軍盤踞在此的緣故。劉備借用了呂布的名聲，輕鬆保住了徐州。」

「保住……可是，徐州……」

「對手若是呂布，只要用些計謀，遲早能夠奪回徐州……劉備心中應該有此自信吧。況且，就算呂布一直盤踞在徐州，對於劉備而言，也比讓袁術的人馬佔領的強。」

「這又是為何？」

「比旁人晚了一步登場的劉備，最擔心的就是強大勢力的出現。徐州若是落到了袁術的手裏，袁術的勢力便又大了一層……哎呀呀，天下的英雄豪傑、智謀之士實在太多了。為了蒼生百姓，本應該早日統一天下才是啊……」

八

自徐州南下，便進入了袁術的勢力圈。

少容一行過了瓦埠湖與巢湖，來到長江。

「啊，這便是連接岷江的長江啊……」望着悠悠長江水，少容不禁如此感歎。她知道故鄉益州的岷江水一直流到這裏。

他們沿長江溯流而上。

「一派和平景象，真看不出亂世的模樣。」陳潛也不禁感慨道。

然而，實際上這時候孫策已在長江下游屯兵，對會稽虎視眈眈；而在上游的鄱陽湖畔，也應該正有各家諸侯爭奪豫章。也只有少容他們開始溯流而上的這一小片地方能保得暫時的安寧了。

船由長江轉向鄱陽湖，一行人自柴桑登岸。這裏已經是豫章郡的轄地了。

詢問湖畔的民家，誰是豫章太守，得到的回答說是華歆大人。

「哦，是嗎……」既非袁術一派的諸葛玄，也非曹操一派的朱皓。

華歆，字子魚，以前在長安的時候曾是太傅馬日的幕僚，幾年前以敕使的身份被派去了關東。這樣看來，諸侯爭奪的豫章太守一職，最終還是回到了朝臣一派的手裏。

「那之前的太守諸葛玄大人呢？」陳潛問道。

「被劉繇大人的聯軍攻打……很可憐啊，被打敗了，不知道逃到什麼地方去了。」

湖畔民家的老人，牙齒都掉光了。說話時一直漏風，要費很大力氣才能分辨得出在說什麼。

「那劉繇大人勝了？」

「嗯，好像是。」

「劉繇大人好像是援助朱皓大人的吧。我聽說，本在徐州的笮融大人也助了一臂之力……為何朱皓大人沒有當上太守？」

「被殺了啊。」

「誰殺的？」

「據說是笮融。」

「笮融大人不是朱皓大人的朋友嗎？」

「昨天的朋友就是今天的敵人啊。」說話不甚清楚的老人，唯有這一句說得很清晰。

「謔，那笮融大人呢？」

「被劉繇大人攻打了。」

「劉繇大人啊……」

陳潛在頭腦中整理了一下前因後果。劉繇本也是笮融的友軍才對。他相助朱皓，驅趕諸葛玄，要讓朱皓當這個豫章太守。諸葛玄落敗逃亡，朱皓也終於當上了朝思暮想的豫章之主。不過在笮融那邊，他想的恐怕是由他自己稱霸豫章，所以首先就要把先到一步的諸葛玄趕走。為了趕走諸葛玄，才與朱皓及其後盾劉繇結盟。等到成功趕走了諸葛玄，他便殺了同一陣營的朱皓，自己去當豫章太守了——可是朱皓的後盾劉繇當然不會坐視不管，他立即出兵征討笮融——陳潛的心中重新組織了一下整個事情的經過。

「那笮融大人又如何了？」

「兵敗逃去了山裏，被當地人殺了。」

「死了嗎……」一直沉默不語的少容，輕聲問道。

「是。」老人點着頭說。

「笮融大人是浮屠的信者，洛陽白馬寺來的月氏族人可曾來尋訪過他？」少容擔心支英等人，如此問道。

「啊，來過……現在好像是在縣城討要笮融的首級。」

「首級？」

「是啊。」亂世之中，敗軍之將常常會被明碼標價，特別是大將的首級，更是價格不菲。在日本，也有明智光秀等人的例子。

「殺了笮融的人，要把他的首級賣給浮屠教眾？」陳潛問。

「不是，」老人答道，「山裏的人已經把首級賣給了諸葛玄一族。白馬寺的人想請他們把首級讓給自己，可是諸葛家的人一直都不答應。」

「那白馬寺的人應該還在了？」少容問。

「嗯，還在啊，就在柴桑城裏。」老人答道，打了一個大大的噴嚏。

少容與陳潛急急趕往城裏。

支英諸人的行裝打扮與江南百姓不同，所以少容他們很快就打聽到了他們的落腳之處，立刻趕去拜訪。來到居所才發現，他們的葬儀正舉行到一半，看起來，好像是成功買到了首級。

這個時代的佛教葬禮異常簡樸。作為主張色即是空的浮屠教義而言，這也是理所當然的吧。誦經之後，笮融的首級被火化了。

將裝有首級的木桶放入柴草堆中，支英用打火石點起了火。乾透的木柴頓時燃燒起來，不久便發出爆裂之聲，仿佛將要裂開一樣。

「殺人無數的人，自己也被殺了。」支英省去了寒暄，直接向少容道。

「雖然如此，這個人也是漢人之中第一個建造浮屠寺的人哪。」少容說。

「他對浮屠不是很了解——不能讓錯誤的教義流傳下去，所以我們招來浮屠教眾，讓大家看看真正的浮屠葬禮究竟是什麼模樣。」雖然是在柴桑城內，這裏卻是猶如原野一般，百姓聚集在周圍，一直在看着這一場火葬。連咳嗽的聲音都沒有。因此，柴草燃燒的聲音聽起來異常清晰。

「所以才苦心找回了笮融大人的首級吧。不過，諸葛家的人竟然也會爽快放手啊，我本以為他們要報諸葛玄太守的仇。」少容小聲說。她這也是顧及在場百姓的沉默。

「是啊，買首級的事情，一開始的時候確實一點也行不通。諸葛一族最初根本不理我們……不過，其中有一個人，是個很厲害的少年。他和一族的人說，笮融快要腐爛的首級根本沒什麼價值，還不如趁着有人願意用黃金來買的時候趕緊賣掉的好。這少年的主張清晰明了，在場的大人，沒有一個能反駁得了他。」

「這真是個很不得了的少年啊。」

「十六七歲吧……是諸葛玄的侄子，會成為一個了不起的人物吧。這少年叫諸葛亮，好像字孔明。我以為，這個名字值得記住。」

「諸葛孔明……」少容低低重複了一遍這個名字。就在這時，裝有首級的木桶周圍火勢陡然轉旺。火焰直衝雲霄，在半空化作火星散開，輕悠悠地飄向地面。

作者曰：

關於呂布偷襲下邳、奪取徐州之事，學界一般認為是袁術送了密信令他呼應的緣故。也有説法認為是城中的曹豹勾結呂布來襲。不管哪一種，都是不小的動靜，若説劉備完全沒有注意到這些情況，不採取任何對策，實在讓人難以想像。

諸葛玄敗給以劉繇為盟主的朱皓、笮融聯軍，被趕出豫章的州都，一直逃去了西城。他的下場也和笮融一樣，逃進山中，被當地人所殺，不過那是翌年的事了。諸葛亮因為雙親早亡，由叔父諸葛玄收養，在豫章度過了自己的少年時代。他與獻帝同年出生，建安元年的時候，應該剛滿十五歲。在他的傳記中有他身長八尺的記載，由此想來，在他十五歲的時候，看上去一定也已經比實際的年齡大了吧。

英雄輩出

一

火葬了筰融的首級之後，白馬寺支英與少容一行在鄱陽湖湖口乘舟，沿揚子江而下。

「既然來到了此處，我正好順路去會一下小霸王與碧眼兒。不過潛先生還是先回下邳或者小沛等我吧。」少容對陳潛說道。

五年前戰死硯山的孫堅，其遺孤此刻正在江東。父親死的時候，長子孫策年僅十六，次子孫權只有九歲，人馬便由伯父孫賁臨時掌管。

五年之後，孫策已經二十一歲了。性情勇猛，人稱「小霸王」。不過，這位小霸王受人稱讚的時候，據說總是回答道：「不，我弟孫權更勝一籌。」

他的弟弟孫權這時候年僅十四，常常跟隨在兄長左右。因為有一雙碧眼，江東諸人便以「碧眼兒」相稱。

「我倒要和他比比看，到底是誰的眼睛更藍。」支英如此說，與少容一同前往。對他而言，這是計劃之外的行程了。

被殺的笮融，雖然在信仰的純粹度上頗有問題，但召集信徒的能力委實不小。哪怕這種信仰是他為了經營運輸業而借用的一種手段，目的很有功利性，但亂世中的百姓之所以會迎合這種誘惑，分明也反映出百姓都在熱切盼望能有一些精神上的寄託。

南方的浮屠信眾的人數，遠比支英等人預想的要多出許多。

「為了這些信眾，也必須找到浮屠的保護者才行啊。」支英感到自己需要與南方的實力人物建立關係。恰好五斗米道的少容要去會見江東的小霸王，他也順路一同前往。

陳潛在廣陵附近上岸，北上奔徐州去了。

「我只是去和英雄們見上一面，不會讓你等太久的。」在廣陵與陳潛道別的時候，少容如此笑道。說到「英雄」二字的時候，她特意加重了語氣。

仔細想來，天下百姓因為這些英雄受了多少苦楚啊——在北上的船中，陳潛不禁如此回味起少容口中的「英雄」二字。

英雄太多了。天下英雄們自己也是這樣想的吧。為了不使更多的英雄出現，都在努力尋找對策。然而阻礙越多，越會誕生千錘百煉的英雄人物。

孫堅曾是袁術的部屬。孫堅一死，袁術便想了不少辦法，千方百計阻撓孫家的後繼者中再出現什麼英雄。

袁術根本不想任命孫策為太守，總是搖頭道：「還太年輕啊。」

袁術攻徐州時，曾命廬江太守陸康繳納三萬石糧食，卻遭到陸康的拒絕。於是他對孫策說：「去攻陸康。破了陸康，你就是廬江太守。」

孫策攻下了陸康的廬江城，然而袁術卻出爾反爾，將自己的直系劉勳任命為廬江太守。

袁術這也不是第一次食言了。之前曾許諾要給孫策九江太守一職，但最後還是給了直系的陳紀。另外，將揚州刺史劉繇從壽春趕跑之後，他派的也是自己的直系惠衢。

被趕跑的劉繇聯合了曹操一派的朱皓及佛教徒笮融，擊敗了袁術一派的諸葛玄，此事前文已述。

「匹夫袁術！」一次次的冷遇讓孫策恨得咬牙切齒。自他父親那一輩開始雖然就是袁術的部將，但並非袁術的直系。況且孫氏本非名門，偏偏袁術又是喜歡名門的傢伙，他總是自傲於名門袁氏「嫡出」地位，連北方的異母兄長袁紹都嗤笑為「賤種」的袁術，對孫策當然不喜。

孫策也感到袁術的冷淡，終於下決心自立。

「再不靠他人之力了！」然而即使想要這樣說，自立之際卻也需要更多的力量。父親孫堅戰死之後，伯父孫賁雖然也盡力維持人馬，但在棄弱投強的亂世之中，依然還是不斷有人逃離孫氏的軍隊。全盛時期攻克洛陽的模樣，已經不見蹤跡了。

等到孫策終於長大成人，軍隊的士氣雖然也因此有了少許回升，但力量還是遠遠不足。

父親的死讓孫策深深懂得「士卒棄弱投強」的道理。

若是歸屬在派系之中，一旦有事，便會有友軍出兵出糧前來救濟。孫策打算在自己具備自立的能力之前，還是先留在袁術的陣營之中儘可能地利用他。

而在袁術那邊，也打算儘可能驅使勇猛的孫策來為自己擴展版圖。雙方算是互相利用的關係。

「小霸王乃吾之獵犬。」袁術曾對自己心腹如此說。

獵犬此刻正在攻襲會稽。會稽位於今天的浙江省杭州灣附近，在那時候，還沒有歸入某家諸侯的版圖。只有一個名叫嚴白虎的當地豪俠聚眾盤踞於此。太守王朗只是有名無實的人物。

會稽土地豐饒。春秋末年，越王句踐與名臣范蠡便由此發家，直至稱霸天下。若是得到了這塊地盤，袁術的實力大約就要遠遠超越夙敵袁紹與曹操了吧。因此，袁術對於自己的獵犬十分期待。

然而孫策這邊卻也在想，若是能夠拿下會稽，便可以公開宣佈獨立了。少容拜訪孫策，便是在這樣的一個時候。

二

「二哥雲長最近好像有點兒變了。」小沛城邊的一家小酒館裏，張飛一邊喝着米酒，一邊如此說道。

那是哪裏變了？——這樣問起來的時候，張飛一時卻又說不出什麼。

「就是有那麼一種感覺……要說到底哪裏變了，我也說不上來。」張飛的大眼珠滴溜溜亂轉，想了半晌，終於又說，「是了，是了。二哥的眉毛最近一直都不動了。嗯，一直都不動了。」

關羽高興的時候眉毛總是會上下跳動。然而這種表情最近卻很少見到了。至於是何原因，就連親如兄弟的張飛也不知道。不過，能夠洞察人心的劉備卻很清楚關羽此種微妙變化的原因。

「這種事情，只能靠時間解決，還是不提為好。」劉備如此考慮。

三個結義兄弟當中最小的張飛，擔心關羽的變化，去找大哥劉備商量的時候，劉備也只是回答說：「沒關係，不是什麼大事。」這種事情要是旁人說得多了反而不好。置之不理便會自己熄滅的火苗，若是冒失地想去吹滅它，倒有可能讓火勢燒得更猛了。

「為什麼二哥雲長會變成那副模樣？」張飛搔首不已。

「那是……生了點小病吧。」劉備輕笑一聲，如此答道。

「什麼病？」

「不是什麼大病，跟你說了你也弄不明白。」

「嗯，說起生病，我只知道冒染風寒，其他也真不知道了……」張飛也就沒有多問。

「而且雲長這一次的病，不管怎麼跟你解釋，你也是弄不明白的。哈哈哈……」大哥玄德既然如此放聲大笑，二哥雲長的病也應該不是什麼大病吧——張飛聽到劉備的笑聲，終於放下了心。

張飛理解不了的病，到底是什麼病呢？

相思病。

「可是，相思的對象實在不好。」張飛走了以後，劉備收起笑容，變得嚴肅起來。關羽若是迷戀上一般的女子，作為義兄的劉備不但不會責怪，甚至還可以去給他做個媒人。可是，這一次劉備卻眉頭緊鎖，由此看來，關羽迷戀的對象，實在是個非同一般的女子。

貂蟬。

自劉備處奪取徐州的呂布的女人。迷戀這樣一個女子，確實很成問題。

五斗米道的教母少容與弟子陳潛帶貂蟬來徐州，是數月之前的事。當時呂布為曹操所破，逃到徐州懇求劉備，終於得了小沛作為安身之所。少容一行曾經先來徐州州都下邳拜會劉備，然後才帶了貂蟬去小沛見呂布。這也是一般的順序。

然而就在拜會之時，關羽對貂蟬一見鍾情。

「我本以為大丈夫志在四方……可是丈夫之道，未必只有這一條路。若是能與這般美麗的女子白頭偕老，又豈在乎什麼裂土封侯？」關羽心中如此想。

對於關羽而言，貂蟬的美貌讓他看到了另外一個世界。人類本就是如此不斷成長的。只不過關羽自己也並沒有意識到自身的成長。正因為沒有意識到，所以才會如此動搖，如此煩惱。

劉備之所以注意到關羽的這副模樣，也並非完全是他擅長揣測人心的緣故。

劉備自己，也有過與關羽此時相似的時期。被女性的美麗所迷惑，發現了一個嶄新的世界。只不過他所迷戀的對象不同。令他動心的，是少容。而劉備自己意識到了新世界的展開，所以和關羽不同，他抑制住了自己的思慕之情，也算是有所得益了。

陳潛便在此時前來拜訪。

與數月之前相比，此時已經主客顛倒。徐州之主成了呂布，劉備則屈尊去了小沛。

作為通常順序，陳潛還是先去下邳禮節性地拜會一下呂布，然後再折來小沛。

在小沛城前的護城河畔，陳潛看到有一個高大的男子坐在岸邊。那背影看着很是眼熟。

「是雲長大人嗎？」陳潛放聲問道。大漢轉過頭來，果然是關羽。

「哦，回來了呀。」關羽無精打采地應了一句。

「好久不見……」別來無恙——陳潛本打算這樣說，可話到嘴邊又咽了下去。變化實在太大了。不單徐州易主，連關羽的表情也變得與之前大不相同。

「由下邳來的嗎？」關羽問道。

「是。」

「下邳城中可有什麼變化？」

「嗯……與玄德大人在時沒有什麼不同。」

「呂布住在哪裏？」

「啊，就是住處不同了。呂布大人住在當年笮融大人的府邸之中。」陳潛答道。

由陶謙主政時起，總攬這一帶物資運輸的笮融便積累了巨額財富，在下邳城中也建起了氣派的豪宅。據說其大小雖然因為有所顧忌而比刺史官署稍小，然而內部的構造、所用的材料，都遠遠超出徐州之主的府邸。所以，呂布一旦當上了徐州牧，便將居所定在了笮融舊府。

「嚯，笮融不是戰敗之後被土著取了首級嗎？住到他的府邸之中，呂布恐怕也會落得同樣的下場吧……不會太遠了。」關羽如此說着，撿起身邊地上的石頭，用力向河中扔去。

「咚」的一聲，陳潛感到那聲音幾乎穿透了自己的身軀。

對於奪取徐州的呂布，劉備一黨滿是怒火，這一點陳潛也明白。可是，弱肉強食本就是亂世的鐵則。

「在下去城內了。」陳潛施了一禮，從關羽身邊經過，向城中走去。

快進城門的時候，陳潛心中疑惑。

「大鬍子關羽為什麼要問呂布的居所？難道說是要一個人去殺呂布？不可能。換作環眼張飛倒是有這個可能……」

三

呂布雖然以猛獸般的勇猛知名，其實他也有着野獸般的狡猾。這也可以說是能夠迅速分辨危險與安全的「嗅覺」吧。

以少容為見證，雖然兵敗卻也保住了小沛的這一場變化，看上去似乎是劉備的計謀得逞，然而若是以為呂布是上了劉備的當，那也是大錯特錯了。

「劉備還有用處。」呂布迅速做出這樣的判斷。

給戰敗的劉備一座小城，世人便會以為，劉備歸於了呂布的帳下。對於不屬於任何一家大勢力的呂布而言，世人這樣的想法，對於他是很有利的。

下邳北面的泰山一帶，此時正有無數地方的小勢力蠢蠢欲動。或者稱他們為雜牌軍更加合適。他們的地理位置距離袁紹、袁術、曹操等大勢力的中心很遠，因此得以維持無所歸屬的狀態。然而這些人早晚要投靠其中一方。到那時候，誰若是能立些功勞，歸順後的境遇也會更好——他們心中都存着這樣的打算，對天下形勢虎視眈眈。

「我的人頭最是值錢哪。」呂布有着這樣的自負。他自己當年便是取了董卓的首級，想拿它賣一個高價。

如今既然成了別人的目標，那就必須小心防備周圍的人物。所以他才給了劉備小沛城，讓天下人以為他是自己的友軍，這對於維護呂布自身的安全也是相當有益的。

呂布有一個年滿十三歲的女兒。他雖然以勇猛知名，但卻不像劉備大耳、關羽濃鬚、張飛環眼這般魁梧的面貌。他面色白皙，不遜於有美男之稱的孫策。他的女兒，自然也是相當美麗。

由袁術處傳來話說：「請嫁我兒。」

在當時，十三歲便是結婚的年紀了。不過對於袁術的提親，呂布卻指示手下：「先不要回話，等等再說。」

首先要弄清袁術究竟打的什麼主意。由做父母的心情上說，能與天下名門的袁氏嫡出結親，那是求都求不來的好事。但袁術這個人，絕不可能只因為呂布的女兒生得美貌便來提親——呂布逃出長安之後，第一個投奔的就是袁術，對他的為人相當了解。袁術太重門第，掛在嘴邊的常常是「出身低賤的傢伙」。呂布本身便是出身低賤，袁術要迎娶他的女兒，其中必定有什麼陰謀。

袁術之子名燿，而且只有這一個兒子。

「什麼，只有一個兒子？越來越可疑了。還是先看看再說。」呂布道。

不久，袁術派大將紀靈領三萬人馬來攻小沛的劉備。

「啊，原來如此……」聽到袁術出兵的消息，呂布重重點了點頭。他終於明白袁術提親背後的目的了。

袁術想要趁機消滅劉備這個眼中釘。他想儘可能借用呂布的力量攻打劉備。就算呂布不出援兵，至少也別去幫劉備——袁術的這個打算，便化作了提親的形式。

「共擊劉備如何？」果然由袁術處來了密信，邀呂布一同出兵。

「將軍給了劉備小沛，已經換了劉備助將軍之恩。相較之下，我與將軍正在商談結親之事，豈不比劉備更加親善？」信中也有這樣的詞句。

呂布召集幕僚，商討對策。

「該怎麼辦？」就在呂布詢問在座諸人的時候，又有探馬送來急報。

——小沛劉備來請將軍出兵相助。

就此時的關係來看，劉備的這份請求也並不奇怪。

「此刻正是教訓劉備的大好時機。將軍平素豈非一直想要除掉劉備嗎？」幕僚們如此回答。然而呂布卻搖頭不語。

「將軍為何搖頭？機不可失，時不再來。要滅掉大耳賊劉備……」幕僚紛紛追問。

呂布陣營之中彌漫着反劉備的感情。負於曹操的劉備，確實受了曹操之恩。然而救人於水火之中，卻並不意味着一定能與該人結成友好的關係。因為雙方並不平等，被救的一方固然覺得低人一等，救人的一方也會有一種傲慢的情緒。

呂布投奔劉備的時候，劉備自己雖然態度和善，然而他手下卻有不少人心中不滿。

——連殺自己兩任主公，為何要救這種人物？

因此這些人非常看不起呂布及其手下。有時候在路上相遇，也只是哼上一聲，扭頭故作不見。呂布一黨對此非常憤怒。呂布也常常唾罵：「劉備這個大耳賊！」

既然已經報了恩，也就再沒什麼顧忌了。可是儘管如此，呂布卻不打算趁這個殺劉備的絕好機會出手。幕僚都很不解，紛紛詢問原因。

「我雖然恨那個大耳賊，可他若是兵敗，我也就再無屏障了。與泰山群賊為伴，弄不好睡夢中就會被取了首級。明白了嗎？劉備若敗，泰山群賊恐怕就要爭相投靠袁術了。周圍若都成了袁術的勢力，我也只有投靠袁術一途。然而現在各位請看，我與袁術，至少還是平起平坐的關係。還是如此維持一段為好。」呂布解釋道。

「話雖如此，可即使我們不派援軍，劉備也不是袁術軍的對手。小沛的兵力至多不過一萬，紀靈卻有三萬人馬，相差太過懸殊。」幕僚中的一人說道。

呂布站起身來。

「準備出兵。不過不是去打仗，咱們去給兩家說和。」

四

對於呂布來說，這是一步險棋。

袁紹、袁術、曹操這三股勢力雖然強盛，但還沒有到足以覆蓋整個天下的地步。譬如呂布，便是盤踞在三者勢力不及之處。雖然眼下只能算是第二梯隊，但也一直想着有朝一日能夠強大起來。為了這個目的，至少先要盡力阻止眼下第一梯隊的這三家之中不能有哪一家獨大。

雖然怨恨劉備，但他好歹也是能夠阻止泰山諸將倒向袁術的防線。泰山諸將雖說只是雜牌軍，但若是全都歸順了袁術，袁術便有可能由此坐大，再無人能夠制衡了。

「拒絕出兵的便是敵人。」這是亂世的通理。

呂布也受了袁術的邀請，所以哪怕只是走走形式，也必須出兵相助。出兵卻不是作戰，而是去做仲裁，以此保住劉備這一道防線，這便是呂布的打算。然而通常而言，這條路大約是不可能行得通的。不過這一次因為兩家正在商談結親之事，有這一層特殊的背景，呂布推測，仲裁未必不能成功。

話雖如此，到底這也是件難事。呂布打算用一個出其不意的辦法。

呂布率步騎千餘人駐紮在小沛城西南。隨後傳話給城內：「我來相助玄德。」

小沛城中的劉備雖然請求呂布出兵救援，然而對於是否真會出兵，劉備營中也頗多疑問。他們也知道袁呂兩家正在商談結親之事，況且呂布本就是反覆無常的人，甚至會有可能來攻小沛，以為女兒的嫁奩——不如說，劉備營中這樣想的人更多。

「恐有陷阱。」劉備營中滿是警戒的氣氛。若是真的前來救援，城主劉備必然要親自前去表達謝意。然而難保這不是呂布的計策，誆騙劉備自投羅網。幕僚們的意見分成兩派，劉備思考了片刻，還是爽快地應道：

「我去呂布營中。」

「不可就去。呂布必有異心。」就連陶謙舊臣糜竺都勸劉備小心從事。

「不必擔心。便有陷阱，我軍也足可踏平呂布的營地……」一眼望去，呂布帶的不過千餘人馬。」劉備道。

只帶千餘人馬前來，這也是呂布的計算。如此一來，劉備便可安心來營了。

呂布同時也派使者去請袁術軍的主帥紀靈。劉備一到轅門，呂布便迎出門外：「啊，玄德賢弟，請裏面說話。我此刻正是左右為難哪。袁術與我正在商議結親之事，然而我與玄德友情頗深，實在不知如何是好。仔細想來，只有從中做個說客，為你兩家解鬥。紀靈那邊我也派人去請了，我等三人便在這裏將話說個明白。」

「小沛孤城，兵微將寡。能有將軍說和，備固然不勝之喜，然而紀靈能允否？」劉備說着，抬起長長的手臂，摸了摸自己大大的耳垂。

恰在此時，派去請紀靈的使者回來了。

「紀靈將軍說他軍務忙，難以脱身，想勞請呂布將軍去他軍中一會兒。」使者稟告呂布。

「知道了，下去吧。」呂布等使者下去之後，轉頭看了看劉備，「紀靈既然不來，我們就只有前去了。同去如何？」

「但依將軍。」劉備當即答道。他深知呂布是要兵行險招。然而以他此刻的境況而言，也只有聽憑呂布冒險一途了。

紀靈認出來訪的呂布身後跟着的人正是劉備，不禁驚得目瞪口呆。自己將要發兵征討的對手，居然若無其事地來到自己的營中。

其實呂布來訪之前，紀靈一直左思右想，煩惱不已。他拒絕了呂布的邀請，要他來自己的營中。作為袁術的代表，這也是理所當然的回答。然而呂布是個勇猛無比的人物，一旦發起怒來可就難以收拾了。更不用說他與袁術還在商談結親。這樣一個人物，自己召他來見，是不是太過託大了——紀靈一直為此煩惱不已。然後就在他心中不安的時候，敵將劉備居然跟着呂布一起來了。

紀靈一時不知如何是好。

呂布要的便是這個效果。他擺出一副孩子般的笑臉，盡力以天真的語氣向紀靈說：「袁術大人之命，實在讓我呂布為難。玄德乃我的賢弟，要我出兵討伐，真叫我於心不忍。而且我呂布平生不好鬥，唯好解鬥。小時便常常與人分解，這一次也讓我為你兩家調解一番如何？」

「此，此話怎講……」紀靈張口結舌。呂布的口中居然會說他平生不好鬥這樣的話，着實粉碎了紀靈的判斷力，「我，奉了主公袁術之命……攻取小沛，主公如此吩咐。呂布將軍說要調解，難辦啊，難辦。」紀靈一邊說一邊拚命搖手。

呂布毫不介意，接着道：「難辦確實難辦。將軍為難，我呂布也很為難。玄德賢弟，自不必說，也很為難。我們三人都很為難，既然如此，不如聽聽上天的意思如何？」

「上天的意思？」紀靈問。

「去那轅門之外插上一戟。」呂布指向紀靈的轅門。轅門距離紀靈的中軍足有兩百米之遙。

「插戟又是為何？」紀靈迷惑不解。

「我在此處去射那戟上的胡。若能射中，便是天意叫你兩家罷兵。如射不中，你等各自回營，安排廝殺就是。」呂布說着，伸手從紀靈的親隨手中取過了長弓。

在場諸人屏息靜氣。

所謂戟，其實是矛的一種。只是矛尖的兩側分有兩刃，刃與矛尖的連接處便是「胡」，也就相當於扇子上扇軸的部位。

相距兩百米，要想射中矛身都很困難，更何況是要射那看都看不清的「胡」。

轅門處插上了戟。呂布將箭搭在借來的弓上，隨手拉開了弓弦。

全軍鴉雀無聲。那般遙遠的地方，看上去直如粟粒般大小的目標，縱使鬼神也不可能射中。然而，就在此時此地，卻有一個活生生的人物要去射它。

傳說中的呂布呂奉先。

「難道說……」每個人心中，必定都揑着一把冷汗吧。

呂布自己卻一副滿不在乎的模樣，絲毫沒有半點旁人緊張的氣氛。他隨意拉弓，隨手搭箭，隨後便將箭射了出去。

全場的空氣都仿佛滯了一滯，緊跟着爆發出震天的叫喊聲。插在轅門處的戟不見了。被呂布一箭射倒了。有幾個將校匆匆向倒在地上的戟跑去。

「箭中戟胡！」一個將校放聲高喊。

隨即便是全場震天動地的驚呼。

紀靈回頭去看，身後站的是袁術派來督戰的軍師。軍師緩緩搖了搖頭。

「征討劉備之事，只得暫且作罷。」軍師由搖頭的動作，傳達了自己的看法。

這一神射很快便會傳遍天下。呂布為何要挑戰這一件至難之事，其原委也會傳諸世人。而且，聽到呂布超絕的技藝之後，人們必定會追問結果：「其後如何？」

若是紀靈還要執意去攻劉備——竟然如此不守約定。

這一場背信之事必定會在世間傳揚。對於覬覦天下的袁術來說，這樣的惡名正是他竭力所要避免的。

紀靈只得引兵退去淮南。劉備也回了小沛城中。呂布獨自留在城外，與手下一同徹夜暢飲。

「將軍威名，必定傳諸禹域。」手下的此種讚美，讓呂布備感開懷。

五

恰好在這時候，陳潛又由小沛再度來到下邳城。他除了等待少容一行之外，沒有別的事情，留在小沛那樣的小城之中，實在無聊難耐。哪怕為了散心，也是四處逛逛的好。

在下邳管融舊府，陳潛見了貂蟬，和她說起自己的感受。貂蟬道：「我也無聊，能帶我也出去轉轉嗎？」

「可是，呂布將軍……」陳潛猶豫了一下。

「沒關係，將軍說要去調解，帶了千餘人向小沛去了……而且，若是陳潛先生，將軍也不會責怪的。」貂蟬說。

陳潛為呂布將貂蟬從遙遠的長安帶來了徐州。有這樣的經歷在前，他領貂蟬在城內散心，應該不會有什麼問題。

「那走吧。」陳潛帶上幾個侍女，領貂蟬去了城裏的小浮屠祠。管融修建大寺院之前，信徒的人數也並不多，他們就在這裏拜佛。

貂蟬在小祠內合十了許久。就在此時，突然間由剛剛離開的管融舊府門前一帶，傳來了叫喊聲。

「發生什麼事了?」貂蟬分開雙手，皺眉問道。

「我這就找人去看，大概是士卒爭鬧吧。」陳潛請身旁的人去看看到底有什麼事情。

呂布麾下的士卒，也與主帥相仿，性格粗暴，常常一言不和就拔刀相向。陳潛以為這一次也是士卒們相互爭奪，鬧得稍微大了點兒，然而過了不久，派去打探消息的人卻帶回了意外的消息。

「小沛來襲。」

「什麼，怎麼可能……」陳潛不敢相信自己的耳朵。

「的確如此。領頭的大將名叫關羽。」

「關羽……」陳潛渾身一震。若是張飛，大約確實會做出不計後果的舉動，瞞着主公劉備攻打自己看不順眼的人。可是如關羽這般穩重的人物，竟然會偷襲友軍的下邳，這實在讓人無法想像。

據説呂布去給劉備與紀靈做調解了。和談的途中，居然偷襲仲裁者的居城，怎麼看也不是劉備的意思。

「是不是有什麼地方弄錯了？」陳潛追問道。

「這樣的大事不會弄錯的啊。」來人回答。

陳潛默然無語。他想起了早先在小沛城外見到的那個關羽的模樣——當時自己就覺得他有什麼地方看起來比較奇怪……

關羽揮不去腦海中美女貂蟬的身影，終於決定要由下邳城中搶她出來。這當然也是瞞着主公劉備的行動。關羽本打算風馳電掣般奇襲下邳，搶過貂蟬，再如風捲殘雲般抽身而走，這樣誰也查不出到底是誰做了這事。因此，他帶的部下也只有精挑細選的二十人。

可是，貂蟬卻不在呂布府中。

關羽要尋貂蟬，花費了不少時間，無法依照預定方案迅速抽身。他雖然也黑布蒙面，然而魁梧的身軀卻無法隱藏。陳潛在小沛城外的護城河畔能由他的背影就辨認出他，更不用説他也在下邳城住過不少時日，連通常百姓都知道他這麼一個人物。單單看到他的體形便立刻知道。——哦，關羽關雲長來了！

「可恨！」關羽咬緊牙關。手下報説貂蟬外出，而且去了哪裏也不知道。呂布眼看就要回城，不能再耽擱下去。雖然關羽並不懼怕呂布，但若是和他照了面，就等於給自己的大哥兼主公劉備添了麻煩。

關羽只得撤回小沛。他本打算裝出一副無事的模樣，來到城門的時候卻發現劉備已經等在那裏了。

「雲長，貂蟬呢？」劉備笑着向關羽喊道。

「啊，啊，這……」關羽不知如何作答。劉備竟然知道貂蟬的事，這讓他十分震驚。他本以為這是他自己內心深處的秘密。

「沒能把貂蟬搶來？」劉備問。

「沒見到人。」關羽翻身下馬，拜倒在地。

「原來如此……那就逃吧，我們一起。」劉備説。

「不必，」關羽搖了搖頭，「我蒙着臉，誰都沒看見我的長相。沒搶到貂蟬，是因為她恰好外出，並非是她抵死不從。呂布手下只知道有二十餘騎闖入刺史官署，旋即逃離。呂布更不可能知道我們的身份。」

「雲長你太想當然了，」劉備笑道，「你這身形到處一跑，誰認不出是你關羽？別説傻話了。」

「那……」

「逃離小沛的事情，之前我就已經想好了。並非是你闖入下邳的緣故……嗯，只不過因為你的舉動，時間稍微提早了一些而已。」

「那是什麼緣故？」

「此次袁術發兵，我劉備的命運直如風中之燭。雖然有呂布神射，但這也只能保得一時安泰。既然身在小沛不得安枕，久居下去也無甚益處……好了，去做撤軍的準備吧。」

劉備說着，轉身背對關羽，向自己官邸的方向走去。

關羽在原地佇立了許久。淚水溢出雙眼，浸濕臉頰，滲到了漆黑的鬍鬚之中。為何會流淚，就連關羽自己也不是很明白。他是在無聲地嗚咽——然而儘管如此，在這樣的時候，貂蟬的面容依然在腦海中揮之不去。太不可思議了。

關羽感到自己的臉龐上顯出的表情，既非悲傷，也非悔恨。他的臉上出現的，乃是欣喜的模樣。貂蟬的面容沒有消失，關羽是為這一點欣喜。

那該是一種心醉神迷吧。關羽佇立着，連過去了多少時間都不知道。不知什麼時候，有一個熟悉的嘶啞聲音在他耳邊響起。

「二哥，你在這兒磨蹭什麼呢？呂布那傢伙好像已經暴跳如雷，大發雷霆了。二哥你去衝闖下邳了是吧……為什麼不帶上我一起去？」那是張飛的聲音。

「呂布怎樣了？」關羽終於回過神來，問道。

「倒還沒有怎麼樣，不過被二哥這麼一鬧，呂布這廝大概會勃然大怒，號令全軍來攻小沛吧。我們得趁他還沒動手的時候趕緊找個地方躲躲風頭……」

「躲去哪裏？」

「據說是去許。好像也沒別處可去了吧。」

「是嗎，許啊……」

六

許是曹操的根據地。許相當於現在河南省許昌市那一帶，在洛陽西南面大約百里的地方。在這時候，許不只是曹操的根據地，也可以說是當時中國的首都。之所以如此，是因為曹操去了舊都洛陽，將獻帝迎到了許。因此，不能直接稱之為許了，應該叫許京或是許都了吧。

獻帝回到舊都洛陽是這一年七月的事。然而被董卓燒掉的洛陽實在不適合天子居住。此外，這一次的遷都都是白波派的楊奉、韓暹等人的意思，朝臣之中多有不滿。他們給曹操送去密信，信中懇求道：「請來洛陽清君側。」

曹操接到書信，即刻起兵，攻入洛陽城。作為肅清對象的韓暹，隻身逃去了駐紮在開封附近的楊奉那裏。

根據董昭的建議，由洛陽遷都至許，則是九月的事情。

曹操把天子迎到了自己的根據地。可以說，他獲得了「挾天子以令諸侯」的政治優勢。獻帝封曹操為大將軍。

劉備棄小沛亡命而來的許，便是這樣一個意氣風發的新興都城。

曹操胸懷大志。為了實現大志，人才比什麼都重要。在同時期的英雄之中，大約再沒有旁人能像曹操一樣熱衷於招攬人才了吧。他唯才是舉，唯才是用，哪怕做人上有所欠缺，只要有才能，便是他招攬的對象。

「便有通於嫂者、取賄賂者，但只要有才，便可採用。」曹操常把這句話掛在嘴邊。

《世説新語》中記載着這樣一段故事：魏武有一妓，聲最清高，而情性酷惡。欲殺則愛才，欲置則不堪。於是選百人，一時俱教。少時果有一人聲及之，便殺惡性者。

這只是曹操的政敵為了宣揚曹操的殘忍而編造出來的故事。但其中也反映出曹操愛惜才能的事實。

北海太守孔融，身為孔子後裔，性格怪僻，很難應付。這年九月，孔融為袁紹之子袁譚所破，逃到許都投靠了曹操。

曹操愛惜孔融的奇才，給了他將作大匠的官職。這雖然不是九卿，也是相當於九卿的二千石大官了。其職務相當於今天的建設部部長。

曹操愛惜人才，天下皆知。尤其是迎了天子來許的今天，更是無比熱心地招攬人才。

丟了小沛的劉備，之所以來投許都曹操，也是自然的選擇吧。

恰在此時，曹操謝絕了天子大將軍的任命。

被迎到許都的獻帝，為了得到天下英雄的擁戴，頻頻封侯敘任。然而，實力最強的袁紹在受封太尉一職的時候，卻拒絕了。

太尉（司馬）是三公之一。與丞相司徒、副丞相司空並列，是國防的最高責任者。袁紹為何拒絕此項任命呢？

「操為大將軍，紹為太尉，此何故也？紹屢助曹操，然今操近奉天子，欲命紹乎？」袁紹這是發怒了。

當年反董卓聯盟之時，袁紹乃是盟主。封曹操東郡太守的是他，呂布攻襲時相助曹操的也是他。作為名門袁氏的主帥，要他位列曹操之下，自尊心是不能容許的。

漢朝制度，大將軍本是在三公之下。因此太尉是比大將軍更高的官職。但是自從以外戚橫行朝廷、飛揚跋扈的梁冀當上大將軍之後，這種關係也就倒了過來。大將軍的屬官數目倍於三公。大人物的就任連帶着官職本身的地位一併提升，這也是常有的例子。後漢的大將軍可以說正是一個實例。

「罷了，便將大將軍之位讓與袁紹便是。」曹操如此說道。辭退了大將軍之位，讓給了袁紹。自己改任司空一職。這是副丞相的官職，前漢時候被稱為御史大夫。要做丞相，必然要先做這個官職。這是漢朝時候的潛規則。

無論如何，比起虛名，曹操更加看中實質。地位高低，不是他所在意的問題。

就在這樣的時候，傳來了劉備亡命而來的消息。

幕僚程昱進言道：「劉備，英雄也。今不早圖，後必為患。」

聽聞此言，曹操笑道：「吾唯仗信義以招俊傑，猶懼其不來也；今玄德素有英雄之名，以困窮而來投，若殺之，是害賢也。天下智謀之士，聞而自疑，將裹足不前，吾誰與定天下乎？且薦劉備領豫州牧……」

就這樣，對於逃離小沛的劉備，曹操連官職都給他準備好了。失了徐州牧的他，卻得了豫州牧的職位，這不得不說也是一種幸運吧。

七

在少容前去拜訪的江東，小霸王孫策輕鬆拿下了會稽，隨後便自稱會稽太守。

「終於取得了父親從前一樣的職位，且看今後吧。」孫策環顧左右，如此說道。此言中的氣勢呼之欲出。

孫策的父親孫堅以長沙太守出征討伐董卓。長沙與會稽，差不多相當於同等的郡制。

長久以來想要自立的夙願終於要實現了。

孫策固然是在等待時機，卻也為派閥盟主的袁術創造了一個絕好的機會——稱帝的機會。

袁術一直覬覦帝位。他的一言一行都流露出這樣的意圖。不過想是一回事，做又是另一回事。稱帝不是那麼輕易可做的。對於袁術而言，也不得不等待適當的時機。此刻，時機似乎終於成熟了。

袁術最初想要自己去做皇帝，是從他知道某本讖書中有「代漢者當塗高」這樣一句話的時候開始的。所謂讖書，寫的都是模棱兩可的句子，故意令人費解。上面這句話，似乎勉強可以解釋成——取代漢家天下者，路上高台。

這是將「塗」字解釋成路。恰好袁術的字是「公路」，而且仔細看他名字之中的「術」字，去掉中間的「朮」就是「行」字。這也和道路有關。

「取代漢家天下的，說不定就是我袁術啊。」袁術如此想。他本來就有很強的名門意識，極重血統，這種不知出處的讖語，對他的影響恐怕遠比一般人要大上許多。

袁術又查閱自己的家譜，發現袁氏的始祖本是陳國大夫轅濤塗。雖然後來去掉了姓氏中的「車」字旁，變成了「袁」字，但這始祖名字之中不也恰好有一個「塗」字嗎？況且這個轅濤塗據說還是聖人舜的後裔。更巧的是，舜承土德，其色玄黃。

這個時代的人們，非常相信諸如此類的預言及五行之說。以現代人的感覺來看，幾乎無法想像那種狂熱。漢承火德而得天下，依據五行之說，火之後便是土。下一代王朝必是由玄黃之色的承土德者建立。因此，十二年前太平道諸人舉事之時，也是用了「黃天當立」的口號，以黃巾為標誌。

袁術因為讖書與五行之說興奮不已。恰在此時，又有決定性的「物證」入手，更讓袁術狂喜。

「沒錯。不會錯！」他對自己無數次這樣說。隨後又往往強調一句：「要自信。」

有了自信，言語之間也會流露端倪。袁術正式稱帝，是在翌年建安二年的春天，然而在那之前，天下人都已經知曉了他想僭越稱帝的意圖。不過這也並非走漏消息，而是袁術故意放出的風聲。他想要借此觀察世間的反響，同時也打算事先放了消息，等自己正式稱帝的時候世人不會過於驚訝。

對於袁術的意圖，由南方傳來了極大的反響。孫策向袁術送來了書信。

「世間傳言，袁氏一門世代三公，然將出不忠之臣。策聞此言，心中驚懼，唯願其為無憑風言。然依近日所觀，似確有其事……」書信中如此寫道。

「商殷討桀，蓋因夏桀倒行；武王伐紂，皆由商紂逆施。然漢之天子以少年聰敏稱諸於世，既無倒逆之罪，汝何有廢帝自稱之舉！惡名如董卓者，雖廢先帝，亦不敢自立，而立當今陛下。策鑒人不明，未察汝之逆心，誤而交之。今即察知，如不斷交絕信，策亦愧對祖先神明矣！我孫氏雖非名門，然亦有祖法，不得近亂臣賊子……」這是一封明明白白的絕交信了。

「嚯，說得很嚴厲嘛。」讀了書信，袁術不禁皺起眉頭，但是他並不打算改變自己的想法。

「這個蠢貨……不知道我是受命於天啊。待我建立了袁氏天下之後，後悔也來不及了。不知天命的傢伙，恐怕都堅持不到看見我稱帝吧。」袁術的自信沒有半點動搖。

送出絕交信的孫策也是意氣風發。他與同年的周瑜暢談天下，議論兵法，舉杯豪飲。

「我聽說會稽乃天下要害，然而卻也如此輕易攻破。我江東健兒面前，再無足以抵敵的對手。且討了逆賊袁術，挾勢北上中原，便可與曹操爭霸天下了。」正因為年輕，才有如此朝氣蓬勃之語。聲音也是極大，隔壁房間都能聽得到。

隔壁有女子休息。孫策之母——孫堅的妻子長長歎息了一聲。她的面前端坐的正是少容。

「少容夫人，我兒雖然出此豪言，可是不是告訴他真相的好？會稽之勝，全是兵力眾多、武器精良的緣故……這些事情，我兒全然不知啊。」孫堅的妻子說道。

「這些事情，您的兒子也是知道的吧。」少容答道。

「就算知道，也不明白士卒與兵器都不是輕易能夠得到的東西。往後一旦有什麼事……」孫策的母親頗顯迷惘。

迷惘之時促其決斷，這正是五斗米道的使命。隔壁又傳來孫策高亢的豪言壯語。

「冀州袁紹算得了什麼。不過是優柔寡斷的一介匹夫……」勢不可當的氣勢。

少容微笑，以清晰的語氣道：「請去隔壁，點醒孫策將軍吧……哪怕是為了您家孩子的將來，也還是去告訴他的好。」

聽了少容的話，孫堅的妻子吳氏終於下定了決心，從容不迫地站起身來，走向了隔壁。

隔壁房間裏，孫策感到背後有人開門進來，回頭去看，發現是自己的母親，不禁說了一聲：「啊，母上……」張大了嘴呆了片刻。自己的母親通常很少出現在男子聚集的地方。

孫策的母親一言不發地來到兒子面前站下，然後開口問道：「這一次攻會稽，你是怎麼勝的？」

這樣的話題以前也從未聽母親問起過。孫策心中詫異，口上答道：「母上，這是叔父的功勞。叔父熟知會稽一帶的地理，先取了查瀆城，挫了敵軍的戰意……」

孫策的母親吳氏是錢塘人，熟知會稽的地理。叔父孫靜也打探到查瀆是會稽的囤糧之地，於是先攻下了查瀆。

「竟然探聽到我囤糧在查瀆，這本是機密之事……」後來投降的會稽太守王朗曾經欽佩地說過這樣的話。看到數十里外的查瀆火起，會稽守軍全都失去了鬥志。

「查瀆糧庫的消息，我不知道，你叔父也不知道……那是風姬的信徒打探到的情報。」孫策的母親說。

「啊，風姬……」孫策向來只是把巫女風姬當做操縱士卒心理的手段。實際上她的信徒很多，有自己的一張情報網。

「你是得了各種人的幫助，才取得了勝利。你若是以為單靠你一人之力就能戰勝，那可是大錯特錯了。」

「孩兒知道。」孫策低下了頭。他心中知道，母親這是在隔壁聽到了自己的大話，才過來訓斥自己的——想到這裏，他不禁縮了縮脖子，就像被母親斥罵的頑皮孩子一樣。

「這一次攻打會稽，我軍兵馬眾多，武器精良，也是取勝的原因之一。這可都是由公路之處借來的。」

「是。」

「你以為，身為盟主，便該給手下諸將人馬軍需嗎？」

「啊，這個……」

「你錯了，」孫策的母親搖頭道，「援助也是有個限度的。這一次他能給你這麼多人馬糧草，是我給了他抵押的東西。」

「啊，抵押的東西？」

「是你死去的父親當年拿到的傳國玉璽。」

「什麼……」孫策瞪起眼睛。

白馬寺的寺僧支滿挖掘洛陽甄官水井的時候，得到了刻有「受命于天，既壽永昌」的天子玉璽。後來玉璽經由陳濳交到孫堅的手裏，這件事情前文已經說過。董卓不知道玉璽在靈帝死後的十常侍之亂時被投入了井中，下令埋了全城的水井。

悲痛於父親的死，當時年方十六的孫策曾經想把傳國玉璽投進漢江，卻被周瑜勸阻，這事也已經說過。孫策將這枚白玉印章作為父親的紀念交給了母親。

孫策的母親就用這枚玉璽作為抵押，向袁術借了若干人馬與軍需。

「我明白了。」孫策垂首道。

躋身亂世並不容易。孫策終於知道，在自己的勝利之中，還有別的力量起到了如此之大的作用。面對勝利，更要冷靜謙虛，不可妄說空言大話。

而在得了傳國玉璽的袁術那邊，他也終於決定要正式實行自己之前一直猶豫不決的稱帝計劃。他這是將玉璽看做自己受命於天的「物證」了。

去年在黃河岸邊偷襲獻帝一行，最終兵敗而逃的董卓舊部張濟去了哪裏？他先是回了關中，又在今年重新率兵出現在荊州境內。然而攻打穰城之時中了流矢而死，由他的侄子張繡接管了他的人馬。這支人馬當然也還是以中原為目標的。

就在這激烈的動盪之中，建安元年過去了。

作者曰：

一九七二年，在陝西省乾縣挖掘出了唐朝章懷太子李賢（公元六五一——六八四年）之墓。章懷太子是武則天的第二個孩子，因為被母親厭惡，三十歲時在流放地巴州被賜死，是一個有悲劇色彩的歷史人物。弟弟李顯（唐中宗）即位以後，把哥哥的棺木從巴州移到乾陵給父母陪葬。那個墓道裏的壁畫十分出名，在日本也曾舉辦過壁畫展。諸如《禮賓圖》中哪個是日本來的使節，曾是當時人們津津樂道的話題。除此之外，壁畫之中還有《馬球圖》、《狩獵出行圖》等，以至於人們可能會誤以為李賢生前是個花花公子。然而章懷太子其實是個博聞強識、勤學好問的青年，這一點由他給《後漢書》所作的註解也能看得出來。

在寫這本《秘本三國志》的時候，章懷太子的註解也給了作者很多啟示。

有關那句讓袁術興奮不已的讖言，「代漢者當塗高」，章懷太子的註解中說，那其實指的是魏。後來曹操的兒子曹丕，取代漢朝建立了魏朝。「魏」這個字通「巍」，《說文解字》中有這樣的解釋：「高也。」太子便是根據這一點解釋讖言的。

到了唐代時，還把讖言當做嚴肅的問題來解釋，可見五百年前的袁術更是要深信不疑了。

另外，「代漢者當塗高」這句讖言古即有之。後漢初年，光武帝給公孫述的書信中曾將它解釋為姓當塗名高的人物。

紅顏禍水

一

曹操從盤中拾起一粒楊梅拋入口中。這是江南的孫策前些日子送來的。

「你也來一粒嚐嚐。」曹操對典韋說。典韋是他的親衛隊長，一直跟隨在他的左右。

「是。」典韋用他堅硬的手指撿起一粒楊梅，看了半晌，終於慢慢放進了嘴裏。

「味道如何？」

「味道很好。」典韋答道。

「果真美豔？」

「絕世美豔。」話題似乎由楊梅的味道忽然轉向了美人。曹操這個人，對部下要求嚴格，在聽取報告的時候，常常訓斥他們敘述不得要領。如果部下的話雜亂無章，曹操就會沉下臉來訓斥道：「到底想說什麼？」

然而即便是這樣的曹操，在同典韋說話的時候，也常常會有離題萬里乃至前後矛盾的地方。

「我很期待下次交戰啊。」曹操說道。

典韋閉嘴嚼了一會兒，咽下楊梅後才開口說：「會很高興吧……不過還是不要太多的好。」

「若真是我喜歡的女子就好了……」曹操又撿起了一粒楊梅。兩個人的交談中所指的乃是張濟的遺孀。

董卓死後，舊部李傕、郭汜在長安爭鬥不休。兩人相持不下之時，由駐地來到長安給他們調停的正是同為董卓舊部的張濟。他接替了樊稠的位置，與李傕、郭汜再度鼎立於長安。

獻帝想由長安東歸之際，這三個人緊隨其後，想要搶他回來。可是獻帝身邊有了白波諸將與南匈奴的鐵騎，三人兵敗，退回長安。不過不久之後，張濟再度率兵東進。

這一次張濟來到了荊州，要攻穰城。這裏是劉表的勢力範圍，張濟便在這裏中了流矢戰死。於是他的人馬便由侄子建忠將軍張繡接管。

由於張繡率領人馬出現在淯水附近，曹操想要出兵討伐。當時的習慣是，大將出征之時都會攜帶家眷，因此張濟的妻子當然也應該隨在軍中。傳言說她是關中聞名的絕世美女。

「主公的喜好再怎麼苛刻，張濟之妻也不會讓主公失望吧。」典韋說道。這個巨漢的額頭滲出了汗滴。他有一個很麻煩的習慣，每逢談論戰爭之外的話題時，總是會不停地流汗。

「報！」帳外有人大聲喊道。這是個很熟悉的聲音，年輕而響亮。這個聲音常常會在消息緊急的時候出現。若是普通的報告，則是別的聲音。

「有什麼事？」曹操問道。

「張繡遣使來營，說要降於主公。」那個朝氣蓬勃的聲音答道。

「什麼，張繡來降？」曹操與典韋交換了一下眼神——能從降軍之中帶出女子嗎？曹操的眼神中蘊涵了如此的疑問。典韋點了點頭。

「好，我去見來使，你可以退下了。」曹操説道。

「是！」那聲音答道，隨後便聽到一陣腳步聲迅速遠去。

「不要太過惹眼，有什麼好方法嗎？」曹操問。

「據説張濟之妻是五斗米道的信徒。」

「哦，如此説來……」

「世人皆知五斗米道的教母常在我們軍中。不如就説要與她商談教母之事，請她來營，主公以為如何？」

「嗯，這樣不錯。」曹操用舌頭舔舔自己的嘴唇。

他的人馬此時也正在向淯水附近前進。若是想見那絕世的美女，快則明日便可以見到了。這樣一想，曹操便興奮不已。

建安二年（公元一九七年）正月，曹操正值四十二歲的壯年時期。

「那我這便去安排。」

「不必如此着急。」曹操説道，沉默了片刻，又撿起兩粒楊梅拋入口中。

「報！」帳外又響起了剛才的那個聲音。

「又有什麼事？」

「袁術在壽春稱帝，舉行即位之禮。」

「知道了，退下吧。」曹操站起身來。接下來便是要去會見張繡的來使了。

「僭越帝號，膽大包天哪。」典韋睜大眼睛道。

「呵呵……」曹操笑了，「不久之後，大約便會聽到諸將背棄袁術的消息了吧。首先第一個應該是……江東的孫策吧。袁術已經是塚中枯骨，眾叛親離了……」

走出去之前，曹操又撿起了兩粒楊梅，放在手掌心中端詳了半晌。這是孫策送來的東西，但顯然不會只是單純的問候。

「日後還請多多關照。」可想而知其中還有這一層意思在內。之前的孫策，自他父親那一代以來便一直被看做袁術一派的人馬，然而這一次向許都的曹操送來禮物，其中恐怕包含着不想繼續臣服袁術的意思。如果真是如此的話，袁術僭越帝位之舉，對於孫策而言，應該正是他脫離袁術的絕好藉口。

「眾叛親離的人啊。」曹操將剛才的話又重複了一遍，走了出去。護衛典韋緊隨其後，毫不懈怠地觀察着左右的動靜。

二

張濟領兵東進，實乃關中饑饉的緣故，並非是為了攻城略地，只是為了求得糧食。為了糧食不得不戰的時候當然也有，但若是能夠不打仗就得到糧食，那當然再好不過。投降自然是最好的辦法。而且曹操更是不可多得的對手。

——屯田制。後世日本也曾採用的這種制度，正是曹操於去年創設的。

一般的農民辛辛苦苦從事耕作，然而到了收穫季節往往會被流寇或者軍閥襲擊，一年的收穫全都被搶得一乾二淨。不過耕地者若是武裝起來，有了組織，掠奪者也就輕易不得靠近了。為了管理屯田兵，曹操設立了屯田都尉與典農中郎將這些新的官職，地方上也設置了田官。這一舉措非常成功，僅在許都地方，便收穫了百萬石的穀物，據說糧食堆滿了糧倉。

若是投降了這樣的曹操，自己的人馬便不用再操心糧草的問題了——失了張濟、擁戴張繡為新主帥的這支人馬，迅速投降了曹操。其實不如說他們滿懷歡欣地投降了更貼切吧。

張繡軍中，對於投降一事，沒有絲毫的悲壯感。

「五斗米道的教母也在曹操軍中。」聽到這個消息，身為五斗米道信徒的張濟遺孀很痛快地就答應了使者的請求，前來拜訪曹操的軍營了。

然而實際上此時五斗米道的教母少容身在許都，並不在曹操軍中。

「請諸位在此稍做休息。」

曹操一方的接待員，將張濟遺孀鄒氏的隨從領去了另一個房間，只將她一個人帶進了裏面。來到裏面的房間，鄒氏等了片刻，便聽到開門的聲音。她向聲音的方向看去，只見一個男子站在門前，隨手關上了身後的門。

「這就是曹操……」雖是此前從未見過，但鄒氏的直覺讓她這樣想。有關曹操，她僅僅聽人評價說他是個沒有風采的中年男子。而此時進來的男子雖然身材矮小，周身卻散發着不可思議的震懾力。像這樣一個怪異的人物，不是曹操，又能是誰？——她的直覺是對的。

不單單猜對了來者是誰，她連來人的目的都猜了出來。看到那雙眼睛，她就明白了一切。在那雙閃閃發光的眼睛裏，她看到了這個男子燃燒的情慾之火。鄒氏年紀不過二十五六歲，她的美貌足以吸引大多數男人。所謂男人的情慾是怎樣的東西，她早已通過自己的身體完全了解了。

鄒氏閉上了眼睛。

她清楚地意識到了自己的命運。這也是她不可忤逆的命運。

「驃騎將軍，真是令人遺憾啊……夫人也不要太過悲傷了。」男子說着，慢慢靠過來。驃騎將軍是張濟臨死之前的官職。鄒氏閉着眼睛，垂下頭。曹操眯起眼睛，彷彿被耀眼的光芒刺到了一樣。

「忍不住了……這股白皙……」他沒有徑直去看鄒氏白皙的頸項。那是引燃他情慾的火種。他並非害怕它會點起自己的慾火，只是想要延長它燃燒的時間而已。

「年輕的時候，我立刻就會跳進火裏啊。熊熊火焰直衝雲霄，在狂舞的火焰之中……」男人的聲音就在頭頂上響起。鄒氏感覺到這個男人慢慢坐到了自己身邊。她屏住了呼吸。然後，揣測男人的呼吸。

她已經不再懼怕曹操了。她彷彿將要融化在自身的命運之中。她也想要完全融在這股命運之中。

在穰城的時候，失去丈夫五天之後，也曾有一個男人如同現在一樣，這樣靠近過她的身體。那是丈夫的侄兒張繡。

「叔父的所有一切，都由我來繼承。也包括你在內……天下腐儒或許會有議論責難，我們暫且隱瞞一段時間，你看如何？」這樣說着，張繡將手放在了她的肩上。接下去的瞬間，他便瘋狂地抱起了她，令她無法抵抗。然而她所遺憾的並不是自己的被抱，而是兩人的呼吸未曾協調。

此時的鄒氏，揣測着曹操的呼吸，使自己的呼吸與之協調——兩個人的呼吸之間，有着很大的差距。

「年輕的時候？那如今呢？」鄒氏依舊垂着頭，輕聲問道。

曹操眉頭微微一跳。在這樣的場合之下，還能回答男子問話的女人，非常少見。即使以他的經驗，也從來未曾見過。

「如今，是在投身火焰之前，先要仔細欣賞一番。火焰是很美麗的東西啊。能夠領略這種美的人很少。尤其是年輕時候，根本不會懂得。」

「真是那麼美的東西嗎？」鄒氏輕聲又問。

「非常美啊。在它的前面，我一直都很茫然。這種茫然，也是很有趣的東西……我已經年過四十了。孔子說四十不惑，我卻好像越來越疑惑了。四十而惑啊，我更想這麼說。」

曹操此前從沒有遇到哪一個自己想要抱起的女子會如此饒舌。難道這也是一種誘惑嗎——

「很難理解的話啊。」這樣說着，鄒氏深深地吸了一口氣。

這時候的曹操彷彿被她的絲線牽住了一般，也深深地吸了一口氣。鄒氏抬起了頭。

「好可愛的人兒啊。」曹操不禁驚訝於自己聲音的嘶啞了。

三

胡車兒有一頭紅髮，因為太過惹眼，所以平日裏總是以白巾裹頭，遮蓋紅髮。然而紅髮雖然可以遮蓋，碧眼卻無法隱藏。這般奇異的相貌，表明他是一個波斯人。

最像波斯人的地方還是他的本名。不過張繡軍中都將他喚作胡車兒。胡是蠻夷的意思，也就是指外國人。車兒或許是他波斯本名的諧音。

這個胡車兒是張繡的心腹。也有說法認為，車兒這個名字是因為他本是車夫出身。

張濟的遺孀拜訪曹營之時，胡車兒以馬車御者的身份得以隨行。當其他的隨從都被帶去另一個房間的時候，只有胡車兒以照料馬匹為藉口，得以在曹軍營中走動。

胡車兒的身軀雖然魁梧，但他的動作卻頗為敏捷。張繡很賞識他的這個特技，經常給他一些打探消息的任務。曹操與鄒氏在裏屋調情的場面，都被這個胡車兒看在眼裏。

「張夫人要與教母大人仔細交談，還要在此盤桓幾日，你等就先回去吧。等夫人回去的時候再和各位聯繫。」等在別室的隨從們聽到曹操一方的接待員如此說，也就全都回去了。

張繡問回到營中的胡車兒：「教母有許多話要說？」

胡車兒搖了搖頭說：「我在曹操軍營走動時問過不少人，都說教母此時正在許都，不在淯水軍中。」

「什麼？那叔母呢？」鄒氏雖然是叔父的妻子，不過她的年紀卻比張繡還小。即便如此，依輩分而論，張繡還是要稱她為叔母。

「夫人一個人進了房間。我還看到曹操也一個人進去了。」

「那，曹操只是寒暄幾句，隨後便離開了嗎？」張繡用顫抖的聲音問道。

「沒有，就那麼……一直到第二天早上……」

「什麼？！」張繡的臉色變得煞白，「那，那你……」

夫人與曹操在一起過了一夜，你竟然就那麼看着嗎？！難道不是只有你一個人知道我與夫人的關係嗎？！——張繡本想怒喝，但他已經氣得說不出話了。

「有一個名叫典韋的勇士，一整夜都抱着大戟守在門外。」胡車兒答道。

「典韋嘛……」張繡咬緊了嘴唇。

典韋若在，那就無法可想了。而且他手中還有大戟，更是無計可施。戟這個兵器，此前已經說過，呂布曾經將之立於轅門，由遠處一箭射中。它的尖柄兩側各有刀刃。典韋使戟，能掄得直如風車一般，戰場之上所向披靡。當今之世，使戟者無人能出其右。

胡車兒雖然強悍，但也抵不過手中有戟的典韋。況且又是身在曹營，劣勢顯而易見。

「典韋乃萬人敵。萬馬軍中取上將首級，如探囊取物。」胡車兒道。

「其他人如何？」

「我軍既降，便沒有備戰的模樣了。」

「是嗎……」張繡盯着胡車兒的眼睛，捋起胳膊。既然如此憤怒，不如偷襲曹軍——胡車兒的眼神，似乎在勸自己。

「典韋雖然是個問題……但我會想辦法解決。」胡車兒說道。

「能行嗎？」張繡追問了一句。波斯人胡車兒本來就是張繡的細作，頭腦很是靈活。既然說了他來想辦法，應該很有自信的吧。不過，對手畢竟是曹操，不可小覷。張繡必須再聽聽胡車兒的想法。

「我去曹操軍中尋找典韋，想辦法和他結為好友。」胡車兒早就在策劃計謀了。

「有什麼計策嗎？」

「嗯，有些計策。」

「好，先讓我想想我軍的後路，然後再動手。」張繡說。

張繡本打算拜託曹操給自己的人馬提供軍需糧草。可是，這個曹操竟然搶了自己的女人。向這種人投降，實在心有不甘。既然如此，還不如趁着自己提出投降、曹軍放鬆警惕的時候偷襲。只不過偷襲之後，該向誰去討兵糧才好？張繡所說的「我軍後路」，指的就是這個問題。

胡車兒退下之後，張繡又想了半晌。

「好，就投靠劉表吧。」他自言自語道，隨即用力點了點頭。

前文已經說過，荊州牧劉表乃漢室宗親，身材高大，相貌堂堂，也是極富名望的雅士。劉表與北方的袁紹結盟，牽制與袁紹反目成仇的袁術。為此，袁術曾派孫堅攻打劉表，然而戰鬥之中孫堅死在了硯山。

那之後又過了六年，曹操勢力不斷擴大。劉表與袁紹的同盟此時依舊有效，只不過同盟的目標與其說是袁術，不如說已經成了曹操。

由這種同盟關係圖看來，怨恨曹操的張繡想要投靠劉表，大約也是理所當然的事了。

然而，張繡的叔父張濟率領缺糧的軍隊所攻的恰好也正是劉表的領地穰城。張濟在穰城戰死，張繡率殘部退到了現在的淯水一線。

向幾天之前還在相互攻襲的對手低頭，不但有失體面，而且還有白送上門任人宰割之虞。不過張繡對此很有自信。

第一，曹操是劉表的敵人。如果能夠擊潰曹操，劉表一定會很高興，也會諒解我軍攻打穰城之事吧。

第二，依照劉表的名士性格，雖然說得難聽些是愛慕虛榮，但無論如何也會借諒解舊敵之機顯示自己的大度。

其實張繡近日來也曾聽到過這樣的傳聞——攻打穰城的叔父張濟中箭而死，這條消息傳到劉表軍中的時候，他的部將家臣紛紛向他祝賀，他卻顯出不耐的神色道：「濟以窮而來，主人無禮，至於交鋒。」史書中還記載劉表如此說：「此非牧意，牧受吊，不受賀也。」

這確實是劉表一向的作風。若是張繡抓住機會，向他請求說：「叔父之死，將軍受吊而不受賀，繡感激備至。請附將軍。」

如此一來，自己這些人馬的後路就有了吧。張繡開始籌劃奇襲曹操之策。

四

「碧眼之人，不管再怎麼苦練，也沒辦法用好大戟。」典韋如此向胡車兒說，語氣中半帶戲謔。胡車兒來求他教自己使戟的方法，他笑着如此回答。

「為何不行？」

「碧眼不如黑眼看得清楚。」典韋笑着說。不管怎樣笑，也仍舊是一副如史書上說的「形容魁梧」一般的嚴肅表情。不如說，笑起來的時候更加可怕。

「不對吧，不論碧眼黑眼，看東西應該都是一樣的吧。」

「不可能一樣，眼睛的顏色不一樣，什麼都不一樣了。」同胡車兒說話，典韋很快活。他身為武猛校尉，肩負護衛主公曹操之職，任務重大的同時，又是無聊至極。

這一日，前日作為張濟遺孀的馬夫而來的這個碧眼男兒，又駕車載了歸順主公之時上繳的軍需物品來到營中。辦過交接手續之後，又和典韋說起了武藝的話題。這個人說：「將軍是世上使戟的第一人，務必請指點一二。」

典韋先是推辭，胡車兒又板起面孔道：「說實話，其實我會使大戟，並非初學。只是想求將軍再指點一些更深的技巧。」

「嚯嚯，更深的技巧嘛……好吧，那就先讓我看看你的本事吧。來，拿着這個，擺幾個基本動作看看……等我看過之後再來教你。要是我看不上眼，當然便不會教你。」典韋說着，將手中的大戟靠在了旁邊的牆上。

「啊，這個看起來很重啊……」胡車兒沒有立刻拿起大戟，仔細端詳了它一番。其實他的視線注意的是西面方向。西面山上升起煙火之時，便是張繡人馬奇襲的信號。

「八十斤重。」典韋說道。當時的一斤雖然要比現在輕上許多，但八十斤至少也有二十公斤，在槍戟之中相當重了。

「哎——」胡車兒聳了聳肩。就在此時，他越過自己的肩頭，看到西面山上飄起了嫋嫋細煙。

「單手舉它，在頭上揮舞看看。」典韋說道。

「輕一點的話我還能行……」

「輕的戟誰都能行。戰場之上，還是這種重戟好用。」

「是嗎……那，讓我試試看吧……」胡車兒一貓腰，身子往前一傾，彷彿要躲什麼東西似的。

「你瞧你，這副模樣，好像戟上生了虎牙，會來咬你一口一樣。」典韋嘲諷道。

「哎，是啊。雖然戟是死的，不會咬人……哎……」胡車兒之所以這樣磨蹭，為的正是拖延時間。

「再來一會兒……」他心中盤算，手上還是繼續演戲。

護衛隊長典韋所在的地方，也就是曹操居所的旁邊。就在現在典韋靠戟的牆壁裏面，曹操正和鄒氏在一起。

鄒氏正是合乎曹操口味的女人。美貌自不必說，那種精神上與他融為一體的感覺，更讓曹操無法抵抗。

「竟然連呼吸都如此協調……」曹操自己也覺得不可思議。

他有過的女人很多，但是如同鄒氏那樣的女子，卻從來沒有遇到過。

曹操的正妻丁氏，是一個感情激烈的女子。她的五官雖然端正，但線條卻不夠柔美。曹操有許多側室，其中能與鄒氏相比的，大約只有卞氏。曹操手中抱着鄒氏，心中卻想起了卞氏。

能讓男人在抱着其他女人的時候想起的，一定不是尋常的女人。卞氏是歌妓，與出身名門的正妻丁氏相比，她是庶民出身，很同情生活貧窮與尚不得志的人。卞氏很美豔，歌舞也很出眾，不過曹操最愛的還是她本性中的善良溫柔。

「這個女子的內心又是如何？」曹操一邊感受着她融入自己的身體，一邊在心中暗想。

在牆壁之外，胡車兒終於用一隻手提起了大戟。

「嗨！」的一聲，胡車兒將大戟舉過頭頂，然後轉了起來。開始時速度還比較慢，逐漸速度越來越快。

「喲，這不是做得不錯嘛。」典韋身為使戟的高手，一看胡車兒轉戟的手法，便知道他也是使戟的能人了。確實不是初學的階段，技藝頗為精湛。

論到使戟，胡車兒雖然比不上典韋，但在張繡軍中也算屈指可數了。只不過此刻他有意表現得很差。若是使得太好，難免會讓典韋起疑。然而不管他怎麼掩飾，基本的技藝還是掩蓋不住。

「不行……我的胳膊停不住了……哎呀呀……完了，腳也站不穩了……」胡車兒一邊轉動長戟，一邊裝出搖搖晃晃的樣子，漸漸離開典韋所在之處。

「哎，哎，你這是要去哪裏？」典韋喊道。

「我的腿不聽使喚了……想停也停不下來。止不住了……」胡車兒已經跑了起來。

「別開玩笑！」典韋開始追趕。

他也察覺出胡車兒是故意裝作不會用戟，然而他還沒猜到這是胡車兒的計謀，只以為他是在跟自己開玩笑。

「簡直像坐在車上一樣！」胡車兒一邊叫一邊如風車般左右搖晃大戟，腳下還在不停奔跑。他這是要把典韋儘量從曹操的居所引到遠處。

胡車兒跑得飛快。典韋終於發怒了。

「夠了，站住！」典韋瞪起眼睛。

可是胡車兒聽了之後跑得更快。他也不再轉戟了，把它夾在腋下，一路飛奔。

「可怕，可怕！」胡車兒大聲叫道。

「什麼可怕？」典韋一邊在後面追，一邊問。

「你的臉可怕。」

「我的臉？哪裏可怕了？這是在笑啊。好了，別鬧了，停下來，把戟還我。」這兩個巨漢一路飛奔，曹軍陣營裏的將校看到了都覺得有趣，後面更是跟了無數的人。

快到淯水岸邊的時候，胡車兒終於停了下來——曹操的軍中已經沙塵四起了。

「奇襲的前軍已經到了。」胡車兒心中暗想，笑了起來。

「典韋大人，我把這個重得跟怪物一樣的戟還你了，接好了！」

他就像後世的標槍選手一樣，單手舉戟，助跑了一小段，將戟投向河中。

本是很重的大戟，在胡車兒的手中宛如竹竿一般，在半空劃出一道弧線，落進河裏。

「你開什麼玩笑！」典韋憤怒至極。就算是開玩笑，這也太過分了。我最愛惜的戟——這是比我生命還珍貴的武器，竟然就這樣被扔進了河裏！我要殺了這個碧眼的馬夫——典韋正要向胡車兒猛撲過去。

恰在此時，背後驟然鼓聲震天。

「敵軍來襲！」隨後便是叫喊聲四起。

五

「遭暗算了！」曹操咬牙切齒道。他想用力推開張濟遺孀鄒氏，但隨即打消了念頭。

這個女子不是張繡送來的，是曹操自己聽說她容貌美豔，特意用了五斗米道的藉口騙來軍中的。這個女子不可能參與謀劃。況且，這確實是個難得的女子。

「帶她一起逃！」曹操下令道，隨即起身拿起寶劍佩在腰間。親隨都護在他的左右。

這是遭遇突襲了，己方毫無戰鬥準備。對手都是饑饉的軍隊，既然說要投降，本來就是坐等接收的。然而此時這些腹中空空的人馬卻來突襲自己，真是做夢也想不到的事。

「典韋不在嗎？」曹操看看身邊，問道。一向都寸步不離的典韋，在如此重要的時刻竟然不在。到底怎麼回事？曹操的臉上閃過一絲不安。

作為護衛，典韋是最值得信賴的人。他一個人可以敵過千人。為何偏偏這種時候居然會不在？作為亂世之中的將軍，曹操甚至想典韋是不是謀反了……但是不會有這個可能。他從未離開過曹操片刻，又哪裏會有時間被人策反？如此說來，難道是敵軍的謀略禍及典韋了……

火箭射中柱子，曹操的軍中已經火光衝天了。

「曹操在那裏！抓住他！不要管那些小兵！」張繡的軍中有人大聲叫喊。四處亂放的箭矢彷彿終於找到了目標一般，集中到曹操這一群人的周圍。曹操的親隨手持盾牌圍住曹操，想要向外突圍。

箭矢追着這群人不斷射來，曹操的親隨一個個倒下。

「散開！散開！你們這樣都成了活靶子！散開！」曹操聽到一個聲音在大喊。

「啊，典韋……」曹操終於放心了。

典韋一手持盾，一手握戟。不過那戟並非他的那支八十斤重的武器，而是從一個小兵手中搶來的東西。

對他來說，這就跟玩具一樣。雖然如此，也總比什麼都沒有要強。

典韋用自己的身體護住曹操，向樹林中趕去。只要到了那裏，就可以躲開如雨的箭矢。

曹操的身邊還有長子曹昂與侄子曹安民。

由樹林裏出來的時候，有三匹戰馬正等在那裏。馬夫看準了時機，帶出了三匹戰馬。

「啊，絕影！」曹操高興地大叫。這是大宛產的，曹操的愛馬。大宛也就是中亞的費爾干納一帶，盛產名馬。這是阿拉伯的馬，名為絕影。

「少主也請上馬吧，由我典韋墊後！」典韋嘶聲大叫。

曹操父子與侄兒三人翻身上馬，直奔淯水岸邊。

典韋與剩下的十幾名親衛隊員一起留下來，抵擋敵軍。張繡軍也在奮力進攻。他們也要儘快追上曹操一行。惡鬥由此展開。

典韋已經知道自己難以逃出生天，他只是想多拖延一些時間，讓主公能夠逃遠一些。

典韋扔下盾牌，舞起大戟，撲向敵軍。可惜就在他想要去砍第三個人的時候，戟斷了。

「哎呀，連這個都沒了……」典韋心中叫苦不迭。

他扔掉斷戟，拔出腰刀，在敵軍中亂砍。他的勇猛勢頭逼得張繡軍連連後退。典韋再向左右一望，己方站着的只有他一人了。周圍已經血流遍地。有人屈膝地上，想要站起身來，但最終還是精疲力竭地倒了下去。

砰！典韋彷彿聽到箭矢刺入自己身體的聲音。起初是左肩中箭，隨後又有多少箭矢射在身上，他已經無從知曉了。要躲開箭矢，唯一的方法只有逼近敵軍。他向前猛衝，敵軍紛紛後退。

在敵軍後退的空隙中，出現了一個男人。那人慢慢一步一步朝自己走來。典韋只要一揮手臂，旁人都會忙不迭後退，唯有這個人卻向自己走近。典韋頭上的傷口不斷湧出鮮血，直流到他的眼睛裏，讓他難以看清來人的臉。他狠狠眨了眨眼睛，終於看清了來者是誰。

「果然是你啊！」典韋低聲道。他本想大聲呼喝，卻變成了輕聲低語。這個人正是張繡軍中的馬夫，那個碧眼的男子。將典韋的大戟投入河中的也正是這個人。他此時正面帶輕笑一路走來，一隻手中正提着一支閃閃發光的大戟。

「在下人稱胡車兒。」來人報上了名號。

「本事不錯啊，不是一般的鼠輩。」

「我乃建忠將軍張繡的驍將。」胡車兒說道，將大戟遞了過來，刃口朝着自己的方向。

「這是什麼？」典韋問道。

「雖然沒有八十斤，也有六十斤重吧。作為你最後的回憶，就用它吧。我拿劍和你比試比試。」

「好。」典韋接過戟，說了一聲，「是個好對手。」擺出了架勢。

他渾身負傷十餘處，連站立都要費盡力氣。即使如此，他也要以最後的氣力戰鬥到底。

兩回，三回。到了第四個回合，典韋大聲喊道：「胡車兒，你真是對我煞費苦心啊！剛才故意裝出不會用戟，真是卑鄙！」

「少囉唆！」胡車兒一劍砍中了典韋的眉間。即使如此，典韋還是支撐了片刻。胡車兒退了一步、兩步，典韋的身軀終於向前倒了下去，仿佛是要去追胡車兒一般。

六

張繡的人馬清除了典韋的阻擋，急追曹操一行而去。曹操與曹昂父子差不多並馬急奔，但曹安民卻遠遠落在後面。因為他騎了一匹劣馬，首先便落到了後面追擊的張繡軍隊的射程之內。

聽到「啊」的一聲慘叫，曹操回頭一看，只見曹安民的馬前蹄高高揚起，緊跟着便看見曹安民滾落在地，地上塵土飛揚。

「昂兒，快跑！」曹操對着兒子大喊。

「是！」曹昂是年方二十的年輕武將，字子修。他的母親劉氏早早過世，由曹操的正室丁氏撫養成人。丁氏不能生育，因此將曹昂視為親生兒子一樣疼愛，甚至比親生的孩子還親。

「太慢了！敵軍之中也有強弓手吧。過了淯水，就會有我軍來迎了。敵軍也不會追過河來。再快一些！」曹操揚起馬鞭，如此說道。他胯下的乃是傳說中會流血汗的大宛名馬——汗血寶馬。曹昂的馬已經跑得上氣不接下氣，曹操的絕影卻絲毫沒有疲憊的模樣，眼看就要領先兩個馬身了。

張繡軍中也有名馬。不僅如此，騎馬的還是名馬產地波斯的武將——胡車兒。他身上背的弓，乃是漢人之中不曾有的彎弓。這種弓比一般的弓射程要遠將近一倍。弓的彎曲部分很深，小而強韌。胡車兒由背後摘下弓來，在馬背上拉開了弓。

胡人之中，多有馬術高手，身在馬上，也可以空出雙手做其他事。胡車兒彎弓搭箭，一箭射去，其目標並非落在後面的曹昂，而是跑在前頭的曹操的馬——絕影的馬蹄。

雖然中箭，絕影依然繼續飛奔。然而第二支箭射在了馬的後臀上，絕影一聲慘叫，前蹄抬起，隨即滾倒在草叢之中，將曹操扔到了地上。

「父上！」曹昂趕緊翻身下馬，抱起了倒在地上的父親。

「沒事，我沒受傷。不過絕影傷了！」曹操擦了擦臉上的塵土，站起來說。

「父上請騎我的馬。」曹昂說。

張繡的人馬正在不斷逼近，不是猶豫的時候。

「好，我騎了！」曹操跳上了曹昂的馬，然後狠狠一踹馬肚。

「父上，走好！」在馬蹄揚起的塵沙中，曹昂拔出了刀。

由後面沙塵的模樣，可以看出張繡軍追來的人馬有二三百騎。曹昂一個人迎戰，當然沒有獲勝的道理。

曹昂閉上眼睛。

馬蹄聲近了。他揚起了刀。馬蹄聲更近了。細沙打在他的臉上。

「嘿！」他依舊閉着眼睛，舉起長刀狠劈下去。

沒有劈中。只有刀刃劃開空氣的「嗖」的一聲。他感覺到左右兩邊都有戰馬靠近。有幾匹已經跑了過去。

「不錯啊，小伙子！」聽到有人如此說話，曹昂睜開了眼睛。

眼前是一個頭裹白布的碧眼男人，手中提着一把刀。

「你是誰？」曹昂高聲問道。

「驍將胡車兒！」對方報上了姓名。

前漢時候的屯騎營，到了後漢時候改稱驍營，是禁軍的一部。其主將稱做驍將，這個詞後來逐漸演變成勇將的代名詞。

「自稱驍將真是可笑至極。」曹昂搖晃着將刀一橫，向胡車兒砍去。「砰」的一聲，他的手臂一陣發麻，刀從手上掉了下來。

「啊，啊！」曹昂一邊呻吟，一邊向前倒去。他的肩頭滲出鮮血。

「不錯。」曹昂迷迷糊糊的意識之中，隱約有人説話。

「是個勇氣可嘉的小子。」這是胡車兒的聲音。

「曹操在哪裏？」

「正在過淯水。」

「不能追過河去，那裏都是青州兵，過不去。」

「任他逃走嗎？真是可惜啊……」曹昂一直聽到了這裏。他知道父親安然無恙，終於放下心來，意識也隨即消失了。

死去的年輕人，春風吹拂着他頭上蓬亂的頭髮。

七

慘敗。逃回許都的曹操心情沉重。他招來幕僚，一同商討此次戰敗的事。一貫追求合理主義的曹操，每逢戰後，不論勝敗，都要弄清原因。哪怕戰勝，若是理不清原因，心中也會不滿。關於此次淯水之敗，「張繡歸降之時，未曾扣留人質」。顯然這是自己的失誤。既然知道這一點，曹操對於戰鬥本身倒也沒什麼不忿。

他之所以心情沉重，乃是因為預見到長子曹昂死於戰場，正室丁氏必然暴怒的緣故。

丁氏本就性情激烈。而且正因為曹昂不是她親生，愛得也就更深。沒有骨肉之情的愛，可以說是最純粹的愛。至少丁氏對曹昂的愛毫無顧忌。

正像曹操所預料的那樣，丁氏既怒且悲，終日啼哭，連着許多天都不與丈夫說話。

「好了，該夠了吧。」曹操說了好幾次，妻子終於開口了。

「你這算是什麼？自己的兒子都殺了，竟然連一滴眼淚都不流，你還是人嗎？我不想和你這種人說話。」

丁氏嘶聲道。對於這種近乎歇斯底里的症狀，就連曹操也束手無措。

他與滯留許都的少容商量：「這該如何是好？往後的日子，對我而言乃是緊要關頭，在這種關鍵的時候，我不想被家中瑣事煩惱。難道無法可想嗎？」

少容微笑道：「將軍只有暫且忍耐一時吧。」

「不行了，我已經忍不下去了。再這樣下去，只能讓她先回娘家去了。」

「還望將軍三思。」

「可是夫人若在，我便不能專心天下之事，還是暫且分開一段時間的好吧。不管怎麼說，她的怒氣總會隨着時間慢慢消解的吧。」

「我以為，夫人的怒氣不會那麼簡單消解的。還是要將軍日日勸解，才能使夫人漸漸平息怒火。」

「什麼，要我每日取悅她？這可不行。我每日操心天下大事已經累得筋疲力盡，還要每日取悅妻子，我的身體也受不了啊。已經四十二歲了。」曹操沒有聽少容的勸告，遣丁氏回了娘家。

此時的確也是緊要關頭。這一年，獻帝正式封袁紹為大將軍，統攝冀州、青州、幽州、并州四地。這也就是今天的包括山東半島在內的山東省大部、河北大部，以及山西省。

相比之下，曹操雖然將天子迎到了自己的許都，但其勢力範圍只有兗州及豫州二處。也就是河北省的一部分及河南省的大部。

對於曹操而言，袁紹是他早晚要作決戰的對手。這個袁紹此時正同自己的盟友公孫瓚衝突。公孫瓚殺了劉虞，從他手中奪取了幽州刺史一職，但是幽州卻被袁紹不斷蠶食。袁紹挑唆劉虞的兒子與部下，不斷騷擾公孫瓚。早晚雙方會有大衝突的吧。

「明公（曹操）最擔心的是什麼？」曹操的幕僚之首荀彧問道。

「袁紹勾結關中，西誘羌胡，南聯巴蜀。若是如此，天下六分之五便在袁紹之手了。我以兗、豫二州之地，斷斷無法與之抗衡。文若（荀彧的字）有何計策？」曹操反問道。

「關中已然分裂。董卓舊部，自相攻伐，已無獨大之人。其中只有韓遂、馬騰稍強。不若遣使封他二人一官半職，再召他二人的子嗣來朝，這兩人便不會再生叛意了。」荀彧進言道。

「好計策。」曹操立即着手去辦。

韓遂、馬騰都是當地土豪，兩人的兒子得以入朝為官，心中都着實感謝曹操。他們的孩子於是便來到許都，侍奉在天子左右。而由曹操看來，這些卻是他的人質。既然西面的實力人物都已經把兒子送來為質了，便不用再擔心關中的事情。

那麼，南方怎麼辦？袁術僭越稱帝，江東孫策因此脱離了袁術，宣佈獨立。袁術本想稱帝，卻反過來削弱了自身的勢力。由曹操來看，南方袁術與徐州呂布的聯盟最須警惕。

雖然必須擊潰袁術與呂布，但最好能夠採取逐個突破的策略。若是兩人聯合在一起，事情可就難辦了。而且此時袁術正想讓呂布的女兒嫁給自己的兒子。倘若這樁婚事成功，袁術與呂布的聯合便會相當強大。

「文若有何妙計？」曹操催促荀彧道。

「且請靜觀其變。陳珪父子會助我軍一臂之力。」荀彧答道。

呂布在徐州任用的陳珪、陳登父子，其實都是心向曹操的人物。他們之所以出仕於呂布，實際上乃是為了幫助曹操。據說陳氏父子還受到呂布的重用。他們必然會利用他們的影響力，最大限度地破壞呂布與袁術的同盟。

正如曹操營中期待的那樣，陳氏父子確實在努力破壞揚州袁術與徐州呂布的同盟。

關於同袁術結親一事，陳珪也竭力反對。

「漢天子在許都，此事天下盡人皆知。袁術僭越，實屬大逆不道。將軍若與逆賊結親，豈不是要背負一個不忠不義之名？」

「是啊，將女兒嫁到逆賊那裏……」呂布也不禁有些猶豫。

「將軍當年討取身為義父的董卓，那也是因為董卓實為漢室逆賊的緣故吧？」

「是啊，那是忠義之行，大義滅親啊。」呂布殺董卓的事情，只有這樣解釋。

「就連逆賊董卓，雖然輕視天子，但也沒有自己僭越啊。」

「嗯。雖然他自居相國，位在三公之上，但也沒有僭越。」

「由此看來，袁術豈不是比董卓更加大逆不道嗎？難道將軍真打算將愛女嫁去逆賊那邊？」

「嗯，我知道了。」呂布立刻中止了女兒的揚州之行，將逆賊袁術派來的婚使斬首示眾。

由此兩個人不僅瓦解了同盟關係，反而變成了仇敵。袁術發兵攻打呂布。呂布策反了袁術的主將，擊潰了袁術直系的人馬。

呂布這樣的人居然也可以策反敵將，其實還是因為袁術的大逆不道，使得手下諸將全都心生二意。

就這樣，北方的袁紹與公孫瓚，南方的袁術與呂布，各自都在相互攻伐。不用說，對於曹操而言，這正是絕好的形勢，也正是他的緊要關頭。

八

呂布大敗袁術，是五月到六月間的事情。

曹操於九月率兵東進討伐袁術。袁術軍單單聽說曹操要來，便嚇得落荒而逃。人馬逃過淮水，然而這時候淮水之南正值饑荒。袁術的兵馬紛紛散去，他的力量只剩下不到一半了。

這時候距離袁術稱帝還不到半年。對於他來說，僭越帝位真可謂適得其反。

曹操的這一次用兵，不單大獲全勝，而且還得到了一個大禮物。

由河南到淮水一帶，有一個極大的民團。民團之中有數千士卒，其領袖乃是名叫許褚的人物。

——勇力絕人。聚少年及宗族數千家，共堅壁以禦寇……

民團差不多相當於一種自衛性的組織。長期以來一直沒有歸附於任何一方，這一次卻選了曹操為主。許褚率領他的民團一起歸順了曹操。

曹操歡喜異常。這一年年初時候失去了典韋，而此時許褚的加盟，則使曹操增強了信心。

「此乃吾之樊噲。」曹操高興地說。

樊噲是漢高祖的親隨隊長。他在鴻門宴中守護高祖的場面，也是《史記》中的名篇之一。

自此之後，許褚便侍奉在曹操左右，如影隨形，寸步不離。

每當看到許褚，曹操便會想起在淯水之畔失去的典韋。

舉兵東征袁術之後，曹操未做休息，又向西面進軍。年初被張繡打了一個出其不意，若是到了年終還不報仇雪恨，實在於心不甘。

這時候張繡已經加入劉表的陣營之中。因此，攻擊張繡，就等於與劉表為敵。一場激戰之後，曹操攻下南陽郡的湖陽城，俘獲劉表的部將，隨即又平定了舞陰。戰果頗豐，然而他一直都沒能給予張繡致命的打擊。

這一次的遠征途中，曹操又一次經過淯水之畔。

「典韋便是死在這裏……此外還有許多將士戰死。我的戰馬也死了。大宛的汗血寶馬絕影，也是死在這裏。已經過去一年了，但我還是記憶猶新啊……來人，為戰死的將士修壇，我要親自拜祭。」曹操說着，淚流滿面。

祭壇一修好，曹操便開始祭奠陣亡的將士。

他誦讀祭文之時，幾次哽咽，以至於無法讀完，伏地慟哭。在場將士也是嗚咽聲不絕，三軍無不感歎。

祭祀之後，全軍再次出發。

「將軍還是思念典韋啊。」

「是啊，祭文裏只說到了典韋的名字。長子曹昂、侄兒曹安民，也在此地戰死，將軍卻絕口不提。」

「將軍愛惜部下，甚於至親啊。」

「我們也要擁戴將軍。」行軍途中，將士紛紛議論。

天氣轉冷，歲末將近。曹操決定暫且休兵，返回許都。

曹操也有自己的事情要辦。他要去迎接回到娘家的正室丁氏回來。

曹操拜訪丁家的時候，他的妻子正在織布。府裏的下人對她說：「曹公來了。」她卻依然坐着繼續織布，毫不理睬。手上的動作沒有片刻停頓。曹操闖進房中，撫摩她的後背說：「回去吧，一起坐車回去如何？」

然而丁氏根本沒有回頭，一個字也沒有回答。只有咔咔的織布聲。曹操慢慢轉身，走出門外，然後停住腳，又問了一句：「怎麼，不再想想嗎？」

還是只有織布的聲音。

「那好吧，我真的走了。」曹操猛然轉身，大步走出了丁家的大門。

一回許都，曹操先來拜訪少容的房間。少容正在寫字，感到有人進來，便停下筆，回過頭來輕輕一笑。

「怎樣了？」

曹操搖了搖頭。

「如你所言，別居不好。沒辦法了。真的分開了。」

「是嗎……」

「她雖然秉性激烈，卻不是壞人。少容夫人，今後請為我多多照顧她吧。」

「知道了。」

「還有一事相求。」

「什麼事？」

「我想將卞氏扶為正室，能幫我轉告她嗎？」

「卞氏是將軍的側室，將軍為何不直接向她說呢？」

「我害怕女人啊……」曹操笑了起來，轉身走了出去。

這是建安三年正月的事情。

作者曰：

天下美女如雲，為何只喜歡娶他人之妻？當時人的想法，委實難以理解……

二十世紀的史家盧弼，在其著作《三國志集解》中表達過這樣的意思。

曹操之「好人妻」，不僅限於張濟的遺孀。他也將何進之子的妻子尹氏納為側室。尹氏是何晏之母，何晏又娶了曹操之女金鄉公主為妻，他們之間的關係就比較複雜。俗本中還有說金鄉公主是尹氏親生的，故事愈發有趣（哎呀，應該說是離奇），不過其實金鄉公主的生母是杜氏，這對夫妻並沒有血緣關係。

曹操還將一個名叫秦宜祿的人的妻子立為側室。

不僅是曹操，他的兒子曹丕（卞氏所生，也就是後來的魏文帝）所娶的妻子乃袁紹之子袁熙的妻子甄氏。甄氏後來成為了皇后。

除了魏的曹操，《三國志》的其他主角似乎也都喜好他人之妻。蜀漢之主劉備立劉瑁的妻子吳氏為皇后。吳主孫權納陸尚之妻徐氏為妃。

日本的德川家康，據說也喜歡遺孀，難道說這是全天下共同的愛好嗎？

關於丁氏，還有一些傳說。曹操與丁氏離異，立卞氏為正室，但據說卞氏卻依然時常去見丁氏，每逢節日總會前去拜訪。有時也會請丁氏來府，並且總是尊為上座。

丁氏去世之時，卞氏得到曹操的許可，在曹氏一族的墓地附近將其安葬。

曹操晚年，得了熱病的時候，也曾經突然於病中坐起，詢問道：「丁氏之墓在哪裏？」這是病中的夢話。後來當別人問他時，曹操苦笑道：「過不多久，我也要去往他世了。假如在那裏遇到昂兒，被問起母親的墓地，我倘若回答不知，豈不是太不像話了嗎？」

許多人以為，曹操在淯水之畔哭悼陣亡將士，實為收攬人心的演技。這是太將曹操視作惡人了。他確實是真心悼念。

只是有一點，曹操一向都將自己的感情，與他作為政治、軍事領袖所應當具備的立場嚴格加以區分。他雖然哀悼典韋的死，但典韋對於淯水之敗也負有責任。

典韋未曾封侯，死後也沒有賜謚。他的繼任者許褚卻被封為牟鄉侯，死後賜謚為「壯」。史家有這是史書漏記、其實典韋也曾封侯的說法。

不過筆者以為，這是曹操信賞必罰原則的體現。哀悼典韋可以，但不能表彰典韋。作為補償，他起用典韋之子典滿，任其為都尉，賜爵關內侯。

第四卷

公元二〇〇年，曹操與袁紹戰於官渡，曹操火燒烏巢，絕敵糧草，大敗袁紹，從此成為北方真正的霸主。

而在南方，孫權接掌了孫吳的政權，顛沛流離的劉備也終於在荊州得到了人生中最大的助力——軍師諸葛孔明。

新的風雲在天邊醞釀……

單戀之殤

一

老人的放聲高笑，直令人毛骨悚然。聲音尖銳，乾澀刺耳，然而卻又餘韻不絕。「我總覺得，你和我有些相似啊……」陳珪老人說道，又用乾澀的聲音笑了起來。「哪裏相似？」陳宮的語氣略顯厭倦。

這裏是徐州的下邳城，呂布的大本營。「哪裏會有相似之處？完全不同的兩個人啊，我與這老者……」陳宮心中暗想。陳珪與兒子陳登雖然身在呂布營中，心卻向着曹操，都盼望曹操能夠奪取天下。他們潛身在呂布營中，只是為了等待對曹操有利的機會。「我恰恰相反啊……」陳宮心中冷笑。他為了不讓曹操奪取天下，才投身到呂布這裏。

「相似得很……我們都有人單相思啊，哈哈哈——」陳珪老人留下餘韻不絕的高笑，轉身離去。

單相思——單戀的意思。呂布想依靠足智多謀的陳珪父子奪取天下，然而陳珪父子的一言一行都是為了曹操。對於呂布而言，這顯然就是一種單戀了。雖然呂布自己未曾察覺。

男性之間，也有這樣一種可稱單戀的現象。所謂單戀，一般是只有一方熱情，另一方卻很冷淡的模樣。

不過偶爾也會有雙方都很熱情，結果卻雙雙陷入單戀之中的時候。

「我與曹操，便是如此啊。」陳宮苦笑。陳宮是東郡武陽人，字公台。史書中說他「剛直壯烈」。他心懷天下，少年時候便遊歷四方，想要尋找能夠取得天下的英雄。與曹操相遇之時，他的直覺告訴他：「這一位也許就是能夠取得天下的英雄，是我一直尋找的人物……」於是他便跟隨了曹操。「啊，這真是可堪大用的人才。」曹操這一邊也很看重陳宮，破格起用。陳宮對自己的才智很有自信，也有足夠的熱情。然而話雖如此，單靠才智與熱情，卻並不足以平定亂世。「力量」也非常重要。陳宮想要尋找一個能以自己的才智與熱情掌控的「力量」，因此選中了曹操。

陳宮心中自有他理想的典範。這便是在幕後掌控漢朝創始者、漢高祖劉邦，助其奪取天下的張良。張良的才智，以劉邦這一力量為素材，演出了一場統一天下的好戲。大的「力量」不是那麼輕易可以掌控的東西。從某種程度上說，首先必須要迷戀這股力量。張良也正是因為被劉邦所傾倒，才會毫不保留地將自己全部的才智都傾注在他身上。陳宮也想效仿張良，傾服於他要掌控的「力量」，也就是曹操。然而無論怎麼努力，他都無法使自己迷戀曹操這個人物。這是因為曹操不僅僅擁有力量，更是個頗具智謀的人。陳宮雖然想以自己的才智驅動對方的力量，對方卻是以自己的才智行動。

曹操之所以欣賞陳宮，乃是因為他常常會有與曹操不同的看法。他固然有時也會採用陳宮的智謀，但遠不是全盤接受。陳宮因而不滿。但是，曹操卻對陳宮部分的才智視若珍寶。這也就是單戀了吧。由陳宮來看，他本盼望曹操是個只有力量的人物，然而事與願違。甚至可以說，適得其反。這同樣也是一種單戀。

陳宮灰心喪氣，尋找機會離開曹操的陣營。恰好此時曹操的父親遇害，他攻打徐州，連屠數城，陳宮由此堅定了叛離的決心。他所選中的代替曹操的人，正是呂布。呂布是一個幾乎沒什麼才智可言，卻充滿了力量的人物，正適合陳宮的需要。

興平元年（公元一九四年），陳宮與陳留太守張邈聯合，挑唆呂布攻襲曹操，不過這一戰最終因為蝗災引發的饑荒而不了了之。這場經過已經在前文〈天日因此暗淡〉一章中記載了。在那以後，四年過去了。這四年之中，陳宮一直歸於呂布的帳下，將擊敗曹操視為自己生存的意義。即使如此，他的耳中也常常聽到身邊的人這樣議論，說許都的曹操經常感歎：「陳宮之才，無人可比。可惜啊。真想想盡辦法召他回來，再為我所用……」這大約也是曹操知道消息一定會傳到他的耳朵裏，才故意這樣說的吧。

這傳聞當然也會傳到陳珪老人的耳朵裏，所以他才會用了「單相思」這個詞吧。「你讓曹操單相思。呂布不知我心繫曹操，對我單相思。」老人的話語中，包含了這樣兩層意義。在呂布的陣營之中，本應彌補主公最缺少的「才智」的謀士集團正在分裂，這儼然已經成了公開的秘密。不知道的大約只有呂布自己了。

等到陳珪走了之後，陳宮來找呂布，對他說：「此刻正是攻打小沛的時機。」佔據小沛的是投靠曹操的劉備。「若是攻打小沛，曹操定會派援兵來吧。」呂布並不太感興趣。「曹操西有劉表、張繡，北有袁紹，全都對他虎視眈眈，他無暇顧及東邊的局勢。」陳宮勸道。

「是嗎？陳珪倒是說，如果攻打劉備，曹操定會出兵。」

「曹操若是出兵，我軍也可向南面的袁術請求援助。」

「自從拒絕了袁術的提親，我兩家不是已經斷交了嗎？」

「提親之事，還可再議……要將軍拒絕的乃是陳珪，此人總有些偏袒曹操的模樣。」

「不管怎麼說，去年時我曾經攻過袁術……如此還能再提結親聯盟的話嗎？」

「眼下去談，定能談妥。去年九月，袁術為曹操所敗，不復當日威勢了。袁術此刻豈不也正在尋求同盟嗎？」

「話雖如此，但袁術可是僭越帝位的逆賊啊。」

「將軍何出此言？漢高祖劉邦也是庶民出身。不論曹操、劉表，抑或袁紹，這一個個的心中，哪一個不想稱帝？」

「是嗎……」

呂布慢慢點頭。「那我呢……」他的心中暗想。

二

「趁曹操疲敝的時候，正是擴展勢力的時機。」陳宮勸說道。「這個……」呂布還是下不了決心。「我不想打沒什麼意義的仗了。今後若再打仗，也只想打些有價值的仗，比如為了當上皇帝這樣的事情。」——呂布像換了一個人似的，開始變得小心起來。「對了，將軍，世間有些閒話，不知道將軍是否聽說過。」陳宮說。

「什麼閒話？」

「關於劉備的武將關羽。」

「關羽？啊，那個大鬍子男人嘛……他怎麼了？」

「將軍聽了不要動怒。」

「我聽了會動怒？」

「是。」

「好吧，說吧。你都說到這裏了，突然閉嘴不說，豈不是讓我更加發怒。」

「是……我聽說，那個大鬍子關羽，恐怕愛慕貂蟬夫人……」

「什麼？！」呂布大聲叫了起來。他雖然妻妾成群，但是其中最寵愛的還是貂蟬。此刻在這徐州的下邳城中，更是將貂蟬當做正室對待。這樣的貂蟬，竟然有別的男人心存覬覦——而且那個男人竟是關羽！

「此事盡人皆知。將軍若是不信，不妨隨便問上一人。只是這樣的事情，沒人敢在將軍面前提起。」陳宮語調平靜。但正是這樣平靜的語氣，最能在對方勃然大怒的時候挑起效果。

「你說，那個大鬍子畜生可曾與貂蟬會過面？」呂布白皙的面龐，眼見着漲紅起來。

「沒有沒有。這件事與貂蟬夫人全然無關。不知道關羽在什麼地方看到了貂蟬夫人的模樣，從此便開始單相思了。」

「渾蛋關羽！」呂布狠狠往地上吐了一口唾沫。吐一口唾沫就算過去了的話，陳宮的計算也就落空了。他這是故意激怒呂布，讓他討伐劉備，以便引出曹操。

「去年關羽帶了十幾人偷襲本城的時候，便是打算搶走貂蟬夫人。幸好當時貂蟬夫人外出不在，躲過了一劫……」陳宮擺出欲言又止的模樣。他一邊說，一邊觀察着自己挑撥的效果。他看準了最能引發呂布暴怒的時機，拋出了這句話。

「什麼，此話當真？！」呂布一度漲紅的臉，此時又變得蒼白。

「除了將軍之外，誰都知道此事。我是否喚個下人，當將軍的面問上一問？」陳宮的聲音異常冷靜。

「好你個大鬍子色鬼！」呂布站起身來，氣得直跺腳。關羽這個賤人，單單愛慕自己寵愛的貂蟬一事，提及起來都讓人覺得難堪，這廝竟然還膽大包天，想要前來搶奪我的愛妾嗎？

「關羽鼠輩，不值得將軍動怒。所以我等幕僚才瞞下了此事，不想告訴將軍，只在暗中防備關羽。將軍適才也說關羽是個色鬼，所謂色鬼，色慾熏心之輩，哪裏能與常人一般看待。我擔心的是，不知什麼時候他又想來搶奪貂蟬夫人。雖然迄今為止我等的防備都讓關羽無機可乘，但時間一長，實在不敢說萬無一失。我的心中，也不禁有些擔心啊。」陳宮說着，垂下了頭。

「什麼，擔心？渾蛋！」若是不能保護最重要的貂蟬，那算什麼事情？這樣的事情絕不允許，絕對不能容許！

「說起來，要想保護貂蟬夫人周全，辦法倒是也有一個。」陳宮抬起頭，如此說道。

「什麼辦法？」呂布焦急地問。

「攻取劉備的小沛，殺了色鬼關羽。除此之外，別無他法。」

「唔——也只有殺了這廝，才可解我心頭之恨！我要將其五馬分屍！好，準備出兵！」呂布終於下定了討伐劉備的決心。

「出兵之前，先要與袁術交好。我方還是派出使者，去和他商談結親之事。」

「知道了。這件事就交給你了。」

「陳珪若是知道此事，恐怕會出言阻止。請將軍一定不可聽從。」陳宮又道。

「這還用說。我既然決定了事情，不管怎樣都會執行。」呂布一邊說，一邊喘着粗氣。他的怒氣還未平息。「那我這就去準備了。」陳宮施了一禮，轉身剛要退下，呂布在他身後忽然問了一句：「曹操不會出兵吧？」陳宮轉身，微笑起來——這一次之所以要討伐劉備，以他的角度來看，根本目的正是為了引出曹操。如果曹操不露面，他的計策就落空了。而且，陳宮的直覺告訴他，曹操早晚會露面的。「曹操就算出兵也沒關係。曹操的人馬最近打了幾場愚蠢的戰役，已經疲憊不堪了。順手滅了曹操，不也是一件趣事嗎？」陳宮如此說着，走出了房間。

三

愚蠢的戰役。的確如陳宮所說，建安三年（公元一九八年）的上半年，曹操確實是打了好幾場至少從表面上看來不得不說是很愚蠢的戰役。意氣用事，也有這樣的批評。

去年，曹操攻打過張繡一次，回了許都之後，因為要忙着處理和丁氏離婚等私人的事情，就這樣過了冬天。到了今年的三月，他又再一次出兵討伐張繡去了。

「淯水之敗還未雪恥。戰死的典韋，仇還未報。無論如何，我都要討伐這個狂妄的傢伙。」曹操固執己見。幕僚之中，反對的人很多。「張繡固然狂妄，他的背後卻有劉表撐腰。」這是提醒曹操要量力而行。「西進之時，北方袁紹恐怕會趁勢偷襲。」這是表達自己的擔心。對於此種擔心，曹操反駁道：「袁紹顧忌北面的公孫瓚，不可能輕易南下。大可不必擔心。」

最有力的反對意見是：「張繡只是因為部下饑饉，才不得不投在劉表麾下。然而據說劉表並沒有給張繡多少糧草。這早晚會引起張繡的不滿，使他與劉表分道揚鑣。主公就算要出兵，最好還是等到那時，更易取勝。」

然而曹操出征之意已決，他固執地搖頭説：「若不出征，不能提升我軍士氣。」強行通過了出戰的決議。會議之後，幕僚之首荀彧一個人留了下來。「現在開始，才是真正的作戰會議吧。」荀彧笑吟吟地説道。

「他竟然全都知道。」曹操不知道自己是應該高興，還是應該發怒，心情很是複雜。

「此次出戰，最要緊的是什麼？」曹操問。

「必須要裝出一副大受打擊的模樣，大敗而回啊。若是可以的話，明敗暗勝，這是最理想的了。」荀彧仍舊笑吟吟地回答道。

「既然連這一條都算到了，那我就不用再解釋了。你就去制定作戰計劃吧。」

「遵命。」荀彧答道。

為了奪取天下，必須得把重要的敵人一個個消滅掉。在世人的眼裏，曹操攻打張繡是為了消滅張繡背後的劉表，然而曹操的真正目的卻是打算消滅呂布和袁術。袁術去年遭受了很大打擊，雖然好不容易稱了帝，但軍事實力大大削弱。對於曹操來説，與袁術相比，倒不如説呂布更具威脅性。依照亂世的常理，各地的散兵都想依附於強大的勢力。呂布以剛勇聞名，他殺董卓、射戟胡，這些經典的傳奇在世間廣為流傳。因為呂布的勇名，各地三五千人的小勢力紛紛歸於他的帳下，日積月累，也是一股不容小覷的勢力了。「必須趁着現在，將呂布斬草除根。」曹操如此暗想。他深知由世間傳言構造的形象具有多麼可怕的力量，那可以遠遠誇大本人的實際能力。若是呂布發展成了足夠強大的勢力，再想要滅他可就困難了，必須趁着現在動手。

「現在動手可能都有些晚了。泰山雜軍已經歸順呂布了。」荀彧說道。泰山一帶，有不少不屬於任何勢力的雜軍，分散在各個地方。都是些三五千人的隊伍。部將有臧霸、孫觀、吳敦、尹禮等人。他們已經聽說了呂布的勇名，紛紛投到了他的麾下。「若是投在勇將呂布的手下，將來總會有些好處吧。」他們都是如此打算。

「不，還不晚。泰山山賊的加入，會讓呂布更自信。現在這個時候，還是要加強他的自信才行。」曹操說道。曹操的計策是，為了消滅呂布，首先必須誘他出手。要想他能出手，當然是要讓他有足夠的自信了。為了增強呂布的信心，曹操想借與劉表、張繡交戰的機會，擺出一副大敗的模樣給他看。此次西征，主要目的就在於此。泰山雜軍歸順呂布的事，由增強呂布自信的角度來看，對曹操來說未嘗不是件好事。曹軍受挫，一旦接到這個消息，呂布恐怕就要出兵攻打歸於曹軍陣營之中的小沛了吧。小沛的劉備必然會請求曹操救援，曹操當然就要火速趕來，然而新敗的人馬根本沒有什麼戰鬥力——這豈不正是消滅曹操的絕好機會嗎？

「呂布當真會攻打小沛嗎？」荀彧對這一點似乎還有些疑慮。

「一定會打的……你知道，呂布營中，還有那個陳宮在。」曹操說。陳宮離開曹操之後，心中的夙願就是打倒曹操。他認為，來到呂布身邊，是實現這一夙願的捷徑。既然如此，他當然不會坐視這麼好的時機白白溜走——曹操對此很有信心。

「滅了呂布，袁術也就自然滅了。」荀彧說。

到去年，袁術的勢力好不容易達到了第一集團的程度，然而自從僭越帝位以來，他的實力便急劇下降。江東孫策的獨立，對他也有很大的影響。相比之下，呂布有很長一段時間都是流浪將軍，無論怎麼看，最多只能算是第二集團的勢力而已。不過自從他取代了劉備，成為徐州之主以後，他的實力就開始迅速增強。不斷沒落的第一級勢力，與不斷上升的第二級勢力，哪一個都不能稱霸天下。然而二者若是聯手，卻可以參加到問鼎天下的遊戲中來。去年以來，尤其是結親之事失敗以後，袁術與呂布的關係不斷惡化，然而既然雙方都有尋求同盟的必要，早晚還是會再次聯合的吧——曹操與荀彧都算到了這一點。既然如此，不如直接將兩個人放在一起，一同消滅。

「那麼，接下來就要好好算算怎麼打一場敗仗了。這可比打勝還難啊。」曹操展開了地圖。

四

曹操圍張繡於穰城，是建安三年（公元一九八年）三月的事。表面上看這是就地休整靜待對手疲弱的戰法。圍城足有一個月之久。忽然有一天，由許都傳來急報。此時恰好是曹操召集了數十名將領開會的時候。探馬連滾帶爬跑到曹操身邊，大聲叫道：「大事不好，袁紹將襲許都！」

「什麼？！」曹操騰的一聲站起身來，大驚失色。

「這可如何是好？」幕僚問。

「只有退兵了。守護天子要緊，快快準備撤兵。」曹操恨恨下令。

「遵命！」

「機密從事。」曹操叮囑了一句。

出席會議的數十名將領之中，多少總有幾個是被對手收買了的。其中更有一人，雖然沒有公開，但曹操已經得到了確切的證據。

雖然叮囑說要機密行事，其實敵軍必然對此一清二楚，這一點曹操心中自然有數。他本就是故意演戲給對手看的。

「好了，諸位都知道了，」曹操巡視了一下在座的諸人，「不要驚慌。就算袁紹想要攻打許都，那也是數日之後的事。雖然此刻必須火速趕回，但若敵軍知曉我軍退兵，必然會來追擊。所以寧願稍稍多花些時間，也不能讓敵軍察覺我軍的動向。」

就這樣，曹軍的退兵準備故意拖延了一些時間。張繡與劉表取得了聯繫，準備襲擊將欲撤退的曹軍。夜幕降臨之後，曹軍開始撤退。趁着夜色退兵，這是自古的定規。張繡與劉表的聯軍，事先已經得知了曹軍撤退的消息，打算在撤退的半路找準時機夾擊。夾擊當然也是要選擇兩側群山相對的地點，這也同樣是自古的定規。

張繡與劉表將人馬埋伏在山上，等到曹軍出現，他們便一下自左右兩邊攻了下去。此處名為紫山。喊殺聲在紫山中回蕩，因為是深夜，看不清楚作戰的具體情況。只是依張繡與劉表的感覺來說，雖是偷襲，敵軍卻似乎並沒有什麼狼狽的模樣。更令人意外的是，曹軍的數量遠比預想的要多。兩軍交戰了一陣，忽然聽到曹軍的將校大喊：「逃吧，逃吧！咱們不是他們的對手，快向許都撤退！」也有人大喊：「敗了！敗了！快點逃命吧！」這一戰便這樣結束了。

翌日一早，張繡與謀士賈詡一同巡視戰場的時候，愕然失色。被遺棄在戰場上的屍體幾乎都是己方的士兵。曹軍的戰死者最多只有十分之一，這分明就是己方的敗仗啊。可為何對方一邊大呼「敗了！敗了」，一邊落荒而逃呢？

探馬傳來的消息也說，曹軍過了紫山，向東退兵的時候，好像依舊不時向周圍的人說：「我們被張繡和劉表的聯軍打得大敗，損失慘重。」「這是為何？」賈詡在戰場的紫山之中，發現了許多事先挖好的坑道。「哎呀！」賈詡叫了一聲。表面上看，是為了保持機密而花費時間，實際上是用這些時間藏了大量人馬在坑道裏。

張劉聯軍只知道曹軍撤退的人數，打算進行突襲。然而，曹軍當然也知道會在這附近遭遇襲擊。他們與山洞中擁出的人馬會合在一起，人數頓時多了數倍，這些人給聯軍巨大的打擊之後，又大呼着「敗了！敗了」逃走了。「我明白了！」賈詡咬牙切齒地道。這位聰敏過人的謀士，立刻明白了曹操軍之所以要做出這番異常的舉動，其真正的目的在於何處。

賈詡是涼州（現在的甘肅武威）人，曾經以董卓幕僚的身份給牛輔（董卓的女婿）做過謀士。董卓在長安被殺時，屯兵於東的李傕和郭汜想要解散軍隊，逃回故鄉。這時候賈詡勸說道：「諸君若棄軍單行，則一亭長能縛君矣。不若誘集陝人並本部軍馬，殺入長安與董卓報仇。事濟，奉朝廷以正天下；若其不勝，走亦未遲。」由此李傕、郭汜才得以佔領長安。牛輔死後，賈詡投在同為董卓舊部的張繡帳下。在長安時，他得到過宣義將軍的稱號，此時雖然歸於張繡，實際上差不多與張繡地位平等。

「舉全軍去追曹操吧。」賈詡說。「能勝嗎？」張繡猶豫不決。「當然能勝。黑暗之中，曹軍明明能勝，他們卻故意在喊『敗了、敗了』，不是嗎？現在既然天色大亮，他們可就沒辦法再掩人耳目了。曹操就算能勝也不敢勝。」賈詡極有信心地說。

張繡聽得一頭霧水。不過他相信賈詡的判斷，於是命令全軍追趕曹操。果真，張繡的人馬追上了曹軍落在後面的隊伍，把他們殺得大敗。好不容易逃回許都的曹操咂舌不已。「張繡雖然愚鈍，可他身邊還有一個賈詡啊。」

「這樣不是也很好嗎？我軍真的是落荒而逃啊，多少人都看見了。」身旁的荀彧安慰道。

五

曹操退回許都，是在這一年的七月。八月，呂布果然突襲小沛。呂布軍中的高順和張遼出生於北方，兩個都是擅長騎兵戰的將領。呂布得以在中原立足，也全憑這支精銳的騎兵隊。為了維持騎兵隊，必須不斷補充優良馬匹。然而徐州附近盡是劣馬。於是呂布派人到河內買匈奴人的馬。可是，費盡周折買來的馬，卻在小沛附近遭搶。「必是大耳賊劉備的詭計。」

呂布要求劉備歸還馬匹的時候，劉備卻道：「在下並不知情，或是泰山群賊所為。」

既然發生了這樣的事，呂布攻打小沛的劉備，自然有了口實。受攻擊的劉備當然會找曹操相助。曹操雖然派了援軍，卻沒能擊退呂布。

呂布的部將張遼出生於雁門的馬邑，由這個地名中的「馬」字就可知道，此地盛產馬匹。張遼本人也是騎兵戰的天才人物，這個時候他才剛剛二十八歲。劉備的人馬與曹操的援軍都受到張遼的猛攻，大敗而退——權衡一下彼此的戰鬥能力，曹操也猜到了這樣的結果。

萬事俱如所料，曹操十分平靜。就讓呂布暫且得意一陣再説。呂布那一邊，對這樣的戰果卻並不滿意。他最惱怒的還是色鬼關羽的逃脱。「劉備逃了沒關係，無論如何都要抓住關羽。」呂布咬牙道。

劉備與呂布，曾經在各自危難的時候相互幫過忙。呂布最困難的時候，是靠了劉備才得以重整旗鼓；而轅門射戟的時候，呂布也算是救了劉備的命。雖然呂布算是還了劉備的人情，不過說到底呂布對劉備還是並不厭惡的。關於盜馬這件事，他雖然也認為八成是劉備的手下搞的鬼，但他也知道：「大耳賊可能真不知道部下的所為。」劉備有一雙長手臂，垂下的時候長可及膝，耳垂也異常之大。呂布雖然稱劉備為大耳賊，但這也是對他半帶親近的昵稱。

「將軍息怒，我軍擒到了大耳賊的妻室。」張遼報告說。他抓住了劉備的妻子，把她帶到了下邳。

「真可憐，這廝的老婆倒是經常被俘啊……這已經是第二次了。」呂布說道。在此之前，呂布曾趁劉備不在的時候偷襲徐州，那時候就抓到了他的妻子。

劉備自小沛敗走，正是這一年的九月。

許都的曹操接到劉備兵敗的消息，立即傳令全軍，「出兵，討呂布。」出兵的準備早已做得差不多了。

迄今為止的這些戰鬥，其實只是一個序幕而已。由現在開始，才算上演正式的節目。自從討伐董卓以來，曹操曾參加過無數次戰爭。從今往後，大約也會經歷許多大戰吧。然而，真正能夠決定命運的重大戰役並不多見。這一次討伐呂布，大約便是自己生涯的轉折點吧。曹操心中，清楚地感覺到這一點。正因為此戰異常重要，所以才先做了一些看上去非常愚蠢的戰役來作鋪墊。

曹操的居城許都，也就是今天的河南省許昌市，地處鄭州市的南部。曹操由此地率大軍東進。敗退的劉備軍隊在梁這個地方與曹軍會合。收容了劉備殘軍的曹操，繼續向東進軍，中途路過小沛，但是並未停留，而是直奔下邳西北部的彭城。

「現在正是出兵的時機。」陳宮向呂布進言道。遠征的曹軍經過這一路的長途跋涉，應該已經疲憊不堪了。他建議呂布出擊。「還是再等一陣。」呂布並沒有同意。彭城也是呂布的領地之一，但他卻並沒有怎麼把它放在心上。他和曹操、劉備等中原出生的將軍不同，成長在遙遠的五原郡（現在的內蒙古自治區），所以對土地並不怎麼眷戀。領地內的一個城市對呂布來說只不過相當於象棋中的一個小卒而已。「彭城這個小卒，就讓曹操拿去吧。奪了彭城的曹軍必然更加疲憊，來到下邳的時候，更加不堪一擊。」呂布心中如此打算。

彭城於十月陷落。

呂布坐等曹軍疲憊，然而事情並沒有如他所想。一直以來都假裝歸屬呂布陣營的陳珪老人之子、廣陵太守陳登，帶了新銳的郡兵投靠曹軍。「時機已到。」陳氏父子如此斷定，於是撕下了一貫的偽裝。

「不要讓他們騎馬。」攻打徐州的州都下邳之時，曹操只下了這一道命令。呂布擅長騎馬作戰，避免敵人擅長的戰法乃是兵家常識。從陣地的構造到地形的選擇，如何才能不利於騎馬，曹軍傾注了所有的智慧。擔任曹軍先鋒的，正是還沒有參與過交戰、精力充沛的陳登軍隊。

六

「哦，關羽來了？有什麼事嗎？快請他進來。」聽下人說關羽前來拜訪，曹操立刻決定接見。來到下邳後，連打了幾場野戰。呂布頻頻出手，企圖在平原地區與曹操作戰，不過曹操只在自己喜歡的地方應戰。也就是說，不利於騎馬的地方。

因為曹操很會選擇戰場，所以呂布每次作戰都會損兵折將。因為每次交手總是發生在對曹操有利的地方。吃了幾次虧，呂布也變得謹慎起來，他退回下邳城，緊鎖城門。於是便成了圍城戰。呂布的騎兵隊更加沒有用武之地。同時，戰爭的時間也延長了。

就在這樣的時候，關羽來到了曹操的中軍。「有要事相告。」關羽說道。「說吧。」「呂布將一個叫秦宜祿的人送到城外尋求援兵，依某之見，很可能是去找袁術。」關羽稟報道。「是嗎？」被圍困的一方，向外尋求援助是很正常的，而且根據目前的情況看，曹操也早已料到呂布會找距他最近的袁術。不如說，曹操本就盼着能將袁術也引誘出來，把他和呂布一起滅掉。

稟報之後，關羽依然站着沒動。「還有什麼事嗎？」曹操問。「啊，這個……」關羽如此吞吞吐吐，十分少見。他的漂亮鬍鬚也在微微顫動。「雲長，你今天有點兒奇怪啊，為何如此吞吞吐吐？」曹操笑着說。看關羽的神情，好像是有什麼難以啟齒之事。他這是故意露出笑容，好讓對方便於開口。「某有一事相求。」關羽決然道。

「但講無妨。」

「是，那……那是關於一個女子……」關羽說着，低下了頭。

「哈哈哈，哎呀哎呀，原來是女人的事啊。說起女人，我也是非常喜歡。什麼女子？」曹操向前探身問道。

「是……是那個，下邳城內的……就是那個……那人的妻子……」關羽依然低着頭，埋在絡腮鬍鬚裏的耳朵都漲得通紅。

「哈哈哈，是他人之妻啊……他人之妻不也很好嘛。」曹操的腦海裏閃現出張濟遺孀的模樣。

「下邳城陷落之時，將軍可否將此女賞賜於我……」關羽全身都顫抖起來。

「啊，好吧，我知道了。若是破了下邳，城裏的東西就任我處置了。我答應你了……不過，那女子真的有那麼好嗎？」曹操半開玩笑地問道。

「啊，那真是。」關羽的回答非常認真，「我在世上活了三十六年，還從未見過像她那般美豔的女子。」

「嚯，是你有生以來見過最美的人啊……是這個意思嗎？」曹操似乎有點兒半信半疑。

「的確如此。將軍若是親眼看見，就會明白了吧。那廝竟然會有如此美麗的妻子，我……我就覺得怒不可遏。」關羽抬起頭說。他的眼中滿是不解。

「知道了，知道了……唔，我見過的女子大概比你要多吧……好了，我答應你就是，安心去吧。」曹操說道。

「多謝將軍。」關羽深施一禮，退了下去。

「嘿，這個大鬍子……關羽竟然也會如此迷戀一個女子啊……到底美到何種程度呢……我也想看看。」關羽回去之後，曹操自言自語道。他不由得想起了在許都的妻妾們，當然還有已經分開的丁氏。「大概是因為一直圍城，沒有開戰的緣故吧……」曹操如此解釋這股突如其來的感傷。雖然這一次出征頗為無聊，但與無聊戰鬥，卻正是這一次遠征的關鍵。只能多多忍耐了。

然而，關羽退下之後不久，傳來了一條讓人十分震驚的消息，曹操腦中關於女人的思緒，頓時被趕得一乾二淨。河內太守張楊，出兵援助呂布來了。

呂布當年浪跡四方之時，曾經投過袁紹，後來又逃了出來，之後便是去的張楊那邊。當時，張楊擔任長安朝廷與關東諸將之間的溝通工作。曹操向長安的天子送去使者的時候，也得到了張楊的幫助。「我與呂布交往甚密，不忍見其如此窘狀，故派兵援助。」張楊這樣解釋。話雖如此，由位於山西省南部的河內向徐州派兵，這對張楊來説，可謂長途跋涉。所以，他的人馬來到了對岸的野王、東市（現在的河南省沁陽縣），宣言道：「不解下邳城之圍，吾將攻許都。」

張楊打算通過這種手段來牽制曹操的行動。張楊也許真的有一顆俠義之心，不過，他作為一個第二集團的諸侯，肯定也不會希望誕生一個實力超群的軍閥。

「楊醜在哪裏，楊醜？不正是為了這個時候，才把他派過去的嗎？」曹操如此説道，用舌頭舔了舔嘴唇。正如呂布營中的陳珪父子一樣，緊急關頭他們會自動站在曹操一邊。同樣的，在河內張楊的手下，也有一個類似的秘密人物——這便是楊醜。不負曹操的重望，這個楊醜第二天便送來了密報：「已斬張楊！」

此報雖然簡短，卻字字擲地有聲。接到這個消息，曹操連連點頭。「幹得好……」然而緊接着卻又送來了第三報。這一次是野王附近的探馬送來的急報。張楊部將眭固殺了楊醜，率軍投奔袁紹。雖然攻打呂布未受影響，然而自己的另一個敵人——可以説也是眼下最大的對手——袁紹，又多了不少人馬。「不知是喜是憂啊……」曹操低聲自語。

七

「不發援軍。」下邳城內，呂布雙眉緊鎖。其實袁術已經沒有派遣援軍的餘力了。去年他被曹操逼入饑饉的淮水一帶，損失慘重。現在的袁術，別説是派援軍了，連他自己都希望得到別人的援助。只不過他的自尊心很強。「前者殺吾使者，賴我婚姻！今又來相問，何也？」袁術將拒絕出兵的理由，歸結在結親談判的破裂上。對於呂布寫來的致歉信，袁術回覆道：「汝反覆無信。可先送女，然後發兵。」袁術已經落魄，卻還要裝點門面，講究排場。或許正是因為落魄，才更需要拚命裝點門面吧。

「好吧，女兒去了就派援軍是嗎……那就我去送吧。」呂布說道。「一城之主突圍而出……這事情辦不到的吧。」陳宮勸說道。「你說的我也知道……可是，若不把女兒送去，袁術就不會派援軍來。我這也是為了救城啊。至少，我要先把女兒送到一個還算安全的地方去，然後再殺回來。」呂布仔細想過了。「那就按將軍想的做吧。」陳宮也不再勸說了。

呂布的女兒雖然被人提親，其實也不過剛剛十歲出頭。呂布將女兒像包嬰孩一般裹起來背在背上，再披上盔甲。雖說這要比通常的嬰孩體型稍大，但因為父親呂布身材魁梧，倒也看不出來有多不自然。「這樣一來，我也能行動自如了。」呂布背着女兒出了下邳城。他打算單槍匹馬殺出一條血路，奔向袁術的領地。然而出了城，呂布才意識到那根本就不可能。下邳城外滿是曹操的人馬，裏三層外三層，沒有一條可以逃脫的路。呂布不得不背着女兒原路折回。

「將軍就不要再盼外援了。要救下邳城，只有一個辦法。」陳宮對呂布說道。「什麼辦法？我也差不多無力再戰了。」呂布也開始氣餒起來。「將軍率下邳城裏一半的軍隊殺出重圍。有這些兵力，應該可以殺出去吧？」「嗯，那倒是勉強可以，可問題是接下來怎麼辦。」「曹操若是追趕突圍的將軍，我就率領步兵由背後掩殺曹軍；若是曹攻打我的步兵，那將軍就率騎兵由後面掩殺。如此一來，曹操也會疲於奔命。」

「這倒也是一個辦法……」呂布又重新振作起來。困守城池，敵人也不會退兵。若是不想什麼辦法出擊，那就只有坐等滅亡了。然而，就在準備出擊的緊要關頭，呂布又動搖了。「算了……這次的作戰計劃取消。」

這是因為貂蟬的反對。「將軍只知其一，不知其二。下邳城之所以能保不失，正因為有將軍在此的緣故。若是將軍出了城，城中各派必然相互爭鬥……誰與誰不和，妾身不敢妄言。然而確有其事，請將軍明鑒。倘若如此，妾身的性命也在所難保。」貂蟬如此說道。

「是嗎？原來已經如此嚴重了……」城內派系爭鬥，呂布也隱約有所感覺。只不過他並非能夠制衡各派系力量的政治人物，所以對此也不甚關心。「那就不做沒意義的事了吧。」呂布不再出兵。

謀士陳宮與武將高順之間，確實相當不和，而且彼此的怨氣早已根深蒂固。正因為有呂布的存在，才使二者之間的爭鬥沒有表面化。呂布若是出城，確實也有可能發生一些突如其來的變故。然而陳宮與高順雖然不和，但兩個人都想與曹操抗衡到底。此外，雖然呂布尚未察覺，但在下邳城中還有一些投降派，譬如宋憲、魏續等人。

「啊，我已經筋疲力盡了！」呂布已經徹底放棄了。他每日只管與貂蟬飲酒作樂，再也不過問戰事。在此期間，曹操從沂水和泗水兩處引水，水攻下邳。下邳城迎來了最後的日子。

八

呂布既然終日沉迷於酒色之中，那在城內或是城外都一樣了。雖然身在城內，然而失去了統率力，也就無法壓制內訌了。宋憲、魏續這幾個投降派發動了政變，擒住了主戰的陳宮與高順，打開城門，投到了曹操軍中。這幾個投降派的人到底畏懼呂布的剛勇，趁着他在府中喝酒的時候迅速起事。

「什麼，城門已被攻破？」送到呂布府中的第一條消息，還只是說敵人攻破了城門。自己的手下將城門打開一事，呂布全然不知。「是。」報信者雖然知道這是內應的結果，卻並未和呂布明說。若是說給呂布，他大怒之下說不定會把自己當場打死。「南門怎樣？」呂布問道。「南門好像還未攻破。」「好，去守南門。傳令五原將士去南門！」呂布衝出房間。

貂蟬被丟在了房間裏。呂布從她身邊離去的時候，精神抖擻。然後，似乎完全沒把她放在心上。「男人只要一嗅到戰爭的氣味，都會這樣子啊……」貂蟬低聲自語道。她雙手合一，輕輕閉上雙眼。她在祈禱。按着五丈原的康國人教她的那樣，反覆唸誦浮屠之名、釋迦牟尼之名。究竟唸了幾千遍、幾萬遍，連她自己都不記得。

不知過了多久，外面傳來了開門聲。「翼德，你去找嫂夫人！……我還有別的事。」有人大聲地叫道。貂蟬睜開眼睛，只見一個大鬍子男人站在自己面前。「啊，貂蟬夫人……我得了曹公的許可，來接夫人……在下乃是關羽關雲長。」大鬍子男子，用火一般熱辣的眼神看着她，一步步走近貂蟬。貂蟬再一次閉上雙眼……

遠處回蕩着刀槍碰撞與喊殺的聲音。這一戰已經接近尾聲，只有南邊似乎還有幾個人正在試圖作最後的抵抗。下邳的南門也叫白門。呂布立在白門樓上，想要抵擋曹操的軍隊。然而卻看不到他傳令召集的五原勇士。而且敵人的數量也太多了。「渾蛋，如此說來……」呂布一面舞刀左右揮砍，一面終於看清了戰況。他的酒也醒了——只有白門樓這一處在戰。

「奉先，陳宮和高順已經被擒，其餘諸將都已歸順。你也死心了吧。」城樓下面傳來叫喊聲。「是嗎，已經無路可走了啊……」渾身是血的呂布扔下手中捲刃的刀。曹操的士卒由四面八方蜂擁而上。

五花大綁的呂布被帶到了曹操的面前。繩索一層層捆得異常結實。「捆得太緊了，痛得受不了！」呂布晃着身子說。「若是兔子狐狸一類，綁得鬆些也無妨；但若是老虎的話，不綁結實些不行啊。」曹操笑道。「雖然如此，亂世天下，也終於指日可定了。」呂布說道。「這是什麼意思？」曹操冷冷地問。「明公率步兵，我率騎兵，天下豈有敵手？平定天下，豈不是探囊取物一般。」呂布撇了撇嘴。他雖然已是階下囚，但還想着要和曹操一起平定天下。

「玄德，你看如何？」曹操回頭問劉備。「此人先侍丁原，後奉董卓。如今又想再投明公，公當明察。」劉備答道。呂布曾是丁原的將領，卻將丁原的人頭當做禮物送給董卓，後來他又殺掉了將自己收為養子的董卓。呂布兩次殺了自己侍奉過的主公——有此前科，難道你還想把他收在身邊嗎？劉備的回答一針見血。

「大耳賊！你個言而無信的匹夫！渾蛋！」呂布破口大罵。「推他出去，斬了！」曹操下令道。他的臉上看不出半點表情。下一個被帶進來的是陳宮。「可惜啊，你如此有才……我卻不能留你活命。」曹操道。

「那是當然。」陳宮挺起胸膛答道。

「你的老母與妻兒怎麼辦？你有什麼打算？」

「你為何問我？我已經到了如此田地，老母妻兒，但憑你處置。」

「好吧……我會照顧好她們，你就安心地走吧。」

「謝了。」與呂布不同，陳宮臨死之時也顯得異常剛烈。

繼陳宮之後，高順也被斬首。

年輕的騎兵隊隊長張遼得到赦免，後來成為曹操軍中的骨幹將領。泰山的諸將也都沒有問罪。

處刑之後，曹操一個人回去休息，就在此時，一個女人被帶到了曹操的面前。「依大人軍令，秦宜祿的妻子已經帶到。」領她前來的將領如此稟告道。「啊……真是一個美人啊……」這個女子差不多與曹操一樣高，在女性之中算是身材高挑的了。她皮膚白皙，五官端正，這些正是曹操所喜歡的。「要是給了那個大鬍子關羽，還真是可惜啊。」曹操心中暗想。「好了，這個女人交給我吧。」曹操說。

他此後一直等着關羽來和他抱怨，然而關羽一直都沒有來。他本來已經打算好了，關羽若是來找他，他就用高官厚祿打發了他。「這個大鬍子放棄了嗎？」曹操笑了。關羽想要貂蟬，卻沒有提她的名字，更沒有提呂布的名字，只和曹操說是「那人的妻子」。他大約以為即使不說名字，曹操也知道是誰。陷入戀情中的男人，腦子裏想的只有那個女人，當然會覺得沒有特意說出名字的必要——難道還會是別的女人嗎？

然而關羽去曹操處求情之時，是用了秦宜祿出城求援的藉口。這個藉口與後來的正題雖然沒有什麼聯繫，但曹操卻誤將「那人」當成了秦宜祿吧。

下邳的陷落和呂布的滅亡，發生在建安三年的十二月。

作者曰：

小沛遇襲之時，無論當時如何混亂，劉備扔下妻子逃跑一事都有可疑之處。這豈不是太不近人情了嗎？依據筆者個人的推理，當時劉備雖然表面上歸順於曹操，其實內通呂布，也就是說可能處在一種「兩屬」的狀態。劉備的領地小沛距離呂布的領地下邳不是很遠。劉備選擇小沛作為據點，從某種程度上，可以說是為了迎合呂布的需要。他是否是為了證明自己的歸屬，故意將妻子作為人質送到呂布那裏去的呢？這樣的話，劉備便不是拋棄妻子孤身逃跑，而是他的妻子一開始就在下邳城內。

如果以上推理正確的話，我們也就可以更深刻地理解，被擒的呂布大罵劉備「是兒最無信者」這一句話中，到底有着怎樣的含義了。

根據《獻帝春秋》記載，當時曹操要免呂布一死時，反對的並不是劉備，而是曹操的主簿、一個叫王必的人物。而劉備當時只是一言未發而已，但呂布也依舊怪責他說：「你就不能為我說幾句好話嗎？」

魚氏的《曲略》中則記載說，要殺陳宮的時候，曹操也曾經猶豫過，是陳宮自己催促道，「請出就戮，以明軍法。」曹操哭着目送他出去，陳宮卻始終未曾回頭。

陳宮死後，曹操一直照顧陳宮的母親，直到其去世為止，還以親人的身份將陳宮的女兒嫁了出去。

在後世的講談中，出於對弱者的同情，常常把劉備、關羽這些蜀漢的將領看做好人，而且有將他們過於理想化的傾向。比如，關羽想得到他人之妻，去曹操那裏請願一事，連正史的原註之中都有記載，然而到了宋代的《資治通鑒》裏，都被盡力避免提及。由此看來，《三國演義》之中，更不能講什麼有損聖人關羽的那段風流史了（關羽後來被尊奉為神，各地都建有關帝廟）。

劉備叛曹

一

「武陵女子，死十四日復活。」在《後漢書》關於建安四年的記載當中，寫到了這樣一件奇怪的事。此女子名叫李娥，六十餘歲時死於疾病，被埋葬在城外。可是過了十四天，路過的人聽到墳墓裏有聲音傳出，引起了一片騷亂。大家把墳墓挖開來，結果發現這個女子竟然起死回生了。這件事雖然令人難以置信，但眼着就傳遍了全國各地。

《後漢書》的本紀之中有關建安四年發生的記載極為簡潔：

「春三月，袁紹攻公孫瓚於易京，獲之。衛將軍董承為車騎將軍。夏六月，袁術死。是歲，初置尚書左右僕射。」再加上上面提到的武陵女子復活一事，一共只有這五條記載。

在當時，但凡奇怪的事情發生，都被視為某些大事的前兆。那這死而復生之事，究竟是吉是凶？死而復生是件值得高興的事情，因此，也許可以說是一種吉兆。然而這卻並非正經積極的事，由這一點來看，還是將它看成凶兆才對吧。

「況且這樣的世上還能有什麼吉兆嗎？」

「是啊是啊。從冥間回來，這事情聽起來就可怕，肯定是凶兆，絕對是……」人人都這麼說。亂世之中，百姓不會抱有什麼好的期待。

五斗米道的教母少容，這一年一直住在曹操的居城許都，當然這裏也是天子所在的地方。「舞台之上，已經有三個演員消失了。」由陳潛處聽說袁術已死的時候，少容正坐在院子中的一棵大槐樹下看書。因為有風的緣故，外面比待在房中舒服得多。「是啊。最近這些日子，全是這樣的消息。」陳潛答道。

去年十二月，呂布在徐州被曹操殲滅。曹操之所以能夠舉全力討伐呂布，是因為當時袁紹正與北部的公孫瓚相爭，曹操不用擔心背後遭襲。呂布死後三個月，公孫瓚被袁紹擊潰，死於易京。又過了三個月，袁術病死。各自佔據了一塊地盤，企圖爭奪天下的三個人，以恰好三個月的間隔，逐一死去。

「這三個人，無論如何都是得不了天下的吧。」少容說道。可以說，這些人命該當絕。敗死也好，病死也罷，他們早就注定了滅亡的命運。爭奪天下的賽場之上，他們已經被甩下了不少距離，顯然是不可能再有什麼作為了。「是啊，呂布將軍，反覆無常，難得人望。不是能成大器的人物。」陳潛說道。「說到人望，公孫瓚之敗，也是因為不受眾人擁戴的緣故。」少容點頭道。

公孫瓚不僅感情用事，而且狂妄自大，不聽他人意見。他的部將被圍，向他求救之時，他在手下諸將面前公然說：「此時我雖有出兵救援的餘力，卻不能這麼做。若是一有求援便去相助，那從今往後，再有敵襲之時，諸將便會將希望全都寄託在援軍身上，不給我好好地守城了。」等待援軍的部將，最終戰死在城中。

曹操攻打呂布的時候，袁紹對公孫瓚的攻擊也愈發猛烈。兩個人都想趁着對方騰不出手的時候，傾其全力將眼前的對手消滅。公孫瓚領地中的諸城，守城的將領都知道不管自己遇到如何猛烈的攻擊，都不會有援軍前來相助，所以紛紛舉城投降。假若能有獲救的可能性，他們也許還會再堅持一段時間吧。早一城，晚一城，公孫瓚的地盤被逐步蠶食，終於連他自己的居城易京也被袁紹團團圍住。

公孫瓚走投無路，作為最後的掙扎，他派出兒子公孫繼去向黑山賊求援。黑山賊的主帥是以剽悍敏捷著稱的張燕。當年在常山時曾令袁紹的軍隊大傷腦筋，到最後袁紹沒有辦法，只得送去軍糧二十萬斛求和。負責與之談判的呂布扣下了其中的五萬斛，這件事情曾經在〈流浪將軍〉一章中提過。

張燕接到公孫瓚的求援，率了十萬人馬，兵分三路，打算再度與袁紹作戰。公孫瓚給兒子送去密信，約定救援的鐵騎到了北隰這個地方之後，舉火為號，公孫瓚便由城中出兵，裏應外合夾擊袁紹。

然而密使卻被袁紹的人馬捉住，密信也落到了袁紹的手裏。「公孫瓚這傢伙，真是個木頭腦袋。」袁紹看過密信，如此笑道。黑山鐵騎未到之前，袁紹就命手下在北隰點起了火。

「啊，援軍到了！」易京城裏的公孫瓚喜出望外，打開城門想要出兵。然而本來是想夾擊袁紹，不料卻反中了袁紹的圈套，公孫瓚大敗而歸，好不容易才撿了條命勉強逃回城內，只得再一次緊閉城門，然而袁紹的人馬挖了地道潛進城內，結果沒等到張燕救援的人馬趕到，易京就已經被攻破了。

「事已至此……」徹底死心的公孫瓚，將他的妻子、姐妹乃至一族之中的所有女子盡數縊殺，隨後自己也投火自焚。

「曹操與袁紹。終於到了這兩個人決一勝負的時候了。襄陽劉表好像已經不打算爭奪天下了，整日研究到底該投這兩個人中的哪一個……看來，決戰之日即將來臨。天下太平，也是指日可待了吧。」陳潛如此說道。

然而少容卻搖了搖頭。「江東還有孫策。」

「啊啊，是啊，那是南方的大勢力啊。最近這些日子，眼看着他的勢力也在不斷壯大，不過時不時都會給曹操進獻各種禮物，我還以為他是曹操一派的人。」

「若是實力再強一點，一定會獨立的。孫策本來就是脫離袁術自立的。」

「原來如此……那就是北方的曹操、袁紹，誰若勝出，誰就該與孫策爭奪天下了吧？」

「哈哈哈，潛先生，你的想法太單純了。非常遺憾，天下太平的日子還早啊……許都不是還有一個劉備嗎？」少容說道。

雖然是在笑，但少容的眼中卻是一種嚴肅的神色。自小便在少容身邊長大的陳潛，對於她這般微妙的表情變化，相當了解。「劉備……」陳潛心中暗暗重複了一遍這個名字。

二

陶謙臨死時將徐州讓給了劉備，其後投奔劉備的呂布卻奪了徐州，劉備只得投奔曹操，曹操將他拜為豫州刺史。曹操攻打呂布的時候，劉備也隨軍出征。曹操斬了呂布之後，將一個名叫車冑的人留在徐州作為刺史，與劉備一起回了許都。

曹操對劉備的待遇，幾乎可以說是特例。除了豫州刺史之外，還拜他為左將軍。東漢的將軍之中，大將軍、驃騎將軍、車騎將軍與衛將軍，這四個職位差不多與三公，也就是和丞相處於同一級別。其下則是前、後、左、右四將軍，與九卿同級。

劉備不再是一個區區的地方長官，而是得到了朝廷重臣的位置。「出則同輿，坐則同蓆。」就像這句話所說的那樣，曹操讓劉備寸步不離地跟在自己身邊。「曹公竟會如此欣賞一個人，真是少見啊。」就連熟知曹操的側近之人，對此都覺得不可思議。

「總覺得他好像在處處提防我……」劉備卻有這樣的感覺。評價人的才能，曹操可謂是個天才人物。此人有才否？他能立刻分辨出這一點。而且愛惜人才的程度，可以說也無人能出其右。他愛惜歌伎的才能，在沒培養出同等水平的歌伎之前，就算有罪也不處刑——這個逸聞此前也已經介紹過了。

這一年的四月，曹操以弟弟曹仁為大將，攻下了投於袁紹陣營的射犬城（現在的河南省許昌縣附近）。被俘虜的人之中有一個名叫魏種的人，曾經侍奉過曹操，在五年前因蝗蟲災害並未分出勝負那場大戰之中，他也隨陳宮一同起事叛亂。當時曹操剛聽到陳宮謀反的消息，他便說，「獨魏種不棄孤也。」然而隨後傳來了準確消息的報告，曹操得知魏種也加入了謀反一派，氣得他咬牙切齒，跺足罵道：「種不南走越、北走胡，不置汝也！」

這一次魏種被俘，眾人都以為他的命一定是保不住的了。然而曹操卻繃着臉道：「釋其縛。」「難道主公是要赦他？」曹操的部下禁不住追問了一句。因為這實在難以置信。「唯其才也！」曹操只說了這麼一句話，隨即轉身朝裏走去。雖然魏種曾經背叛過自己，讓自己恨得咬牙切齒，但曹操還是對他的才能給予了高度的評價。這是個可用之人，不能因為私怨而絕了他的才能。曹操大約是在這樣考慮，所以才不得不以驚人的冷靜來決定如何能使其為己所用。魏種被任命為河內太守。因為有過這樣的事，人人都認為是曹操被劉備的才能所傾倒了。

如此理解固然也不錯，但曹操對於劉備的評價，恐怕比一般人想像的更高吧。那個時候，陳潛也曾問過少容：「玄德大人的才能究竟是什麼？」少容笑道：「若是變成棋子，便可驅使他人。劉備有的便是這樣的才能。這可實在了不起，所以曹公才會如此對他。」

象棋據說是在北周武帝的時候才傳入中國，不過實際上應該比這更早才對。由其形式上看，大約是從印度傳來的。倘若如此，後漢三國應該已經存在了。在那位被擄為匈奴左賢王之妻的蔡文姬之父蔡邕的文中，便有「列象棋，雕華麗」的句子。

陳潛聽不明白，於是又問：「什麼棋子？」「棋盤之上，能將對手的棋子全部吃掉的大棋子。嗯，等到終盤之後，你回頭再想，就會明白的吧……」少容似乎自己也不知道怎樣解釋才好。

「與曹公同食同寢啊。今日也是要同輿而歸嗎？」朝覲天子之後，回去的路上，車騎將軍董承叫住了劉備。董承是獻帝的祖母董太后的侄子。由年輕的皇帝看來，單單有血緣關係這一層，便足以信賴了。當年由長安東歸之際，在那般艱苦的路上，獻帝遇到董承之時，便頓時放下了心。

「啊，今日不是。」劉備答道。他朝四周看了看。所謂片刻不離，到底只是一種形容，不可能連如廁的時候都一起去。實際上此刻便看不到曹操的身影。「譬如此時，也常有曹公不在身邊的時候。」

「但也只是片刻而已吧……不能靜下來細細交談啊……曹公轉眼就該來了吧。」

「雖說是同食同寢，睡覺的時候還是分開的……總不能兩個男人，哈哈哈……」劉備笑道。

「可是玄德府上不也有曹公部下日夜守衛嗎？」董承輕聲說。

「想要和我細細交談……那該是件機密之事吧……」劉備明白了。

「府後有一片菜園。我平素喜歡種些瓜菜，常常擺弄泥土。那個時候我也是一個人。菜園旁邊有塊大石，石頭下面剛好有一個小洞……」劉備說到這裏，忽然閉上了嘴。他看到了曹操的身影。

三

漢獻帝已經十八歲了。「朕已經成人了，不再要人輔佐。朕要親自執政，用自己的雙手振興日益衰弱的漢室，要讓光武中興的盛世再一次降臨在這片土地。朕能行……」他開始這樣想。這是他的夙願，也是在他心底燃燒起來的渴望。自獻帝懂事的時候開始，他就一直是個受人操控的傀儡。他的背後先有董卓，後有李傕、郭汜。這些人想用他達到自己的目的。他痛恨這些在背後操縱他的人。然而所有這些人，「正因為有微臣在，陛下才能在皇帝的位置上高枕無憂。」都以此種施恩於他的態度自居。獻帝深恨這些人。不能言諸於口，便只有深深埋在心裏。而且此種怨恨與日俱增。如今在他背後操縱他的則是曹操。獻帝也同樣痛恨曹操。「朕不願再受曹操使喚，朕要自由行事。」

他不能將這股內心中燃燒的渴望告訴任何人。只能對深宮之中的伏皇后說。而且說的時候還必須悄聲低語——手握實權的曹操，早在宮廷內外佈下了耳目，即使是在深宮之中，若是聲音稍大，也恐怕會被別有用心之人聽到。「這樣的日子朕受夠了！」獻帝越是這樣想，越是想要掙扎。然而他卻連掙扎的自由都沒有。

「朕要殺了他！」他的心底不知道如此叫了多少次。這個「他」指的當然是曹操。

過去，天子的意願就是法律。若是想殺什麼人，天子只要說一聲「殺了他」就行了。這個人當場就會被誅殺。這是理所當然的事。獻帝就是想要回到過去那樣的時候。然而他此時卻是連自己心中所想都不能輕易說出口去的窘況。而且正因為他還年輕，更加不能忍受自己的現狀。會見群臣之際，曹操必然會在身邊。就算面對自己的臣子，獻帝也不能隨意說話。不過，要傳達自己的意思，一定要用聲音說出話語嗎？沒有聲音的話語——文章，也是傳達意思的工具。但是，不能當着曹操的面將信送過去。否則接到書信的人馬上就會受到曹操的盤查。那只有將信藏起來送出了。藏在哪裏為好？天子經常賞賜臣下。在賞賜的物品之中，最常見的則是衣服。

「對了，藏在衣服裹。」獻帝感到自己終於找到了解決的辦法。給誰為好？應該是有血緣關係的人才行吧，除了車騎將軍董承，再無第二人可想了。獻帝寫了一封書信，密詔。

「朕聞人倫之大，父子為先；尊卑之殊，君臣為重。近日操賊弄權，欺壓君父；結連黨伍，敗壞朝綱；敕賞封罰，不由朕主。朕夙夜憂思，恐天下將危。卿乃國之大臣，朕之至戚，當念高帝創業之艱難，糾合忠義兩全之烈士，殄滅奸黨，復安社稷，祖宗幸甚！破指灑血，書詔付卿，再四慎之，勿負朕意！建安四年春三月詔。」獻帝將詔書寫在一條細長的布上，像撚紙一樣把它撚起來縫進衣帶之中。

若是只給一個人賞賜衣服，恐怕會引起曹操的疑心。因此，獻帝給三公九卿以及所有職位相當的諸將軍都分別賞賜了衣帶。這是五月端午之前一天的事。「明日端午祭拜之時，諸位愛卿都要繫上今日朕所賜的衣帶。」賞賜衣帶之前，獻帝如此說。賞賜衣帶也可以解釋為，天子牽掛清貧的臣子買不起與祭拜之式相配的衣服，才特意賞賜了衣帶。因此，在祭拜前一日賞賜，自然是理所當然的事情。

像這樣宮廷的儀式，曹操並不怎麼插手。這也是獻帝可以按照自己的意思來辦的極有限的幾件事情之一。「哎呀，這條衣帶有些髒了……可是沒有別的了……也罷，今日回去之後，拆開來翻過來繫就是了……明白了嗎？」獻帝將縫有密詔的衣帶交給董承的時候，如此說道。

天子說的話，當然必須要照做。董承回到自己的府上，想要拆開衣帶，於是便發現了藏在裏面的密詔。第二天端午祭拜的時候，獻帝看到董承的衣帶上已經沒有了汗跡，便知道自己的意思已經傳達給他了。受了密詔的董承，便開始着手尋找同盟。

要想在遍地皆是曹操耳目的許都，尋找盟友共同計劃推翻曹操的政變，確實不是一件容易的事。若不是肝膽相照的朋友，就有洩密的危險。董承首先將密詔的內容告訴了志同道合的長水校尉种輯。長水校尉是長水營的主將，這個營裏匈奴出身的騎兵很多。种輯很早以前開始痛恨曹操的專橫，他發誓盡全力協助董承。隨後，將軍吳子蘭與王服也參與了密謀。

四個人在董承的府上聚到一起商議對策的時候，王服歎了一口氣說：「我等雖然誓殺曹操，可惜都離曹操太遠。要想殺他，必得是他親近之人，不能如我等都與曹操疏遠。要取他的性命，我等的機會太少了。」

「曹操親近之人……」董承仰面沉思。親近之人是有的，而且這個人還不是曹操的手下。出則同輿，坐則同蓆——劉備的面孔，浮現在董承的腦海裏……自此之後，董承等人便開始試圖接近劉備。

「石頭下面啊……」這一次避開曹操的耳目接觸劉備，董承感覺收到了不小的成效。因為劉備告訴了他，要與他聯絡，就把東西放在石頭下面。董承將密詔的副本用塗了桐油的紙包好，放在了劉備說過的石頭下面。一邊折了許多石頭旁邊盛開的野花以作掩飾。其實不作掩飾也沒什麼問題。因為那個地方是府外的菜園，曹操的監視並不嚴格。

第二天，董承又去了那個地方，搬開石頭用手摸了摸。密詔的副本沒有了。看來是傳到劉備的手中了。

四

曹操命劉備出征，是在端午祭拜的幾日之後。

自從僭越帝位以來，袁術接連受挫，已是筋疲力盡，甚至不得不依靠與其關係惡劣的堂兄袁紹。畢竟血濃於水吧。雖說名義上是堂兄弟，但前文也已經敘述過，其實這兩個人本是同父異母的兄弟。

袁術要將成為沉重負擔的「皇帝」稱號塞給他的堂兄，自己打算躲在袁紹的帳下休養生息。

雖說是殘兵敗將，不過袁術手中到底還有相當數量的兵力。他打算率軍加入他的堂兄的陣營。袁術給堂兄袁紹送去了這樣一封信：「祿去漢室久矣！袁氏受命當王，符瑞炳然。今君擁有四州，人戶百萬，謹歸大命，君其興之！」

袁紹對袁術也並沒有懷恨。「不管怎麼說，我們都是血緣至親……也應該救他於危難吧……」袁紹如此說道，下令讓駐紮在青州的兒子袁譚去迎接袁術。想去袁紹所在的冀州，身在長江附近的袁術必須得經過下邳北上才行。

「堵住袁術北上的通道，決不能讓他由此通過。」曹操向劉備下令。出征之前，曹操卻屏退左右，單與劉備二人對飲，以作壯行之宴。此時正是雷聲轟鳴。起初的時候雷聲距離還遠，開始下起雨之後，雷聲逐漸近了起來。

「去年擒住呂布的時候……還記得麼？」曹操忽然換了個話題。

「記得啊。雖說已經是去年的事情，但也還不到半年……唔，就像是昨天發生的事情一樣。」劉備說道。

曹操伸了伸一直盤坐的腿。「那時候呂布盡說些沒來由的蠢話。哎，你也還記得吧。捆着那廝的時候，他說什麼來着？哎呀，那些話可不容易忘啊。那廝說的是：亂世天下，也終於指日可定了……他說他率騎兵，我率步兵，天下豈有敵手。你還記得吧？」

曹操一邊說，一邊盯着劉備的眼睛。「這些話怎麼會忘，此時我的耳中還彷彿迴響着呂布的聲音。」劉備說着，用手抓了抓自己常被人笑做兔耳的大耳朵。

「呂布的話，你怎麼看？」曹操問道。

「如此自信，我多少有些羨慕。」

「嚯，你竟然還會羨慕，我可是很生氣啊。若是奪取天下真如他所說的那麼簡單，我豈非很沒有臉面。要想奪取天下的話，可不是那麼輕鬆的事，非要竭盡全力才行啊。」

「此話也不錯。」

「呂布真如小孩一般，太過天真。不過，我聽了呂布的話，忽然間想起了一件事：縱然與呂布聯手，也不能取得天下。但若是同那人聯手，或許能夠如願。你可知道，在那時候，出現在我腦海中的，乃是何人的模樣？」

「啊……此人是誰？」

「嘿嘿，說到此人……不是別人，正是你，劉備劉玄德。」

「啊？是我？明公切莫取笑我了。」

「哪裏是在取笑？你最知道我不是在取笑你啊。」

「是嗎？」劉備含含糊糊地應了一句。他半張着嘴，試圖裝出一副笨頭笨腦的樣子。其實他的心中極受震撼。「我能看穿曹操內心最深處的想法……」平日裏劉備常常這樣想。然而他沒有想到的是，自己的內心似乎也被對手看穿了。

「直到如今，我也從沒想過，與騎兵聯手便能奪取天下之類。騎兵雖強，其力終究有限。我知道它的界限。我想聯手的，不是武力，而是這裏。」曹操抬起右手，拿手指指了指自己的頭。他說的大約是頭腦吧。

「頭不是能借用的東西啊……」劉備說着，抬起頭觀察曹操的表情。

「你若是這樣想，那就錯了。哪怕是再怎麼優秀的頭腦，也不可能用在所有的地方。頭腦至少要分成兩份才行，這是我的切身痛感。」曹操說。他的語氣平淡如水。

「兩份？」劉備似乎明白了一些。

「嗯，玄德啊，」曹操向前探了探身子，「與我聯手，共奪天下，如何？」

「我不是已經與明公聯手了嗎？我已然投入了明公的營中。」

「在我的營中，兩個頭腦就重複了，實在太過浪費。與我聯手的頭腦，必須要在敵人的陣營之中。明白了嗎？」

「敵人的陣營之中……」劉備輕輕點了點頭。曹操的想法，劉備漸漸明白了。

「我這一次請玄德去徐州阻擋袁術。想要你做些什麼，你該明白的吧？」曹操輕輕晃了晃身子。

劉備默然無語。就在此時，突然間一聲驚雷炸響在耳邊。之前的雷聲雖然是在逐漸靠近，但相距依然甚遠，這一聲就仿佛驟然響在極近之處的炸雷一般，連房間也輕輕搖晃了幾下。曹操的話，差不多就在這雷聲的同時說了出來。劉備手中的筷子不禁掉在了地上。

「謀反。」曹操的話雖然掩蓋在雷聲之中，但劉備的耳中卻清楚地聽到了這兩個字。

五

派遣細作去敵方打探動靜，這是不論哪股勢力都會去做的事。不過，細作只能探聽消息而已。若是不僅能知道敵方的動靜，還能操縱對手，使之朝着對自己有利的方向行動，那才是最好不過的事。然而要想做到這一點，必須把一個具備與自己同等頭腦與判斷力的人物送去敵軍的陣營之中，並且此人還要能夠佔據重要的位置才行。曹操交給劉備的，正是這樣一個任務。

曹操當前的大敵乃是袁紹。因此，他要將劉備送到袁紹的陣營。然而劉備身為曹操的客人，直接去往袁紹那邊，必然遭人懷疑。所以劉備必須背叛曹操，而且要給曹操以沉重打擊，否則的話，不會得到袁紹的信任。「謀反吧，然後去投冀州袁紹。」這就是曹操委派劉備的事。

劉備表面上的任務，是去徐州阻止袁術北上，不讓他與袁紹會合。而為了完成真正的任務，劉備必須擊潰徐州地方的曹操人馬，自己北上去投袁紹。劉備斟酌形勢，小心構想作戰的計劃。「休要告訴他人，連對關羽都不可說。我也不會對我這裏任何一個人提及。」曹操叮囑道。劉備不得不自己擬訂計劃。不過他本來對此就很拿手。他身邊沒有謀臣，這樣的事情從來都是他的任務。也就是說，他身兼司令與參謀長二職。而且這種狀態還要持續很長時間，一直要到他得了軍師諸葛亮之後才終於從身兼二職的狀態下解脱出來。

在向徐州進軍的途中，劉備精神抖擻。有兩個人都委他以重任。車騎將軍董承，將討伐曹操的密詔副本放在石頭底下，希望得到他的協助。倘若劉備手中有更多的兵力與更廣的勢力，恐怕當即就會刺殺了曹操，除掉這個與他爭奪天下的對手吧。因為他手中已經有了天子的密詔，奉詔討賊，這是最過硬的理由。然而此時的劉備不管怎麼想，也沒辦法憑藉一己之力奪取天下，所以他不得不借助曹操的力量。而在曹操這邊，為了對抗勁敵袁紹，也需要尋求協助之人。

「協助曹操，不理睬董承等人的密詔。」劉備已然作出了決定。天子不過是個傀儡，就算投在天子一方，最多只能得到一小股人馬而已。相比之下，還是依附曹操為好。雖然自己大約是在受他的利用，但自己也同樣可以利用他。臨行之前，曹操來送別隊伍，趁着只有兩個人在的時候，悄悄向劉備說：「密詔之事，你去了袁紹處之後，我自會處置。」

「哎，密詔？」劉備萬萬沒有想到，曹操竟然連這個都知道。

「是啊。我還想讓那些反對我的傢伙好好活動一番。玄德你在徐州謀反之時，也先不要提密詔的事。我想再拖延些時間。」曹操的語氣沒有絲毫變化，淡淡說了這幾句。其他再也沒說什麼。即使不說，彼此都是心知肚明。

然而，到了徐州之後不久，劉備便不得不修改自己的計劃。因為發生了一件意想不到的事：袁術病死。袁術走到距離壽春百里的一個名叫江亭的地方，病死於此。正值酷暑盛夏，袁術十分口渴，想要喝些蜜水的時候，手下人卻回稟道：「止有血水，安有蜜水！」袁術大叫一聲：「想不到我袁術也有今日之窘！」當場吐血身亡。

劉備本想趁着袁術北上之時臨陣倒戈，上演一場反叛曹操的好戲，然而袁術北上的流產迫使他不得不考慮新的辦法。袁術既死，劉備表面上的任務就已經結束了，按道理說，他應該返回許都才對。然而真正的任務卻還沒有開始。無論如何，他都必須決然起事，「反叛」曹操。至於反叛的方法，當然不可能等待曹操的指示。曹操本來就將一切都委託給了劉備。於是，袁術之死的消息雖然傳到了許都，但本應返回許都的劉備，卻不知為何還沒有回來。

少容注意到了這件事，或者應該說，她心中是在想：「果真如此。」她最不希望變成現實的一種預想，終究還是成真了。不久之後，許都又接到一條消息：「劉備反了！」眾人全都被這條消息驚得目瞪口呆。

「這枚大棋，已經打入了對手的陣營之中了……」距離天下太平的日子還有很長的路要走吧。少容聽到這條消息，心中生出這樣的想法。

六

在演出造反這一齣戲之前，劉備找來了關羽。接下來要做的事情，是他與曹操兩個人之間的密約，曹操叮囑過他，連關羽都不可告訴。然而關羽稟性剛直，萬一遇上什麼事情，不知道他會做出怎樣的舉動來，這讓劉備也有些擔心。雖然不能走漏機密，但為了防備萬一，必須要先做好預防的措施。

「這徐州，本是陶謙大人讓給我們的啊。」劉備說道。

「的確如此……一草一木，都讓人懷念。」

「其實……」劉備壓低了聲音，「我想奪回徐州。這一次帶着妻子一同前來，正是為了此事。」當時的習慣，諸將出征常常都有家屬陪伴。這一次劉備帶上夫人一起出兵，並沒有什麼可疑之處。

此刻佔據徐州的，乃是曹操的部將車冑。奪回徐州，就等於背叛曹操。叛亂之人的家屬，生命安全常常不能保證。所以不能留他們在許都。劉備解釋道：「我們若是奪了徐州，曹公會派人馬追討吧……」關羽道：「天下大勢未定。」劉備探身說：「恐怕要看曹公與袁公的決戰，才能決定天下歸屬。雲長，你看哪邊能贏？」

「啊，這可難說。」

「我想賭袁紹贏。」

「哎，袁紹？」

「不錯……奪了徐州，便是反叛曹操。既然如此，我便只有去投袁紹。然而說實話，究竟哪方能贏，我也不是十分有把握……你我二人兵分兩路如何？我投袁紹，你奔曹操。無論哪裏，都只是暫居一時，遲早總會再回到一起。如此一來，不管哪裏得勝，至少能夠保住性命。」

「嚯，原來如此……我不太喜歡這種做法，不過身在亂世，也只有如此了。」

關羽同意了二人兵分兩路的辦法。由此，關羽在遭遇曹軍反攻的時候，自然也不會死守城池捨生取義了。預防的措施做好之後，劉備開始猛攻曹操派在徐州的車冑，硬是將徐州奪了回來。曹操當然不能坐視不理。他當即派遣劉岱、王忠二人率領人馬奔赴徐州。

劉岱和王忠根本不是劉備的對手。劉備站在城樓上大聲呼喝：「就憑你們兩個，哪怕再帶上百倍的人馬，也不是我劉備的對手。快點回去告訴曹操，除非他親自出兵，不然休想拿下徐州，哈哈哈……」當然，劉備也已經向袁紹送去消息，要與他聯手對敵曹操。

就這樣，建安四年結束了。

許都的曹操，召集手下討論如何解決劉備的問題。劉備串通袁紹的消息，已經被細作探知，送到了許都。也有確鑿的證據證實此消息。曹操問在座諸人：「我要不要親自領兵去討劉備？劉備自己也說，非我出兵，不能克徐州。諸位以為如何？」

「萬萬不可。與明公爭天下者乃是袁紹，況且袁紹新破公孫，兼有幽冀，其勢正盛。若明公東行去討劉備，袁紹偷襲背後，如之奈何？」在座諸人都是這樣的意見。

「哈哈哈……」曹操放聲大笑。滿座諸人霎時鴉雀無聲，等待曹操發話。曹操笑完之後說道：「諸位都說，與我爭天下者乃是袁紹……我卻不這樣以為。我並不懼怕袁紹，反而是劉備讓我擔心。劉備乃人傑，今若不擊，必為後患。」

在座諸人面面相覷，差不多全都是一副無法理解的模樣。袁氏一門，世代三公，其家臣也多是效忠袁氏數代，關係密切。十年前討伐董卓之戰的時候，聯軍的盟主也非袁紹莫屬。相比之下，劉備一直東奔西走，之前還投來許都客居了一陣。當年黃巾起義的時候，劉備與關羽、張飛三個人都不過是小小的步卒頭目而已。

「曹公為何對劉備的評價如此之高？」在座諸人都覺得不可思議。這個時候，有一個名叫郭嘉的幕僚站起身來，陳述他的意見：「袁紹性情多疑，就算要想偷襲許都，也不會馬上行動。倘若真是個值得提防的人物，還是趁現在擊潰他為好。與袁氏不同，劉備的部將多為新人，尚不團結。猛攻之下，很快就會潰敗。」郭嘉是潁州人，當初曾經效力於袁紹，所以對袁紹的情況非常了解。他發現袁紹有兩大弱點：多端寡要，拘泥於小節，抓不住要領；好謀無決，喜歡出謀劃策，卻缺乏決斷力。由於這兩個弱點，郭嘉以為袁紹難成大器。

「確如郭嘉所說。不愧是對袁紹了如指掌的人啊。」曹操點頭道，似乎郭嘉此言深得他心。就這樣，曹操決定親自出征，討伐東面在徐州的劉備。

七

曹操打算賭一賭袁紹偷襲許都的可能性，他猜想應該只有三成的可能。就算這三成的可能成為現實，至少他與劉備之戰本來也是串通好的，臨時撤兵回師也沒什麼問題。而在冀州袁紹的府邸之中，接到了曹操親自率兵奔赴徐州的消息，袁紹當即召集眾幕僚商議此事。

席上有一個名叫田豐的人，力主出擊。「劉備恐怕會拖住曹操，趁此良機，我等若是舉兵偷襲許都，必勝無疑。」他反覆強調自己的這一主張。然而袁紹卻搖頭道：「幼子新病⋯⋯況且剛剛收拾完公孫瓚，這次就算了吧。」後來田豐離開袁紹的府邸，以杖杵地，歎息道：「千載難逢的良機，以嬰兒之病而錯失，可惜啊！已經沒什麼好指望的了！」

袁紹的領地橫跨四州，土地遼闊，人口眾多，因此可以動員的兵力也很多。擊破公孫瓚之後，袁紹漸漸變得自大起來。這種驕傲自大的情緒一旦積聚，當然也就不太願意努力奮鬥了。在外交方面，袁紹遠遠落後於曹操。這並不是袁紹不擅長外交手段，而是因為他這個人物本身有問題，籠絡不到他人。袁紹曾經想和張繡結為同盟，可惜未能成功。

當年張濟因為長安饑饉，率軍向東尋找食物，戰死穰城，他的侄子張繡接替他掌管全軍，這段故事前文已經說過。袁紹來與張繡結盟之時，張繡本打算同意，然而他的軍師賈詡反對。「為何反對？我軍饑饉，總要依附他人才能生存。」張繡說道。

「的確如此。然而不可依附袁紹。袁紹連兄弟袁術尚不能容，又豈能容我們這些無干之人依靠？」

「既然如此，依附誰才好？」

「曹操。」

「曹操？這……這不是那個在淯水之戰中吃盡了我們苦頭的人嗎？他深恨我等啊。況且袁紹勢大，曹操力有不及……」

「正因為曹公力有不及，所以才更能接納我等。總而言之，先去向他表示願意歸順之意如何？若是被拒，那也罷了，本來也沒什麼損失。曹公有霸王之志，必不會拘泥於私人恩怨，況且曹公奉天子征伐天下，不投他又投何人？」

經賈詡的勸說，張繡派人向曹操表示自己的歸順之意，曹操當即回覆道：「操心甚喜。」張繡一到許都，曹操便拉着他的手，喜形於色。「你來得太好了！長安人馬，也該是安定的時候了。」本來張繡軍早已投降過曹操，只是後來因為張濟遺孀的事情，張繡又反出了曹操的陣營。今日來投，也算是重歸於好。

建安五年（公元二〇〇年）正月，曹操率軍討伐劉備之時，張繡已經官拜揚武將軍，他的軍師賈詡則任執金吾，也就是相當於都城警署長官的要職。爭奪天下，至少是北方天下的袁紹與曹操之間，實力差距越來越小了。張繡投奔曹操的消息，讓袁紹大受打擊。袁紹曾經邀他加入，然而他卻投到昔日對手曹操的帳下。就連袁紹都不禁懊悔歎息。不過這份懊悔很快就被抵消了。

一直委身在曹操處的劉備，殺了曹操的部將車冑，奪了徐州，然後派使者來送信說：請附袁公。「如此一來，我與曹操算是平局了……」袁紹心中暗想。

八

「什麼，曹操親自率領人馬來了……這是真的嗎？」探馬送來這條消息的時候，劉備在諸將面前顯出一副狼狽的表情。「確是如此。我扮作農夫，在道路之旁親眼看到曹操騎馬經過。」探馬稟告道。

「曹操親自指揮，我軍斷無勝算……可是，這實在讓人難以相信。我要親自去確認一下。唔，倘若此事當真，戰也無益。還是儘快解散人馬，各自逃往冀州去吧。」劉備只帶了幾十個隨從，出小沛城去打探消息。他們登上一座小山，藏身在樹林之中，小心察看正在朝小沛進發的曹軍動靜。「果然是曹操的車，旗號也是曹操的旗號……不過那車裏到底有沒有曹操？」劉備手搭涼棚向遠處張望，嘴裏自言自語道。

「是有人假扮曹操？」張飛問。「有此可能啊……總之我是不信。無論如何，曹操當下的大敵乃是袁紹，他會置袁紹於不顧，率兵前來攻我……怎麼也想不到啊！」劉備皺眉道。他雖然是在演戲，不過身邊都是張飛這般粗豪的看客，自然也不用擔心會被看破。曹操的人馬停止了前進。他們距離小沛已然不遠，所以停下來稍作休整，擺開作戰的態勢。

「啊，車門開了。」張飛説道。這是一輛紅漆藍蓋的車，車前有三匹白馬拉着。對這輛馬車，劉備豈止是眼熟，他自己以前都常常與曹操一同乘坐，千真萬確，曹操坐的正是這輛車。由打開的車門裏走出一個個子不高的人，由左右扶着落到地面。

「曹操！」劉備呻吟道。「呀，真是曹操！」張飛也低低説了一句，隨後瞪起環眼，懊悔地咬牙不已。他稟性單純，大哥劉備對他説：「曹操若來，我軍斷無勝算。」他也就深信不疑了。

「大勢已去。」劉備道。

「確實大勢已去……」張飛跟着劉備説。

「戰也無益。」

「敗戰啊……」

「還是就此投奔冀州去吧。」

「只得如此了。」

一行人等曹軍整頓人馬出發之後，這才騎馬向北疾奔。一口氣跑到泰山附近的時候，張飛才仿佛突然想起來一樣，問道：「嫂夫人怎樣了？」張飛口中的嫂夫人，指的是劉備的妻子。

「會被曹操捉去吧……唉，這也是亂世之常。雖然可憐，但也沒有辦法。」劉備答道，又抽了胯下的戰馬一鞭。

「沒有辦法啊……」張飛點點頭，仿佛明白了。

小沛失了城主，很快便被曹軍佔領。徐州最大的城池下邳，也輕鬆落入了曹操的手中。守城的猛將關羽幾乎沒作什麼像樣的抵抗，便投降了曹操。「劉備棄小沛而逃，就連關羽也委靡不振，無心戀戰了吧。」人們都如此説。

曹操便是如此風馳電掣地奪回了徐州，隨即又風馳電掣地返回了許都。速戰速決，不給袁紹可乘之機。

劉備直逃到北面的青州，在這裏由袁紹的兒子袁譚迎接，然後又引見給了袁紹。「劉備來降！」聽到這一消息，袁紹親自迎出城門。張繡雖然投到了曹操的帳下，而劉備卻來了自己這邊，這也算是一種補償了。袁紹迎出城門，也有故意做戲給世人看的意思。劉備到了冀州，隨即便宣佈了密詔的事。

「奉天子密詔討伐逆賊曹操。」這件事不久便傳到了許都。曹操覲見獻帝的時候，垂首恭問：「據說陛下詔敕討伐微臣，此事可當真？」獻帝的臉變得煞白。

「哎呀，這種事……我不記得了……詔敕不都是在愛卿面前發的嗎……除此之外……再、再無什麼詔敕了……」十八歲的青年天子，雖然以英明著稱，但此時也不禁以顫抖的聲音否定密詔的事情。「原來如此。這樣說來，陛下並無下旨討伐微臣了。可是世人都說，陛下將密詔之事託付給了車騎將軍，既然陛下不記得有此事，那必是車騎將軍偽造密詔。陛下以為如何？」曹操說。「啊，不，這種事……車騎將軍不會做這種事的吧。」獻帝乞憐般地望向曹操。曹操冷眼相對。獻帝立刻低下了頭。「陛下怎知車騎將軍心中所想？是否與偽造密詔一事有關，還是要交有司調查，此乃國法。這件事情，且依國法行事吧。」曹操說。「知、知道了……」獻帝低着頭說。「矯詔之罪，夷滅三族。」曹操說完這句話，退了下去。

所謂三族，是指父族、母族和妻族，也就是所有具有親戚關係的人。車騎將軍董承、長水校尉种輯、將軍王服諸人，均被株連三族，依次被殺。

作者曰：

關於曹操派劉備去徐州阻止袁術北上一事，在《三國志．魏志．武帝紀》中記載説，程昱、郭嘉等人聽説曹操派了劉備，急忙進言：劉備不可縱。於是曹操派人去追，然而已經來不及了。但是，已經決定了的事情，立刻又作改變，怎麼看都不像是曹操的風格。

劉備的妻子之前已經被呂布抓到了兩次，這一次是第三回成為俘虜了。前兩次大約都是混戰，但這一回卻是劉備自己造反，時間上應該綽綽有餘，沒有理由不讓妻子也隨同自己一起逃亡。之所以如此，難道不是因為他早已經算定，即使妻子落到了曹操手上，也不會有生命之虞嗎？剛直的武將關羽拱手交出下邳一事，也顯得過於輕易了。綜合考慮以上的內容，唯一可能的解釋是，這一時期的曹操與劉備，相互之間是串通好的。

《先主傳》中説：「先主數喪嫡室。」生了嫡子劉禪的甘氏，起初好像是側室，後來在荊州的時候才成為正妻。劉備到荊州是在建安六年，另一位妻子穆氏則是入蜀之後的事。因此，被呂布與曹操三度捉住的可憐夫人，既非甘氏，也非穆氏，而是早年辭世的正室之一。史書中沒有記載她的姓名。

順便説一下，受命討伐劉備的曹操部將劉岱，與十年前反董卓軍中陳兵酸棗的兗州刺史劉岱同名同姓，但卻是不同的兩個人。兗州刺史劉岱早在劉備造反之前很久便已經死了。

中國的姓不像日本的姓那麼多，而且漢朝時候的人名多數只有一個字。前漢末年兩個字的人名也曾經有所增加，但因為王莽的「二名之禁」，人名重新限定為一個字。本書中出場的人物，操、備、羽、飛、承等，俱是一個字的人名。因此，同名同姓的情況非常多。為了加以區別，在「名」之外又有「字」，這基本上都是兩個字。譬如，曹操字孟德，劉備字玄德，關羽字雲長，袁紹字本初，都是這樣的情況。

然而同名同姓的劉岱，卻連字都是同樣的「公山」。這樣的例子頗為少見，要想區分兩人，只有再註明各自的籍貫才行。受命討伐劉備的劉岱是沛國人，早死的劉岱則是東萊人。假如連籍貫都相同，那只有註明各自是誰的兒子了。

當渡黃河否

一

「我要征討曹操。」袁紹說道。之前幕僚田豐屢次勸他討伐曹操，然而袁紹說自己的孩子生病，一直沒有同意。「各位以為如何？」袁紹環視了一圈自己的幕僚。他的視線停留在田豐身上。田豐向來主戰，袁紹猜想，這一次他會贊同自己的觀點。

可是田豐卻慢慢搖了搖頭道：「不可。」

「哎，為何不可？之前你不是極力勸說……」

「那時候曹操兵出徐州，許都空虛，確實是個絕好的機會，然而此時曹操已經回了許都。那時候不出兵，反而現在出兵，豈非奇怪？」田豐的話語之中，隱隱帶有指責之前袁紹不聽他建議的意思。

在袁紹聽來，這股指責之意分外刺耳。「過了這麼久還在抱怨，真是個記仇的傢伙啊。」袁紹顯出不快的神色。

「形勢瞬息萬變，時機成熟與否，各人意見自然各有不同……玄德，你以為如何？」反叛曹操的劉備，好不容易才由青州一路逃到袁紹的冀州。他的部將關羽雖然投降了曹操，不過四散的部下得知舊主的消息之後紛紛回到寄身於袁紹軍中的劉備身邊，其數目已然過萬了。

袁紹勢力龐大，萬餘人馬對他來說不算什麼大數目，不過「劉備投靠袁紹」這個事實卻具有極大的影響力。黃巾起事之時還只是步卒頭目的劉備，不知什麼時候爬上了州牧的高位。「洞悉世事，目光長遠。」世人都如此評價劉備。這個目光長遠的劉備，果斷地拋棄曹操，投靠了袁紹。「由此看來，曹操果然還是不行，袁紹才是天命所歸啊……」不可否認，劉備的動向，給世人心中植入了如此的印象。袁紹很重視這種印象。名門之後的袁紹，非常清楚虛名的效果。袁氏族人，往往都因為出身名門這樣的虛名，而獲得比其實際能力更高的地位。對他來說，此種虛名與世間的評價相同。

劉備想了一會兒，回答道：「如今的曹操，正是不得人心的時候。董承密謀叛曹，事情雖然敗露，被曹操誅滅三族，然而此不過大石一角，只是地上的一小塊而已。地下還有更深的部分。曹操這棵巨樹，其根基已經被大石毀了大半。只要稍稍加力一推，很容易就會倒掉的吧。」「是啊，」袁紹很滿意地點頭道，「況且還有天子密詔，討伐曹操正是奉詔討賊。外有玄德起事，內有董承謀叛，曹操營中早已千瘡百孔了吧。」

「當真如此嗎？曹操人馬，論數量雖然不及我軍，然而曹操用兵千變萬化，斷斷不可掉以輕心。曹操陣營此時或許確有動盪，果真如此的話，還是多用奇兵，使其疲於奔命才是上策。」田豐堅決反對大規模出兵。他的主張是，以奇兵——也就是遊擊戰的方式拖垮曹操，三年之內便可不戰而勝。

「明明有了天子密詔，卻以奇兵為戰，豈不是天下的笑柄。這於天子也是不忠啊。」袁紹打算高調宣傳天子密詔，舉全軍討伐曹操。這位出身名門的主帥，向來看不起遊擊之類的戰法。他總認為那是一般百姓的戰法，不是天下英雄該有的方式。袁紹不聽田豐的提議，這讓劉備放下了一顆心。對曹操而言，最頭疼的正是由北方發動的遊擊戰法。若是真如田豐所言，打上三年的遊擊戰，曹操說不定真會被袁紹拖垮也未可知。

倘若袁紹吞併了曹操，天下便再無人能抗衡其勢力了。假如真發展到這一步，劉備便再沒有出場的機會，只有作為袁紹手下的一員部將終老此生了吧。「不！」劉備心中暗叫，「要削弱袁紹的勢力才行。」在這一點上，曹操與劉備的利害一致。也正因為如此，兩個人才能結成暗地裏的同盟。劉備已經打定了主意，假如袁紹想要採納遊擊戰法，那自己一定要用盡一切手段打消袁紹的這個想法。他甚至還考慮過買通前線主帥的方法。不過，還沒等劉備表示反對，袁紹自己就先拒絕了這個提議。

「我要以堂堂之陣、正正之師，討伐曹操。」袁紹如此決定。直到最後田豐依舊在反對。

軍事會議結束之後，劉備附在袁紹耳邊說：「大約直到大軍出動，田豐還是會四處宣揚他反對遠征的意見吧。這恐怕讓人有些擔心。」袁紹說：「我決定了的事情，他再怎麼反對都沒用處。」

「即使計劃不變，但田豐的反對恐怕也會影響到軍中的士氣。傾盡全軍討伐曹操之際，士氣若是有所降低，恐怕……」劉備顯出擔心的神色——啊不，他的確是在擔心。袁紹缺乏決斷力，雖然他嘴上說自己已經決定，但說不定什麼時候就會變卦。田豐又是能言善辯之士，恐怕會不斷試圖說服袁紹的吧。況且田豐深知袁紹的稟性，一定會盯住袁紹的弱點不放——只要他還有盯住袁紹的自由。所以劉備的打算就是剝奪田豐的自由。他遊說袁紹說，若是任由田豐四處活動，會影響全軍的士氣。

「這倒也是。這傢伙真會到軍中傳揚……唔，先把他在哪裏關一陣子再說。」袁紹道。就這樣，反對出兵的田豐，當天就被剝奪了自由。

二

各家軍中都有細作。消息便由這些細作源源不斷地傳來，然而究竟是否可信，卻很難作出判斷。由劉備處送給曹操的消息，自然是最值得信任的。無論如何，這是來自敵軍大本營的消息。但曹操期待劉備的卻並非僅僅提供消息。他更希望劉備深入敵人的中樞，引導其作出對己方有利的決策。所謂可信的消息，怎麼說都只能算是副產品而已。

藉着征討曹操之機，袁紹發出檄文。檄文的執筆者是陳琳。陳琳是廣陵人，避亂來到冀州，袁紹喜愛他的文采，登用其為記室（文書）。袁紹終究是名門出身，他雖然可以登用在野的人才，但登用之後，如何才能人盡其用，卻是一個問題。陳琳的事情也顯示出他沒有鑒別一個人真實才能的能力。

陳琳在檄文之中不但逐一列舉了曹操的罪狀，甚至連其祖父曹騰身為宦官的飛揚跋扈、其父親曹嵩用錢買了三公之位的事情都揭發出來。「哎呀，寫得真好，可稱名篇啊。」如此感歎的並非袁紹，而是得到此文的曹操。「此篇檄文真是揭露了我的種種罪行，連我自己都禁不住怒上心頭啊，哈哈哈……」曹操放聲大笑。他並不只是笑笑而已，心中也已經暗暗記下了陳琳這個名字，將其放在了當世檄文大家的位置上。

後來陳琳被捕之時，曹操問他：「汝前為本初作檄，但罪狀孤可也；何乃辱及祖父耶？」陳琳以為自己這下一定保不住性命了，然而曹操卻說，「汝之文才，可為天下萬民所用。」隨即赦免了他。鑒別一個人的才能，他確實遠遠高出袁紹。

袁紹大軍的第一個目標，乃是曹操的部將、東郡太守劉延所守的白馬城（今天的河南省滑縣之東）。袁紹命顏良為主將，攻打白馬城。「顏良雖然驍勇，然而性格褊狹，難以容人。首戰相當重要，他恐怕難以勝任。」沮授如此進諫，反對袁紹的安排。然而袁紹不聽。

「正因為首戰要緊，才交給顏良這樣的猛將。除他之外，再無人能勝任此職了。」雖然網羅了許多人才，但袁紹如此獨斷，人才再多也無濟於事。沮授出發之際，將財產分給了全族。他看到袁紹這副模樣，知道沒有戰勝曹操的希望，便開始整頓後事了。

顏良又上了劉備的當。劉備在顏良出發之時，特意趕來送行。「我家二弟關羽，正在曹操營中。當初徐州一戰，曹軍圍困下邳，關羽不得已而投降。此後曹操給了他兩萬人馬，但是他知道我投入袁紹軍中，便給我送來了密使，約定兩軍交戰之時起事倒戈。將軍若是在陣前看見了我家二弟，但請接納他的歸順。另外，此事萬萬不可洩露出去，若是被曹操知道，關羽恐怕性命難保……此事將軍連對身邊的幕僚也不要講。」劉備趁兩個人獨處的時候，小聲告訴顏良。

「知道了。」顏良非常高興，這一次必定立下大功無疑。就算不說立功的事，本來就苦於兵力不足的曹操，又少了兩萬人馬，勝利豈非唾手可得。他滿心歡喜地向白馬城進發。顏良率十萬先鋒南下。曹操則將十五萬人馬兵分三路，派關羽為先鋒——劉備早已和他取得了聯繫。

顏良包圍白馬城。他的中軍旗幟飄揚，讓人立刻就能明白哪裏是他的所在。一般兩軍對陣之時，總是會弄些偽裝的中軍迷惑敵人，但顏良並沒有那麼做。他把自己的中軍故意弄得一目了然，就是做好了等待關羽倒戈的打算。

關羽率領兩萬人馬，自己一個人走在全軍的最前面，策馬揚鞭，向顏良的中軍衝去。「來了，來了！這位是曹操的偏將軍，當年是劉備的手下，現在鎮守下邳的關羽。來了，來了！」顏良的手下紛紛叫道。來了……顏良笑了。「好，來吧！」顏良放聲喝道，縱身躍上戰馬。「將軍這是要做什麼？！」顏良的幕僚大吃一驚，想要阻止他。面對兩萬大軍，他似乎打算一個人孤身闖過去。難道說他的腦子壞了？

「不用多慮，且看我單騎降伏關羽……都退下！」顏良用腳踢了一下馬肚子。就像魔術師不願意揭露自己的技法一樣，顏良不想告訴手下，自己與關羽事先已經有了約定的事。「等下大家都要大吃一驚了……」顏良心中暗喜。戰馬在飛揚的塵土中奔馳。幕僚都是一臉驚愕，望着顏良的背影呆呆發愣。

「上馬！跟上去！」當將校們出發追趕的時候，顏良已經跑出很遠了。關羽也一個人騎馬跑在全軍的最前列。因此，這兩個馬上的將領單獨碰在一起。「關羽，你來得正好。我從玄德那裏已經聽說了。」顏良勒馬說道。他的聲音雖然不小，但也只有關羽才能聽見。關羽笑了，紅臉上露出一口白牙，牙齒閃閃發光。

緊跟着的一剎那，關羽的右手突然動了。他的手中緊緊握着一把大刀。「啊——」發出這一聲猛獸般嚎叫的正是顏良，但那聲音極為短促。叫聲剛起，他的人頭便已經落地了。

「猛將顏良，被我關羽斬了！給我殺！」關羽高舉滿是鮮血的大刀，放聲大呼。勝負已定。關羽率領的曹軍，在失去主將的敵軍陣中如入無人之境。袁紹軍被殺得大敗，不得不解了白馬之圍，向後撤退。「嚯，明公說得很準啊。」戰後關羽如此對曹操說。出兵之前，曹操曾經告訴過他：「顏良匹夫進軍之時，只會一個人單槍匹馬衝殺過來，只要斬了他便可取勝。」「會這樣子嗎？」關羽本來是半信半疑，結果交戰之時顏良果然一個人單槍匹馬衝了過來，關羽手起刀落斬殺顏良的同時，也不禁欽佩曹操的預測之準。「顏良這種人，我向來都是深知其心。」曹操一邊笑，一邊如此說。

三

關羽降曹之時，兩個人之間有個約定。「但立大功報答曹操之後，請允歸投舊主劉備。」曹操允諾了關羽的要求。「依事前之約，某已斬了顏良，解了白馬之圍。請讓我走吧。」大勝之後，關羽如此請求曹操道。

「我曹操言出必踐，不必擔心。不過，我會派人從後追趕。你走吧，給你一天時間先逃。」曹操說。

「這……」這豈不是違背約定了嗎，關羽剛想這樣說，但是隨即便明白了曹操的意思。曹操最重軍紀，不想因為此事影響到部下的士氣。若是輕易放了關羽投奔劉備，部下恐怕就要質疑曹操的統率能力了。所以，他要在一日之後派人追趕。「明白了。」關羽垂首道。

「這也是為了你與你家主公劉備着想。袁紹生性多疑，你突然一去，他必有疑心。我若是再不派人追趕，他更要懷疑你是我送去的細作。所以我這邊的追兵也不會手下留情，你要快馬加鞭，儘早逃去你家主公劉備那裏才行。」「關某謹記。」關羽叩首拜謝，相比於關羽自己的單純想法，曹操能考慮到如此地步，讓關羽歎服不已。

「我也有我的苦衷，」曹操輕輕拍了拍俯身於地的關羽肩頭，「你可不能對追兵說我們事先有過約定的事。他們會拚命追你，你也要努力逃命。雖然你帶着女眷，不過有了一天的時間，應該還是逃得掉吧。」

「多謝明公如此周全的安排。」關羽不是一個人，他這一次的逃亡是要帶着曹操在徐州抓到的劉備的妻室，還有在下邳歸降的關羽自己的家小，其中當然也有貂蟬。

關羽將之前曹操封賞自己的錢財全都包在一起封存起來，然後寫了一封致歉的書信，放在包裹上面，一併留在曹操賞賜給他的府邸門前。

「快走吧！」伴着曹操這一聲送別，關羽由小路向東北方向逃去。聽到關羽逃走的消息，曹操立刻派出追兵。不過他卻反覆叮囑追兵的主將：「一定要活捉關羽，不可殺他。若是殺了關羽，你就提着自己的腦袋來見吧。哪怕是放他逃走，也不能傷了他的性命。」

這個時候，袁紹的陣營之中，正在激烈討論該不該渡過黃河。黃河河道變過許多次。一千七百多年前的後漢末年，黃河河道是由今天的鄭州一帶向北急轉。在這條急轉的河道沿岸，由北向南依次有白馬津、延津、官渡這幾個適宜渡河的渡口。

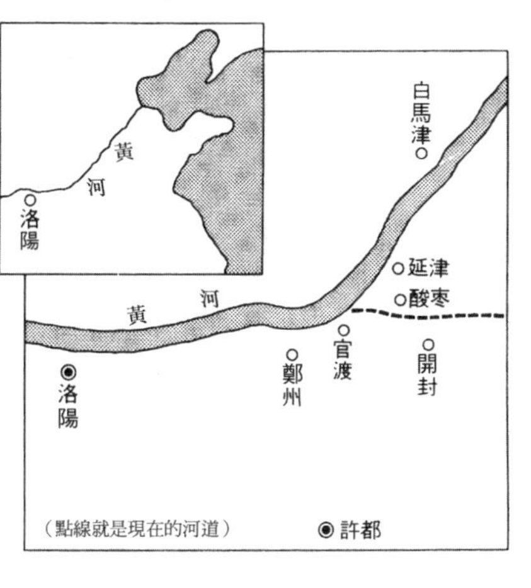

「津」與「渡」都是渡口的意思，這一點自不必說了。

顏良所圍的白馬城，正是在白馬津的附近。雖然關羽斬了顏良，解了白馬之圍，不過曹操大約認為此地難以堅守，還是將城裏的居民遷去了西面。

袁紹的軍事會議之上，眾幕僚七嘴八舌，眾說紛紜。概括而論，武將差不多都贊成大舉渡河，謀士則認為應該慎重行事。

若是渡河，對岸都是曹操的勢力範圍。對袁紹軍來說，也就成了在敵軍的狙擊之中渡河，必須要做好萬全的準備才行。而且即使渡河成功，對岸距離曹操的根據地很近，敵人的抵抗必然會很激烈。再有，若是戰局不利想要撤兵，又有黃河之險在後，這等於是自斷退路了。

「玄德以為如何？」袁紹又來詢問劉備的意見。

「這……」劉備小心選擇措辭，「此番出兵本就是為了討伐曹操，早晚要渡黃河，問題在於渡河的時機。」早晚要渡黃河——這似乎是在支持武將一方的見解。劉備最近一直小心從事，不提任何對袁紹軍有損的進言。那些都是很快就能看到結果的東西，若是次數太多，很容易引人懷疑。「助長袁紹陣營內部的對立。」劉備將自己的精力都放在這一點上。

袁紹雖然招攬了許多人才，但並不能才盡其用。諸多人才濟濟一堂，各自的才能卻得不到充分的施展，這已然相當於埋下內訌的火種了。劉備又在暗中煽風點火。袁紹陣營內部還埋有另一個火種，那便是繼承人的問題。袁紹有袁譚、袁熙、袁尚三個兒子，但現在的妻子劉氏並不是元配，她想讓她的親生子袁尚繼承袁紹的位置。對於這一點，「長子乃是袁譚，長幼有序，不能壞了法度」，袁紹的幕僚之中出現這樣的聲音也是理所當然的。次子袁熙沒什麼影響力，然而袁譚與袁尚早已分成了兩派，開始了繼位之爭。在這種形勢下，劉備想做手腳自然很容易。

沮授出發之前，將自己的家財分配給族人的事情，之前已經說過。他從一開始就很悲觀，然而在這一次渡河與否的軍事會議之上，看到贊同渡河的一派佔據了優勢，不禁仰天長歎道：「上盈其志，下務其功，悠悠黃河，吾其不反乎！」他由此向袁紹稱病要回冀州。「諸位以為如何？」袁紹召集眾人商議沮授回冀州的事情。因為沮授是當事人，沒有出席。武將派的急先鋒文醜道：「沮授膽小怯弱，像他這樣的人，還是早早扔回老家的好。」

「萬萬不可。」反對的又是劉備。反對派要放在軍中才能激發對立的火焰。要是引發爭執的一派離開了前線，火可就燒不起來了。「為何不可？」文醜詫異地問。他早已經把劉備當成了武將派的一員。「沮授大人雖不善戰，但他智慧超群，不知什麼時候便會有要用到他的地方。反正也不用他參戰，就算有些小病，也不會有什麼大礙。」劉備說。

「唔……」袁紹陷入沉思。要將沮授送回去，袁紹自己也心中不安。因為此時在他的老家裏，兩派正為繼承人的問題爭得不可開交。要是把這樣一位以智慧見長的謀士送回去，難免會生出什麼事端。「好，就讓沮授在軍中靜養吧。把他放到郭圖的軍中。」袁紹如此決定。他把沮授交給同僚郭圖管轄，實際上相當於給他降了一級。

就這樣，袁紹的軍馬帶着爭議渡過黃河。

四

「已經十年了啊……」曹操一進入酸棗縣的地界，便不由得勒馬感歎。當年關東諸將率十萬大軍進擊董卓，就是屯兵在酸棗這個地方。那是初平元年（公元一九〇年）正月的事情，距離今年建安五年（公元二〇〇年），整整過去了十年。景物與十年之前沒有什麼不同，然而人卻變了許多。十年之前，討伐董卓的聯軍之中，共有七將陳兵於此。「剩下的只有我一個了，其他人都死了……」曹操下了戰馬。他雖然是個徹底的現實主義者，但也有大詩人的一面。他很容易生出感慨，只是不會沉湎於感慨之中罷了。

酸棗七將之中，除了曹操之外的其餘六人依次是：兗州刺史劉岱、陳留太守張邈、廣陵太守張超、東郡太守橋瑁、山陽太守袁遺、濟北相鮑信。陳兵之中的劉岱與橋瑁不睦，當年橋瑁便被劉岱所殺。

兩年之後的初平三年（公元一九二年），殺了橋瑁的劉岱，在兗州與青州黃巾軍作戰時身亡。曹操以接任的形式被迎入兗州，做了兗州刺史。迎接他的乃是濟北相鮑信，然而不久之後也在壽張與黃巾軍作戰時戰死。曹操與黃巾軍的和談便是鮑信死後不久的事情。

同年，出任揚州刺史的袁遺在赴任的途中遭袁術襲擊，逃到沛國，在那裏被部下所殺。這位袁遺和討伐他的袁術乃是堂兄弟的關係。當年陳兵酸棗之時，曾向苦於兵力不足的曹操借兵的張邈，同他的弟弟張超一起，與呂布聯合，反對曹操。為何會演變成這樣？是因為那個時候陳宮積極推動反曹聯盟的緣故。

興平二年（公元一九五年），曹操攻張邈，張邈向袁術求援，但袁術坐視不理。絕望的士卒殺了張邈，其弟張超被曹操圍在雍丘，於城池陷落的時候自殺身亡。酸棗七將，在當年陳兵的五年之內，便已經失去了其中的六將。

不單是酸棗諸將。佈陣魯陽，由南向北進兵洛陽的袁術，也已經死了。與反董聯軍的盟主袁紹一同陳兵河內的河內太守王匡也死了。而在今天，曹操正和自己曾經的盟主袁紹對陣。「大家都死了……」甚至連其他人的死都已經是五年前的事了，曹操不禁為這一點愕然失色，心中也生出感慨。

正在這個時候，有探馬來報：「發現敵軍。」感懷的詩人頓時又成了現實主義的將軍。「多少人馬？」曹操厲聲問。「已經確認的是五百騎兵。似乎還有後續的人馬。敵軍先鋒現在延津以南。」

「進軍南阪！」曹操翻身上馬，喝令全軍。「輜重不必着急。」曹操補充了一句。他雖然是在詢問敵軍的數量，實際上曹操早已經知道了敵軍的主將與兵力，來自劉備處的密使早就送來了這些消息。

袁紹有一個壞毛病。明明是在軍事會議上決定下來的事情，他過後還會重新考慮一遍。這與其說是因為他優柔寡斷，還不如說是一種驕傲自大的表現。「我應該有更高明的辦法……」袁紹總是這樣想。然而實際上他能推翻軍事會議決定的情況並不多見。要想改變決策，就必須想出至少讓幕僚們可以接受的良策。集眾人智慧之上的良策並不是那麼容易就能想出來的。但是，在袁紹重新考慮的這段時間裏，他的人馬當然不可能採取行動。因此，袁紹的指令總是要慢上一拍。

潛伏在敵軍陣營中的細作，要想得到最高機密，總要花費一些時間。好不容易得到的機密即使送到了，對方也往往進入到了下一階段，消息也派不上什麼用場了。然而袁紹並不是馬上將決定付諸行動，所以送出來的情報大都能正好吻合。特別是劉備本人也參加最高首腦會議，將機密弄到手也不會花費太長時間。

「先由延津派劉備與文醜率六千騎兵南下。」這是由劉備本人處得到的情報，所以連行軍線路都說得很詳細。曹操早已想好了應對的計劃。有一個叫南阪的地方，可以隱藏相當數量的軍隊。此處是丘陵地帶，山谷很多。袁紹的人馬便要從這裏經過。曹操自己率領七百騎兵隱藏在南阪的山中。接着讓滿載軍糧弓箭的輜重部隊在南阪之下休息。人卸甲、馬離鞍，解散隊列，各自休整。「沒有比這更好的誘餌了。」藏在山中的曹操笑道。

袁紹軍的六百名先鋒騎兵發現了這些誘餌，不用說，當然一頭猛撲了上去。輜重隊的士卒們手中根本連武器都沒拿。與其說是士卒，不如說是一群搬運工更合適。相比之下，袁紹的六百騎兵不愧是精挑細選的先鋒，一個個都精銳無比。勝負已定。然而，曹操軍的輜重隊，逃跑的時候並不慌亂。敵軍喊殺聲一起，他們便四散而逃。按常理來說，遇到敵軍來襲，這些人都會害怕得四處亂跑，然而曹操的人馬卻像事先演練過一般，訓練有素地向四面逃跑。當然，關於如何逃跑，他們確實早已經過無數次的訓練了。如此逃跑的目的，自然是為了分散敵軍。

袁紹軍的精銳先鋒，便這樣被曹操的人馬巧妙地騙過了。

「好，出擊！」藏在山中觀戰的曹操，看準時機下令出兵。七百騎兵由山上如雪崩般猛衝下來，其氣勢更給曹操的人馬增添了百倍的實力。其實即使不增添實力，袁紹的人馬也都四散分開去追輜重糧草去了，根本無法與曹軍抗衡。這六百人很快便被逐一擊破。

「前面已經接戰，速速趕去救援！」後續的大將文醜在馬上拔出刀來，下令全軍進攻。他一馬當先，衝在前面。後續的六千人馬之中，大約有兩千人追隨在文醜身後向前衝去。然而剩下的四千人並沒有行動，他們被劉備叫住了。

「看這個樣子，曹操這廝一定有什麼詭計。停下來，停下來！不要中了他的圈套！撤兵！」劉備大喊道。然而這聲音並未傳到文醜的耳中。一般而言，混戰之際都要以軍鼓指揮進退，但劉備並沒有使用軍鼓。

這支人馬是由劉備與文醜兩人共同指揮，所以需要兩人一同商定如何擊打軍鼓。也就是說，劉備一個人沒有權力擅用軍鼓——至少後來劉備說他自己當初是這樣考慮的。袁紹的先鋒騎兵已經被曹操的七百人馬擊潰。若是後續的六千兵馬一齊擁上，殺到南阪，勝負也未可知。然而南阪只來了兩千兵馬。曹操的七百騎乘勝追擊，攻入袁紹後續的兩千人馬之中。

「渾蛋，為什麼不跟上來！」文醜不停地回頭張望。他看到跟着自己的人馬比他預想的要少很多，氣得咬牙切齒。「難道……」當他意識到是劉備有意搗鬼的時候，已經晚了。曹操的伏兵也都是千挑萬選的精銳，其中一人直奔文醜而來，兩匹馬交錯之際，文醜的首級便被砍了下來。連文醜這樣的猛將都被輕易斬殺，更不用說一般的士卒了。「要敗了……」當文醜回頭之時，他的心中一定生出了這樣的想法吧。所以他的動作也不由得遲緩下來，來不及招架曹軍的進攻。主將被斬，袁紹軍的士卒頓時失去了鬥志——跟隨文醜而來的兩千人馬，大多成了曹操的俘虜。

劉備怎樣了？識破了曹操的詭計，挽救了四千人馬。——袁紹軍中，對劉備的評價又高了一層。那四千人馬也都深信是劉備救了他們的性命。大家眾口一詞，竭力稱讚劉備：「劉將軍明察秋毫。」

五

曹操兵退官渡。官渡這一地名正如它的字面所示，是官府設置的渡口。它位於今天的中牟縣境內。袁紹進軍到官渡以北的陽武。陽武縣有一個名叫博浪沙的地方。據說當年張良曾經在這裏使鐵錐試圖暗殺秦始皇。兩軍在此對峙了數月之久。

就戰線而言，當然是袁紹這一方要長。話雖如此，袁紹的軍糧輜重十分充足，補給源源不斷。與之相反，曹操這一邊的軍糧十分不濟。因此，北軍，也就是袁紹利於久戰，南軍曹操則是速戰速決為好。然而實際上，卻是袁紹這邊更加着急。

黃河沿岸都是細密的黃土地帶，很容易做些工事，就像孩子們玩的沙坑一樣。袁紹以人海戰術在岸邊建起許多土山，由土山上向曹操軍中射箭。箭矢如雨，迫使曹操的士卒不得不頂着盾牌在軍中行走。

「那東西還沒做好？」袁紹每建一座土山，曹操都會如此催促手下的幕僚。終於，「那東西」從許都送來了——霹靂車。曹操身為武將的同時，也是一位兵法家。正是他給《孫子》加的註解，對於其他的兵書戰策，他也有很深的研究。有一本今天已經失傳的書，名為《兵法》，作者據說是范蠡。這本書裏曾提到過霹靂車。曹操便參考其中的記載，加上自己的創意，製造出了這種兵器。這是一種裝載巨石的車輛。因為配有發石的裝置，所以也被稱為「發石車」。霹靂車的前後都裹以厚厚的木材，周圍還包上了銅板。發石的裝置利用了彈簧原理製造而成。把這種裝甲車開到袁紹壘起的土山前面，然後向土山不斷發射巨石，轉眼便能摧毀土山上供射箭手用的樓台。箭矢一類的東西，用盾牌就可以擋住，然而十二斤一發的巨石從天而降，盾牌之類的東西毫無用處。

既然不能從上面射箭，那就改走下面的路線，北軍開始挖掘地道。曹操軍察覺了袁紹軍的打算，在自己的陣地周圍挖了深深的塹壕。無論北軍怎麼挖地道，挖到塹壕就沒辦法繼續再挖了。如此一來便有長期作戰的模樣，然而這對曹操並不有利。

「要不然乾脆回許都算了……」曹操也曾經有過這樣的想法。幸好有幕僚的鼓勵，他一直咬牙堅持下來。對峙期間，對曹操來說最可惜的事情是，劉備被袁紹派到了汝南一帶。如此一來，由劉備處送來的重要消息也就沒有以前那麼多了。話雖如此，重要的消息當然也不是完全沒有。比如說九月的時候就有過這樣一條消息：「袁紹有數千運糧車至官渡，護糧大將韓猛剛愎自用，輕敵冒進，可趁便襲之。」這條消息便由汝南劉備處來。雖然劉備去了汝南，但像這種有關補給的事情，劉備還是會接到通知。

可惜的是，曹操軍中並沒有搶奪數千輛糧車的兵力。「就算搶不過來，也不能讓它落到敵人手裏。」曹操說。「主公的意思是?」幕僚問。「出兵。擊退韓猛，放火燒他的糧。這樣就不會落到敵軍手裏了。」

曹操軍的劫燒軍糧非常成功。從一開始他們就沒有搶奪的打算，所以燒糧燒得相當順利。劉備之所以被派去汝南，是因為汝南有一個名叫劉辟的人，本是黃巾軍，後來投靠曹操，現在又被袁紹策反。袁紹讓劉備去汝南指揮他作戰。

袁紹的打算是，用劉辟擾亂曹操的側面。然而劉備依靠自己作戰顧問的身份，巧妙地加以干涉，並沒有讓他牽制到曹操的行動。

由汝南返回的劉備向袁紹進言：「曹操旦夕不能下，不如聯合荊州劉表，自背後擊之，此為上策。」「這主意不錯，不過，誰能去遊説劉表？若是一般人物，弄不好適得其反啊。」袁紹皺眉道。「我去便是。」劉備自告奮勇。

出席會議的還有一個叫許攸的人物。他向袁紹獻策道：「曹操軍中兵力不足。就連兵家必爭之地都無法投入足夠的人馬。其後方必然更加空虛……我以為，曹操此刻鎮守許都的人馬必定寥寥無幾，若是出奇兵偷襲許都，豈不是可以搶到天子，迎來主公營中？」然而袁紹卻並沒有點頭。許攸心生不滿。恰好此時許攸的家人中有人因小事被下獄，許攸愈發不滿。

「是不是該趁現在去投曹操……」他開始生出了這樣的想法，他本自幼與曹操相識。

六

許攸前來歸降的時候，曹操拱手迎接，甚是高興。雖然劫燒了對方的輜重，又用霹靂車摧毀了敵軍的土山高台，但整體形勢上還是北軍有利。兵力差距擺在那裏。由如此優勢的北軍處，忽然來人投奔形勢並不明朗的南軍，況且此人對南軍還很有用處。

「子遠（許攸的字），你來得正好。你這一來，我軍必勝無疑啊！」曹操高興地拍手說道。

「你沒想到我會來降吧。」許攸說。

「唔，確實沒有想到。」曹操如此回答道，然而他心中其實並非真的沒有想到。逮捕許攸家人的乃是審配。而挑撥審配的不是旁人，正是劉備。劉備送來的密信中說：「袁紹這兩個重臣向來不睦，關係日漸緊張。不日許攸恐怕會脫離袁紹……」所以這一天的到來，曹操其實已經預想過許多次了。

「對了明公，你與袁紹大軍相峙於此，不知軍糧可以支持多久？」許攸問。

「可支一年。」

「嚯嚯，恐怕未必吧。」許攸笑道。

「實際只有半年的量。」

「不對不對。我以誠相投，明公竟然見欺如此！」

「哈哈哈，還真瞞不過你……其實只有一月而已。問這做甚？」曹操坦白道。

「南軍軍糧我已知道，袁紹雖然囤積了許多糧草，但若是做些動作，也與南軍相差不遠了……袁紹軍的弱點正在糧草之上。屯糧之法……」

「子遠你這到底是要說什麼？」

「袁紹將糧草都屯於烏巢一處……而且疏於防備。烏巢有萬餘糧車，若是燒了那些軍糧，袁紹軍明日就得斷糧了，連三天都支撐不下去。」

「此話當真？」

「我既然來投你，當然不會空手而來。這消息便是我送你的禮物。」

「嚯，太感謝了！」曹操大喜。

他立刻傳令準備偷襲烏巢。曹操與袁紹不同，行動極為迅速。

烏巢是一個沼澤的名字，位於今天的延津縣東南部，在當時大約屬於酸棗縣的轄區。看今天的地圖，烏巢是在黃河的北岸，不過在黃河尚未改道的後漢末年，它位於黃河的南岸。曹操挑選了五千人馬。因為只是要燒軍糧，所以儘量輕裝上陣。當時是十月，雖然已經入冬，但天氣並沒有十分寒冷。等待夜幕降臨後，他們就抄近道直奔烏巢而去。

進兵之時，全軍用的都是袁紹的旗幟。士卒都銜枚而進。枚是一種像筷子一樣的木條，將它含在嘴中，兩端穿繩，繫在腦袋後面，可以防止人發出聲音。馬嘴也都被緊緊勒住，不讓嘶叫。

這是一次隱秘行動。因為用的是袁軍的旗幟，所以即使被人看到，也會以為是袁軍的補給隊。每個士卒的肩上都背着一捆柴草。

根據許攸帶來的消息，守衛烏巢糧倉的北軍雖然有萬餘人，但守軍的士氣都不高。因為烏巢的守將淳于瓊整日飲酒作樂，他的部下們自然不會認真做事，守衛軍糧也是馬馬虎虎。曹操把全部賭注都壓在了這次偷襲烏巢的行動上。他親自擔任五千攻擊軍的總指揮，讓荀彧和堂弟曹洪留守官渡的大本營。曹操的五千人馬逼近烏巢的袁紹軍陣營，隨後圍住烏巢，將事先準備好的柴草點燃，扔進袁紹軍的營中。這時候剛是四更天，周圍還是一片黑暗。

「什麼事如此混亂！」爛醉如泥的守將淳于瓊睜開眼睛，大聲喝問。遇襲的袁紹軍自上而下一片混亂。然而沒有一個人去叫主將淳于瓊，因為大家知道即便叫醒了他也起不到什麼作用，反而只能添亂。「什麼，敵兵偷襲？快點狼煙！」淳于瓊爬起身，跌跌撞撞地叫道。「將軍請看，還用點狼煙嗎？」他的幕僚道。

點狼煙是通知己方危急情況的信號，然而這時候已經沒有必要點什麼狼煙了。敵軍四處放火，相隔四十里的陽武，不可能看不見衝天的火光。

天色終於開始亮了。袁紹軍終於知道前來偷襲的曹操人馬並不太多。而且陽武城看到火光，一定會派兵前來救援。淳于瓊也振作精神，聲音嘶啞地喊道：「敵兵數量不多！給我守住！」然而現在已經不是兵力多少的問題了。一旦陷入混亂，無論擁有多少人馬都形同虛設。由這位嗜酒如命的將軍率領的部隊，從一開始就缺乏軍紀。對於出其不意的襲擊，最有效的辦法只有良好的軍紀。烏巢守軍的命運，已經只是一個時間的問題了。

唯一可以依靠的，只有陽武援軍的到來。「援軍馬上就到，給我拚死守住！」淳于瓊在陣中奔走高呼。

七

看到烏巢方向燃起的大火，袁紹立即召集幕僚緊急磋商。即使在這種緊要關頭，袁紹陣營中還是意見不一致。

「曹操一定會親自領兵偷襲烏巢。如此一來，官渡的營中無主，兵力也會很少。我軍不如進攻官渡，只要拿下官渡，曹操便無路可退，遲早都要落入我軍手中。」提出這個建議的是郭圖。他提議先暫且不理烏巢，反過來拿下曹軍的官渡。

與此相反，一個名叫張郃的將領反駁道：「曹操善於用兵，即使他出征在外，也一定會嚴守要害。我以為現在應該舉全軍之力去救烏巢。每個士卒都知道我軍兵糧盡屯於烏巢。倘若烏巢失陷，全軍的士氣立刻就會下降。烏巢關係着我軍的命運。」

這兩種說法各執一理，袁紹非常迷惘。對他來說，雖然更想趁機攻擊曹操的大本營，但是張郃的主張也很有說服力。「好吧，那就兵分兩路吧。」袁紹做出了這樣一個折中的決定，這確實是他一貫的作風。所謂兵分兩路，實在是一個目標不清的決定。

雖然是兵分兩路，袁紹還是將主力放在了攻擊官渡的這一路上，剩下的則去救援烏巢。然而，這並沒有改變分散兵力的事實。更糟糕的是，他派最想救援烏巢的張郃和高覽兩個人，作為攻擊曹操大本營的主將。也就是說，他把兵力交給了不採納其意見、心中不滿的將軍。

張郃說過，曹操一定會嚴守要害。因此，若是輕易攻下了官渡，豈不意味着自己的預想錯誤？為了避免這個結果，哪怕是裝，也必須裝出一副苦戰的模樣。張郃與高覽，便處在這樣一種微妙的立場之上。像這樣不通人情的做法，也確實是名門之後的作風。

聽說袁紹的援軍正在趕來，曹操喝道：「不要慌張！」這時候他已經捉到了袁紹軍守衛烏巢的大將淳于瓊。淳于瓊的酒還沒有全醒。「畜生，想把你家淳于瓊將軍怎麼樣！」他趁着酒勁大喝。

「我馬上就告訴你要把你怎麼樣，」曹操說着，轉身吩咐手下士卒，「把這個傢伙的鼻子削下來，再把手指切下來，然後綁到馬背上。」「什，什麼！」聽到這話，淳于瓊的酒也被嚇醒了。「抓了多少人？」曹操向幕僚問道。「大約千人。戰死兩千，躲在周圍的還有兩千左右……剩下的五千餘人正在逃跑。」幕僚稟告道。「好，把俘虜的鼻子都削下來，再放他們跑。」曹操下令。俘虜們一個個被削去了鼻子，曹操的士卒削完以後又下令讓他們馬上離開。這樣一支「沒鼻子的部隊」就從烏巢逃了出來。

曹操召集全軍。敵軍的軍糧全部被燒，他們已經達到了預想的目標。「跟在沒鼻子的部隊後面逃！」曹操下令。「逃？」幕僚們有些不解。「是。我軍打的本來就是袁紹的旗號，再裝成袁紹軍的模樣逃跑，途中應該會遇上袁紹的援軍，咱們想辦法讓他們也一併逃跑吧。」曹操説完，翻身上了戰馬。

袁紹的援軍正朝烏巢進發，途中遇上了被削去鼻子、滿臉是血的逃亡士卒。這些沒有鼻子的士卒三五成群，隊列拉得很長。援軍看到烏巢守將淳于瓊也被削了鼻子、切了手指，捆在馬背上朝這邊跑來。

援軍看到這副光景，都不禁毛骨悚然。恰在此時，又有許多殘兵一邊大叫一邊向這裏逃，他們嘴裏喊道：「中計了！中計了！誰要是去烏巢，必然死無葬身之地！快逃，快逃！想保命的千萬不要去烏巢！」

這些殘兵雖然臉上還有鼻子，但嘴裏喊的話卻讓人更加害怕。雖然誰也沒説所謂的「中計」到底是什麼，然而這樣卻更讓人感覺恐怖。正因為一無所知，才會覺得恐怖深不見底。「不要去，不可去啊！」這些殘兵拖着援軍的衣袖喊道。被恐懼攫住的援軍差不多全都轉身逃了。

剩下的人一路來到烏巢，卻發現這裏只有燃燒的軍糧，哪裏有半點曹軍的影子。袁紹軍救援烏巢的努力失敗了——雖然派兵救援，然而敵軍已經燒完了軍糧，不知去了哪裏……接到烏巢沒有曹軍蹤跡的報告，郭圖想的是，這正是剷除政敵的大好時機——此刻正在進攻官渡的張郃，便是郭圖的政敵。

郭圖向袁紹説：「張郃必定內通曹操。他説要舉全軍去救烏巢，其實烏巢根本沒有敵軍。」

「唔，是啊。」袁紹懷疑張郃，當即傳令召他回來。調查期間，軍隊暫時交給高覽掌管。張郃速回大營。——急使被派往張郃處。

「什麼，調查？！」張郃的腦海中頓時閃過夙敵郭圖的面孔，一定是那斯背後搗鬼。雖然不知道主公懷疑自己什麼，但那廝一定挖好了陷阱等着自己往裏面跳……若是回到大營，在軍法會議之上，自己能否申辯成功，張郃實在沒有什麼信心。

就在這時，同僚高覽說道：「主公疑心深重，實在讓人不安。不知什麼時候，連我都會受到懷疑……真想找個更可依靠的主公才好……」

「高覽大人，此言何意？」張郃深吸一口氣，臉色蒼白地問。

「我聽說，曹操愛惜人才。」

「是嗎……既然如此，一同降曹如何？」

「正有此意。」

襲擊曹操大營的兩位主將，一同歸順了曹操。

八

早上剛剛攻打曹操的大營，可是沒過中午這個曹操便來攻我軍的大營了。——袁紹接到「曹操來襲」的消息之時，半晌都不敢相信。

「怎麼會有這種事！一定是誤報！告訴探馬，別說夢話！」袁紹大喊道。

「敵我相距不遠，這種事情並非沒有可能。所謂兵貴神速，曹操更是深諳此道。」一個人在旁邊冷冷地道，這正是被放在郭圖軍中的沮授。

「曹操更是深諳此道」之中，隱含着「我們的人馬卻總是磨磨蹭蹭」的意思。

「誤報。剛才的探馬肯定是還沒睡醒。」袁紹如此以為。然而緊跟着喊殺聲四起，證明並非誤報。曹操軍已經殺入了袁紹的大營。袁紹軍連排兵佈陣的時間都沒有。甚至不如說連拿起刀槍都來不及。這是一場一邊倒的戰鬥。此時袁紹空有十萬大軍，然而被曹操的人馬斬首的不下七萬，《後漢書》中的記載是八萬。無論如何，都是袁紹的慘敗。

袁紹與兒子袁譚連披甲的工夫都沒有，就穿着便裝奪路而逃。他們身邊只有八百親衛隊，渡過黃河逃向北方。如果不是背靠黃河，大約也不會有七八萬人的損失。誠如沮授所言，到了這種時候，渡過黃河就等於自斷退路。

袁紹陣營之中當然也有像許攸與張郃這樣因為不能見容於袁紹而投奔曹操的人，不過沮授雖然自己的進言不被採納，卻也不肯投降曹操。他逃的時候晚了一步，被曹操的人馬抓住，然而拒絕歸順曹操，終於被殺。自很久以前便愛惜沮授才能的曹操，想盡辦法要說服他，他卻如此回答：「明公若是同情我，就請速速殺我。」寧死不肯歸降。

自官渡至延津，黃河沿岸屍橫遍野，風中都帶着血腥氣。翌日打掃戰場，白馬寺的月氏僧人在官渡超度亡魂。少容也由許都趕來這裏。

少容的五斗米道傳達的是「如何生」的教義，對於死亡的認識恰是五斗米道的缺陷。亂世的道教，有必要增加有關「死」的教義吧。白馬寺的支英與支敬並排誦經。當年的青年僧人支敬，如今也已經到了壯年。

「少容夫人，我有事情想和你商量一下。」支英等人讀經的時候，曹操將少容喚進了自己的大帳。

帳內空無一人。在曹操的坐墊之上，放着一個木箱。「袁紹逃得匆忙，留下很多物品，其中有件麻煩的東西，就是那個箱子。」曹操說道。「裏面是什麼？」少容問。「都是些書信之類的東西……留在許都的也好，從軍作戰的也好，很多人都給袁紹寫過書信。他們都是想着袁紹可能會取勝，提前作些準備。寫的都是『如今雖然依附曹操，卻並非我的本意，我從開始就傾心於本初』，諸如此類。」

「大人想要如何？」

「這是人之常情，我也無意責怪……我自己都曾經是袁紹的手下……問題是，若是那些人知道我看過了這些書信，心中必定不安，恐怕連晚上都睡不安穩吧。」

「確實如此。」

「所以，就當我沒有看過吧。這些書信，我想全都交給少容夫人。」

「我知道了。」

少容將曹操麾下的將領召集到黃河岸邊，堆起柴火，向大家說道：「我受孟德大人之託，清理袁紹遺留的物品之時，在這箱中發現了許多書信……讀了其中幾封，我以為還是將這個箱子燒了的好……哪怕孟德大人問我書信的內容，我也決計抵死不說……好了，點火吧。」

兩個士卒抬起箱子，扔進了火紅的烈焰之中。火焰爆裂的聲音持續了很久……

作者曰：

這一場官渡之戰，正是爭奪天下的決戰。袁氏一門雖然此後依然苟延殘喘了一陣，但已經失去了爭奪天下的力量。袁紹之敗，皆因部下的倒戈，這大約可以說明袁紹的人品有問題吧。不過，這其中應該也有曹操做的手腳。

官渡之戰時臨陣投靠曹操，並為曹操帶來勝利的張郃，從那時候開始，整整三十年間一直都是曹軍的核心人物。正是這位張郃，在官渡之戰的二十八年後，於甘肅省的街亭擊敗馬謖率領的蜀軍，諸葛亮為此揮淚斬了馬謖。這也是相當有名的故事。

另外，官渡位於今天的河南省中牟縣。我曾經由西安去往南京。深夜時分列車經過中牟站的時候，我不禁想起當年張良刺殺秦始皇未遂，然後又想到曹操的官渡大勝，接着又想起了二十世紀中日之間的戰爭。這些回憶讓我整夜無眠。

中日戰爭中的徐州攻防戰之後，為了阻擋日軍西進，蔣介石正是在這中牟縣五莊北面的三柳塞挖開了黃河的堤防。日本的中島師團被困在水裏，不得不由磯谷師團前去營救。因為這個原因，接下來的漢口之戰晚了大約一個月。日軍的追擊，據說是無視本部的制止，擅自行動。這若是放在三國時代，可能早就像馬謖那樣被砍頭了。

順便提一下，當時中牟方面的中國軍隊司令官是第二十集團軍的商震將軍。停戰之後，他出任聯合國的駐日中國代表，卸任之後也一直留在日本，直至今天。他雖然年事已高，但還是於去年（一九七四年）訪問了新中國，也為闊別三十年的祖國的巨大變化而深深感動。這些新聞上也都報道過。

三分天下之計

一

「我最怕老母親了，在她老人家面前，連頭都不敢抬。」人稱江東小霸王的孫策，總是這樣說。而他的老母親吳夫人，也常常歎氣道：「策兒脾氣太暴躁，實在讓人難辦。這樣下去，不知道會變成什麼樣子啊。」

不過吳夫人心中也知道：「如今正值亂世，此時的孫家能有孫策這麼個暴脾氣，也未必不是好事。雖然鬧得太過的時候也要出面讓他收斂一下……」這是個弱肉強食的年代。若是事事謙讓，那必然會被他人欺負。孫策這樣一個好強爭勝的領袖，恰是與當今時代相符的。

曾經有過這樣一件事。會稽郡有一個硬漢名叫魏滕，當時是會稽郡的功曹，因為忤逆孫策之意，孫策發怒，想要殺他。於是吳夫人碎步跑到井邊，身子倚在井欄上叫道：「策兒，你剛剛得了江南之地，還未站穩腳跟，難道就要誅殺部下了嗎？越是這個時候，越該禮賢下士，賞罰分明。你現在要殺魏滕，好，你今天殺了魏滕，明天部下都會棄你而去啊。你落得孤家寡人的地步，必會身死敵手，連累一家老小死無葬身之地。與其如此，我還不如趁現在投井，還能保一個全屍！」

孫策慌了手腳，連聲叫道：「不殺了，不殺了！我再也不提要殺魏滕的事了！」吳夫人這才從井欄上下來。在這個時代，所謂脾氣暴躁，並非是指打人摔東西這樣的小事。「暴躁」這個詞，等同於恣意殺人。

母親看着的地方，孫策當然不敢恣意殺人，然而母親視線不及之處，他就由着自己的性子亂來了。吳郡太守許貢，便被孫策殺了。許貢想要悄悄表奏許都朝廷，結果中途被孫策的部下發現。奏章中寫的是：「孫策驍勇，與項籍相似。朝廷宜外示榮幸，召在京師。不可使居外鎮，以為後患。」意思是說，要用高官厚祿把孫策這個暴脾氣的人誘到京城看管起來。「多管閒事的傢伙，讓你告密！我讓你再也別想來第二回！」孫策下令絞殺許貢。

孫策本來是袁術的部將之一，後來他憑自己的力量在長江一帶打下了不少地盤，氣勢大盛，於是便借袁術稱帝的機會脫離袁術而獨立。袁術死於建安四年（公元一九九年），靈柩與遺族都由他的堂弟帶着投奔了廬江太守劉勳。

孫策攻打劉勳，迫使其逃往北方投靠了曹操。當初來投奔自己的袁術遺族，也就落到了孫策的手裏。「這孩子不錯。像這樣的好孩子不太好找啊。唔，策兒，你娶了她吧？」母親對孫策說。「這孩子」指的是袁術的女兒。「什麼啊，我已經不是孩子了。許給仲謀吧。」孫策答道。

「唉，真不知你怎麼想的……」母親只有歎氣搖頭。所謂英雄難過美人關，然而孫策卻好像是個例外。他對女性似乎沒什麼興趣。相比之下，弟弟孫權雖然還不到二十歲，卻是個相當早熟的孩子。母親已經將同鄉的謝氏之女許給他為妻，不過一個女子好像還滿足不了他。

「那，袁術的女兒也許給權兒嗎……」吳夫人自語道。

二

自立門戶之後的孫家，作為長江之主，勢力一天天壯大。連中原之主的曹操也不敢小看孫家的勢力，決定與孫家聯姻。曹操將自己的侄女嫁給了孫策最小的弟弟孫匡，曹操的兒子曹彰又娶了孫策的伯父孫賁的女兒為妻。不僅如此，曹操還向朝廷上書，表奏孫策為「討逆將軍」，封為吳侯。

曹操當初與長江流域新勢力的孫家結盟是為了防備袁術，袁術沒落之後，為了防備劉表，曹操還是決定繼續和孫家聯手。「策兒擾亂之後，再由權兒出面收拾。這也未嘗不是一個方法。」吳夫人這樣想過，也曾對一族中的年長者這樣説過。在當時的混亂之世，正所謂能得者必爭之，然而，長期如此，土地必然荒廢。到這樣的時候，收攬人心、興建產業就變得異常重要。在這一點上，孫權比孫策更為擅長。

哥哥之長在於軍事，弟弟之長在於政治，兩人各有千秋，各不相同。孫權雖然好色，不過在母親的眼中看來，他也並非一味沉迷於女色，只是喜歡和女子嬉笑而已。他喜歡研究女性的微妙心理，以此為樂。仔細想來，研究人的心理，也是與政治相關的事情。

建安五年（公元二〇〇年），在北方的黃河流域，曹操與袁紹展開了生死決戰。差不多與此同時，孫策也在南方的長江流域東奔西走。前年年底，孫策動員水軍，征討黃祖，不料最後還是被他逃掉了。當然，黃祖也是得了劉表的幫助。

由於有殺父之仇，孫策深恨黃祖。父親孫堅在峴山中箭而死，正是當年與黃祖作戰時的事。孫策在西面挑戰黃祖的時候，東面曹操的部下廣陵太守陳登，與當年被孫策擊敗的嚴白虎的殘黨密謀，開始擾亂孫策的後方。孫策匆忙率軍由西面回到東方。這雖然是件棘手的事，但孫策本人並沒有半點苦惱。他是一個天生的好戰派，只要聞到戰爭的氣味，就不會感覺到疲勞。除了打仗，閒暇之時，打獵就是他的第二大嗜好。

然而正是在打獵的時候，吳夫人最擔心的事情發生了。孫策因父仇追殺黃祖，但他自己也身負着他人的世仇。無論如何，他也確實殺了許多人。吳郡太守許貢因密奏敗露而被孫策絞殺，許貢的兒子、家臣一起臥薪嚐膽，等待機會狙殺孫策，要為許貢報仇雪恨。孫策身邊隨從很多，許貢的兒子一直找不到合適的機會，但孫策身邊並非永遠都有隨從跟隨，打獵的時候就沒有。

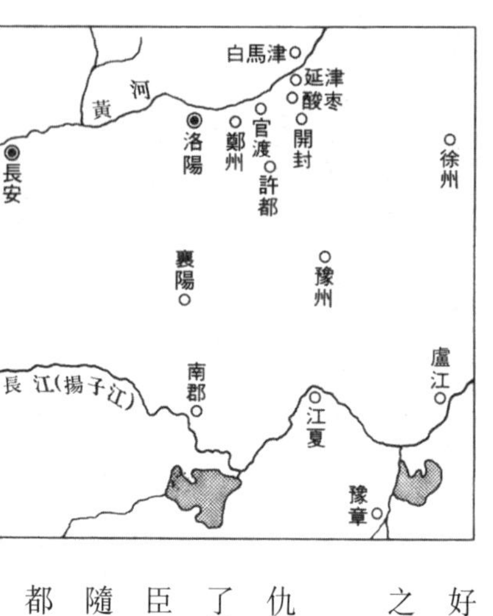

孫策縱馬奔馳。打獵的時候他本來也帶着隨從，但一進入獵場，他便會全力縱馬飛奔，隨從根本追不上他。駿馬載着孫策，一人一騎奔馳在無人的原野之上。誓報父仇的許貢之子與許貢的家臣打探到了這個消息。

「在獵場射殺孫策是為最善。可有一樣，孫策雖然單騎疾走，其後還是有無數親隨。就算能殺得了孫策，恐怕也逃不了被殺的命運。若是做好了這樣的心理準備，那就隨我來吧。」許貢的兒子說。「我等都已置生死於度外了。只要能殺得了孫策，再無他求。請與子同行。」家臣異口同聲地說。許貢的兒子帶了兩個神射手同行，剩下的幾人讓他們觀望形勢。這三個抱着必死決心的人，溜進狩獵場，等待孫策到來。箭矢所及的距離雖然很遠，但要保證命中，就要越近越好。三個人都準備了毒箭，不管是誰的箭，只要射中孫策就行。儘管如此，還是要儘可能靠近孫策射箭。他們從一開始就沒想過活着回去，所以挑選了相當大膽的地方埋伏。

有着如此周密的部署，孫策的性命可以說已經保不住了。而且，孫策在打獵時還有個習慣，就是喜歡依照同樣的路線縱馬奔馳。復仇者憑着自己一腔執念，將孫策的習慣調查得一清二楚。在獵場之中，處處都有濃密的草叢。兩個弓手分別躲在一處草叢裏，許貢的兒子爬到旁邊的樹上，躲進枝葉之中，等候孫策出現。三個射手，一個目標。這三人都是千挑萬選的神射，總有一個人能射中孫策。

孫策果然騎着大宛汗血寶馬，一騎絕塵而來。親隨都被遠遠甩在後面。三個埋伏的人都做好了必死的準備。為了不被發現，三個人都沒有騎馬，而對方全都是騎馬的人。汗血寶馬的蹄聲漸近，沙塵揚起，飛奔而來。草叢與樹上的三人，都舉起了弓箭，屏息靜氣等着孫策過來。好！誰也沒有發聲，然而三個人都仿佛聽到某處傳來這個聲音一般。三支箭幾乎同時射了出去。馬上的來人，伸開雙臂，由馬上重重摔下，又在草地上翻滾了一段。那恰如孫策的為人一般，可以說是極其張揚的場面。

草叢裏跳出兩個男子，樹上也跳下一人。那副充滿迫力的動作，讓這三個人看起來仿佛有了數倍的氣勢。三個人跑到中箭者的身邊。「不錯，正是孫策！」他們看到落地的確實是孫策，全都歡呼起來。孫策只有肩頭中了一箭，然而箭上早已塗了劇毒，孫策雖然還有呼吸，但顯然回天無力了。

許貢的兒子又拔起尖刀，向奄奄一息的孫策刺去，以報殺父之仇。此時的孫策由於中毒至深，眼前早已模糊，估計很難判斷出發生了什麼事。另外兩個人也都拔刀猛刺孫策。

這時，孫策的百名親隨才趕來。當他們看到自己的主子躺在血泊裏，三個男人正一刀一刀刺向孫策時，歷歷在目的情形讓親隨們再也無法忍受，拿起大刀，一陣亂刀砍向那三個人。

「我是許貢之子！」其中一個人在臨死前，歇斯底里地喊出了這句話，那是一個充滿自豪和驕傲的聲音。

三

日後成為三國之一的吳國主君孫氏，當年不過是地方上一個小小的土豪而已。嚴格說來，由當時所稱的「家世」來看，孫家的臣子之中，有許多人出身都比主君高貴。孫堅只是袁術的部將。孫策之所以能借袁術即位的機會自立，是因為他已經有了實力。勇猛的孫策繼承了孫堅的遺志，將長江沿岸自東而西的一大片地方收於自己的囊中，打下了會稽、吳郡、丹陽、豫章、盧江、盧陵六郡。

然而自立只有兩年時間，正如史書中說的「未有君臣之固」，追隨孫策的家臣們，只不過是因為孫策的強悍依附而來的罷了。就好像暫借一個落腳之處一般。孫策四處用兵，攻城掠寨，只要追隨他，便可以分得一杯羹。然而孫策死後，情況又會如何？家臣之中大半都不是孫家的老臣，孫策之死，對於構成孫氏軍團的人們來說，是一個非常大的衝擊。

「必須防止這些人的動搖。」當時輔佐孫策的撫軍中郎將張昭，如此下定決心。張昭不單單是個軍人，也是個大學者，更是藏書家。他對《左傳》極有研究，後來還為之作註。當時孫策的弟弟孫權只有十八歲，一時間只知道伏在哥哥的屍體上痛哭。張昭對他說：「此時不是哭的時候。」孫權聽到這話，回頭看張昭。

張昭抓起孫權的手腕說：「你必須即刻披甲上馬，巡視全軍。你要號令全軍，由今日起，你便是軍中主帥。」孫權點頭起身。他雖然年輕，但政治嗅覺遠比哥哥敏銳。自己處在怎樣的形勢之下，該如何應對為好，早在張昭說完之前，他便已經明白了。

此時的孫家軍團就好像從各處聚集而來的一盤散沙，如果不加鞏固，風一吹就會分崩離析。所以要趁早想辦法加以鞏固，讓它成為像一座沙山一樣堅不可摧。領袖新喪之時，若是有一位足以統率全軍的年輕將領披甲戴盔巡視全軍，便可以阻止軍中將士的動搖。

當時屯兵巴丘的周瑜，也率兵趕來，向全軍昭示：「孫家猶在。」連周瑜這樣的智者都毫不猶豫趕來拜見孫權，也說明孫權是一個值得擁護的新領袖吧。孫家的兩大支柱張昭、周瑜沒有半點動搖，其他人自然也就放下了心。

掌權者之死往往會引起族中的騷動，不過這時候孫策的兒子還只是個嬰兒，亂世之中，自然沒有擁戴幼主的道理。孫策之弟孫權繼任，在孫家之中基本沒有異議。孫策人稱小霸王，而孫權則被呼做「碧眼兒」，是個以才能著稱的人物。這一點，之前就追隨孫家的人自然知道，不過新依附的人可就不清楚了。孫家本是新興勢力，新來依附的人也不在少數。對於這些人，張昭與周瑜便宣傳說：「孫權乃不世之英雄。」而對於一般民眾，風姬則託言神諭：「孫家猶在，且將愈盛。」孫權的母親對於領袖的平穩過渡也功不可沒。新興勢力便是有這樣的特點——因為沒有古老傳統束縛，調解起來也比較容易。

有一個名叫魯肅的人，曾經是袁術的部下，後來棄了袁術投奔孫策。他一度想要回去自己的故鄉臨淮，周瑜勸他說：「什麼時候都可以回去，不如先見孫權一面如何？說不定是比亡故的討逆將軍更了不起的人物啊。」

「我很看重討逆將軍。若是有比他更了不起的人物，我自然願意輔佐。」魯肅如此說，去見了孫權。

魯肅，字子敬，臨淮東城人，家世富足。雖然常說些豪言壯語，但也確實是個很有能力的人物。「子敬先生，你我二人獨飲一番如何？」一見面，孫權便這樣說。

「恭敬不如從命。」孫權屏卻眾人，一邊煮酒，一邊與魯肅談論天下大勢——這是魯肅最喜歡的事情。他立刻就喜歡上了孫權，說道：「且讓我助將軍一臂之力，取得天下……」當然，他再也不提回鄉的事情，留在了孫權的陣營之中。

這一位魯肅，後來給孫家做出了極大的貢獻。留他下來的不單是周瑜的勸說，也是被十八歲的孫權折服了。「此人可用，而且他也有天下豪傑的弱點……」孫權摸透了魯肅的脾氣。飲酒對談之際，挑明自己的大志，他便會欣然而來——這一點盡在孫權的計算之中。這時候的魯肅二十九歲，比孫權大了十一歲。

四

「孫策死了，豈非正是取江東的良機……」聽到孫策身死的消息，曹操自言自語道。這是在官渡與袁紹對峙之時的事情。南方的消息傳到曹操的耳中，時間非常早。孫策的大本營中也有曹操安插的細作。孫策曾經想趁曹操出兵官渡的時候偷襲許都，這條消息傳到曹操耳中的時候，曹操不禁大怒，罵道：「渾小子，竟敢乘虛而入！」

可惜孫策還沒來得及施行計劃便死了。如此一來，曹操也就不必再擔心江東會來偷襲許都，他也可以舉全力對抗袁紹了。在孫策死前，他必須要在許都留下相當的兵力，防備來自南面的攻擊。「趁火打劫……」哪怕是為了報復孫家，大概也有必要敲打敲打南方的這支新興勢力。

十月，曹操在官渡擊破袁紹之後，召集群臣商議接下來的方針。「該先從哪個紹下手？」曹操問左右的人。孫策的幼子名叫孫紹。這意思是說，是該追擊北方的袁紹，還是先攻打南方的孫紹。

孫家的勢力不是由嬰兒孫紹接管，而是弟弟孫權接任。這條消息曹操當然也知道。不過因為孫紹與袁紹同名，他是故意用了「哪個紹」這樣的說法。「不可征討南紹。」如此回答的是御史張紘。張紘當然會反對南征。他是兩年前作為孫策的使節來到許都向朝廷進貢的人物。曹操很喜歡他，留他在朝中任職。

「哦，為何？」曹操問。「乘喪伐軍，此為不義。」張紘答道。「如此而已？」「非也。雖有孫紹幼子，此時孫家卻是碧眼兒孫權在位。江東之人，皆知碧眼兒之才遠勝其兄小霸王。孫策之死，與其說是孫家凋落，不如說將愈發強盛。」

「哦，是嗎……」曹操臉上雖然驚訝，其實他早就知道，孫權比他哥哥更加了得。

「討逆將軍孫策雖然以其武勇打下許多地盤，其實這些地方已經超出了他的統率能力。若是真有南征之意，當於孫策在世之時南征為善。孫權謀略遠勝其兄，如今成了江東之主，孫家的領地只怕會愈發鞏固。江東一帶，恐怕已經不可輕取了。」

「真有如此厲害嗎……」

就在這時，有一個士卒送來了一封密信。這是新的消息到了。曹操讀過密信，臉上顯出失望之色，「孫輔敗了啊……」曹操微微皺眉。孫輔是孫權的叔父。是他父親兄弟之中最末的一個。父兄孫賁年紀遠大於自己的侄兒，本人又不是爭強好勝的性格，常年都在幕後默默輔佐孫策。但是最小的叔父孫輔卻與孫策年齡相差不遠，因此，接受侄兒的命令，對他來說可以說是一種恥辱。他便是孫家的不平分子。

曹操注意到孫輔的心態，決定策反孫輔。「江東怎能交給孫權這樣的小孩子。國儀大人為何不取了江東？我願助大人一臂之力。」孫輔動了心，回了一封密信說：「請明公出兵助我。」然而攜帶密信的人被孫權的警戒網攔了下來。

孫權以迅雷不及掩耳之勢處理了這件事情。孫輔身為叔父，不能斬首，於是囚禁到東方邊境之地。孫輔所率的人馬分散編入各個軍團之中。輔佐孫輔的二十多名將領，一個不留，全部斬首。斬殺與事者的消息，差不多與事機洩露的消息同時送到曹操這邊。

「真快啊……」曹操咂舌不已。「幸好沒有隨便出手……」他心中也在如此驚歎。曹操又叫來了張紘，問他：「若是不打江東，該如何才好？」

「應當厚待之。」

「知道了，那就按你說的做吧。」曹操的決定也很迅速。彷彿是害怕落在孫權之後一般。他立刻上表朝廷，封江東新主孫權為討虜將軍。孫權的父親是破虜將軍，哥哥孫策是討逆將軍，討虜將軍是這兩個稱號的綜合。此外，曹操又把張紘送還給了孫權。在許都當了兩年御史的張紘，當然深知許都的情況。曹操這樣做，也是希望他將許都的種種都說與孫權，以此避免彼此之間不必要的誤解吧。

五

建安五年的官渡之戰，是天下大勢的轉折點。孫策的死也是在這一年。這是一個動盪不安的年份。第二年的建安六年（公元二〇一年），可以說是動盪之後的休整年份。曹操取消了南征孫權的打算，全力追擊兵敗官渡、逃往北方的袁紹去了。由官渡敗至倉亭一線的袁紹軍再度被曹操擊破，則是這一年四月的事情。曹操於九月凱旋許都。

在這之後，他又親自領兵討伐汝南的劉備。「這個大耳賊！」曹操在眾人面前大罵劉備。然而其實他與劉備之間有着特殊的關係。劉備也裝作驚慌失措一般，連夜逃去了荊州劉表那邊。「接下來滅劉表吧。」袁紹已經不再是威脅了。曹操與劉備之間，早已將下一個目標定在了劉表身上。

劉備到了劉表這裏，就打算製造一些對曹操有利的情況。而且還要在表面上看起來像是為了劉表出謀劃策。得知劉備被曹操擊潰，逃來荊州的劉表，特意去郊外迎接。在荊州，劉表也不是以家臣待劉備，而是以賓客之禮相待。他還給劉備人馬，把劉備安置在新野這個地方。曹操與劉備作戰，從來都是曹操大勝，然而建安七年的葉縣之戰，劉備竟然擊敗了曹操。

雖然有過一戰，不過直到赤壁之戰為止的七年之中，劉備身為荊州之客，可以說是度過了生涯中最為平靜的一個時期。這段時間，劉備的任務是制止劉表由背後偷襲曹操，好讓曹操專心討伐袁紹的殘黨。這個任務再輕鬆不過。劉備什麼都不必做，劉表本來就沒有絲毫偷襲曹操的打算。

有一句話，叫做：「髀肉之歎。」所謂髀肉，就是大腿肉的意思。如果一直騎馬的話，這部分的肉就會非常結實。

有一次，劉備去見劉表，兩個人談了很久。中途劉備起身去了一趟廁所，回來之後，劉表卻看到劉備眼中滿是淚水。「這是怎麼了?」劉表問。劉備擦了擦眼淚回答說：「往常身不離鞍，髀肉皆散。可是如今，兄長請看，這腿都變成什麼樣子了，俱是肥肉。這是很久沒有騎馬了……日月蹉跎，老將至矣，可我竟然還沒有建功立業！想到這個，我就悲從中來……」「嚯，這種事情有什麼好悲傷的……」劉表完全無法理解劉備的心情。「髀肉之歎」這個典故，便是出自於此。其實，生了髀肉未必一定是件令人傷心的事。人若是置身事件之中，往往難以看清情況；若是稍稍離開一些，反而能看得更加清楚。

對劉備而言，天下形勢，他便比以前看得更清了。曹操北上討伐袁紹殘党之時，以南邊的長江沿岸為中心，孫權的勢力也在日益擴大。那也是一股不容小覷的勢力。曹操曾經要求孫權送人質來許都，孫權拒絕了。所謂拒絕，背後當然也要有能夠拒絕的實力。

「這和我的預計不同了呀……」劉備暗想。他與曹操的約定是，要將兩個人共同的競爭者，通過兩個人私下絕密的合作逐一消滅。袁紹勢力的消亡便是兩人攜手的結果。袁紹於官渡大敗的兩年之後咳血而亡。接替袁紹的是他的兒子們。然而袁紹的幾個兒子本來就勢如水火，消滅他們差不多只是一個時間的問題。接下來，荊州劉表，也可以想辦法滅掉。

就這樣一個個消滅下去，到最後，一直相互合作的曹操與劉備，便在爭奪天下的決戰之時相會——至少劉備是這樣打算的。這也就是他的「預計」，然而此時的情況卻有了一些變化。孫權勢力的擴張太過迅速。要想消滅這股勢力，難度非同小可。這可如何是好？

六

少容到了荊州。這是當地的五斗米道信徒邀請她來的。劉表也很歡迎她的到來。因為五斗米道的信徒人數劇增，當權者也不敢無視。荊州的州都是襄陽。荊州之主劉表，統領南陽、南郡、江夏、竟陵、零陵、長沙、桂陽、武陽八郡。土地肥沃，人馬眾多的劉表，卻因為上了年紀，人生頗為消極。不過即使是年輕時候，他也只喜歡交遊，不是很喜歡四處征戰。

曹操與袁紹決戰之時，雙方都曾想拉攏他，然而劉表卻只是隔岸觀火。地處長江下游的孫家勢力，也未曾擴展到荊州一帶。因此，在這個亂世之中，襄陽卻是一處極為難得的安寧之地。要說動亂，最多也就是饑饉的張濟人馬由西而來討糧的程度而已。

因為沒有戰爭，這裏的學問之風尤盛。五斗米道在荊州一帶，也有了建立與信仰有別的學術體系的機會。「時間還早了一些啊。要先讓天下百姓都有飯吃，有衣穿，然後再著書立說也不遲。恐怕就連我們這五斗米道，十年之內也會有翻天覆地的變化吧。要是急於立什麼學問，將來說不定會貽笑大方。」對於當地教眾的提議，少容不是很贊成。

她也走訪了這一帶的鄉村。襄陽之西，有一處名叫隆中的小村。去那裏的半路上，她看到有一個青年在池塘邊垂釣。不知怎的，這些悠然的景色感染了少容：「我去那裏休憩片刻。」她讓隨從停下馬車。青年雖然坐在池邊，但還是能看出他的個頭頗高。他察覺到少容下了馬車，向池邊走來，回過頭來望向少容。那是一張眉清目秀的面孔。

「嚯……」青年輕歎了一聲。他大約也是感歎少容的美貌吧。雖然已經年過半百，少容依然風韻猶存。儘管青絲中也有些許白髮，但這卻更為她的美貌增添了一股韻味。「釣到魚了嗎？」少容微笑着問。「釣到了女文王。」「嚯嚯嚯……」少容掩口輕笑。當年太公望臨淵垂釣，與周文王相識，最終成為文王的軍師。女文王來了——青年雖然是在調笑，卻沒有半點招人厭惡的感覺。

「那你豈不是失望了？本想能有天下英雄來訪，結果卻來了一介女流……」

「非也……相比天下英雄，我更想與夫人相識。若是夫人沒有停車，我也要從後追趕，喊住夫人。」青年說着，笑了起來。

「這還是在和我開玩笑吧。」少容想。「先生真會說笑……我差點都信以為真了。」

這青年模樣俊美，再加上這張嘴，不知道會讓多少女子為他流淚。少容的話中也帶着這樣的意思。「不是說笑。天下英雄之中，沒有一人能比得上五斗米道的教母啊。」青年說道。他臉上依然帶着笑。

「哎？」看起來，他知道自己是五斗米道的教母，特意在這裏等待自己的。少容不禁有些詫異。「我聽說教母要去隆中，正有事情要向教母請教。只是當地的道徒不喜歡信眾之外的人接近教母，我只得在這裏等待了。」青年收起了釣竿，放在身邊，站起身來。

「請問先生姓名？」少容正色問道。

「諸葛亮，字孔明，琅琊人士。」青年徑直答道。

「諸葛亮……孔明……」少容覺得自己在哪裏聽說過這個名字，而且印象應該還很深。

「教母是在哪裏聽說過這個名字嗎？」諸葛亮抬起頭問。

「你是當年豫章太守諸葛玄的侄兒？」

「啊，教母怎麼知道？」

「這個名字可不容易忘記啊。」少容笑道。

「我的名字？怎麼會……在下年方二十，教母大人怎麼會聽說過我的名字……」

諸葛亮不敢相信。

「我確實知道。這個名字讓我印象太深了。」少容這樣一說，諸葛亮反而更加疑惑。

「叔父死後，我便來了此地修學，從來只是默默無聞……」

「已經五年了吧，我正是那時候知道的。」

「五年？五年之前，我更是個黃毛孺子……」

「正是黃毛孺子，將叔父的仇人笮融的首級賣給了白馬寺的僧人，不是嗎？我聽說這件事的時候，便覺得這個孩子日後必然不凡，所以記下了這個名字。」

「啊，啊，那件事情……」

諸葛亮的臉紅了。他到底還是個純情少年。

諸葛亮是孤兒，被叔父諸葛玄收養。這個諸葛玄，於建安二年因爭奪豫章太守失敗身亡。攻擊諸葛玄的諸將也起了內訌，其中一人笮融被殺，首級被賣到了諸葛家。恰好笮融是當時為數不多的佛教徒之一，白馬寺的佛教徒為了展示佛教火葬的儀式，便與諸葛家交涉，想要買回他的首級火葬。對於諸葛家而言，笮融乃是仇敵，當然不允。就在這個時候，尚未元服的諸葛亮站出來說，「笮融快要腐爛的首級根本沒什麼價值，還不如趁着有人願意用黃金來買的時候趕緊賣掉的好。」他說服了一族上下，白馬寺的僧人終於得以買到首級。這件事情前文已經說過了。

少容由白馬寺僧人處聽說了這件事，當時便記住了諸葛亮這個名字。

七

「先生想與我說什麼？」少容問。「教母知道我的事情，我對教母也略知一二。無論如何，五斗米道的信徒遍佈天下。」諸葛亮說。

「那又如何？」

「教母為了拯救世人的靈魂，盼望亂世早日太平。」

「這不是我一個人的盼望。這是亂世百姓共同的祈願。」

「的確，若只是願望的話，誰都會有。不過，只有那些能夠左右世事的人，他們的願望才會對天下萬民產生巨大的影響……譬如說，教母大人。教母的願望——或者應該說是教母的對策，通過五斗米道這樣一個組織滲透到整個天下。然而若是教母的對策錯了，恐怕會導致嚴重的問題啊。」

「我的對策……」少容小聲說。天下太平與否，問題並不在於漢室之存續，而是需要一個強有力的人物來統一天下——這是少容的想法。所以她物色天下英雄，最終將希望託付在曹操身上。於是她傾盡全力幫助曹操奪取天下，要讓這個亂世早日終結——然而，這件事情只有少容自己知道。也許陳潛之類側近的人也有所意識，然而從未謀面的青年竟然也能看穿這一點，這實在讓少容大感震驚。

「不錯。我以為，教母的對策有些操之過急了。」諸葛亮說。

操之過急這類的忠告，一般都是老人對年輕人常說的話。然而面前這個比少容的兒子還要年輕的諸葛亮，卻對少容說了這話。「操之過急了嗎……」少容苦笑道，她已經有些被這個年輕人折服了。

「不錯。誰都盼望統一天下，然而此事頗為不易。第一，如今正是英雄輩出之世；第二，其中又沒有遠超儕輩的人物。這當然也包括曹公在內……」年輕人說。

「先生是說，該要放棄統一之念？」已生華髮的美女問。

「早晚總是要統一的。天下大勢，分久必合。然而直至統一為止，誰也不知道究竟還要花上多少年。三十年，五十年……在這期間，人還是必須要活下去。那，這些人該怎麼辦？」

「每個人都有各自的命運。」

「我不信命，」年輕人斷言般地說，「人力應可勝天。」

「那，你說該怎麼辦？」

「三分天下。」諸葛亮說。

「三分天下？」

「若是只管理天下的三分之一，總還是有英雄可以勝任的吧。譬如中原曹操與江東孫權之流。雖然還沒有足以統一天下之人，先統率三分之一的天下還是可以的……以統一天下為最終的目標，在此之前先將天下三分，至少也能在數十年之中讓各自的百姓安居樂業。眼下的急務乃是這件事情。若要統一天下，只能說操之過急啊。」諸葛亮闡述的是要先達到一個分裂卻也安定的局面。如今的亂世，急切之間想要統一，確實相當困難。不過，若是將天下分作三份，取其中之一，倒也不需要如何天才般的手腕。

「是個好主意，」少容從善如流，「中原曹操、江東孫權，再加上荊州劉表——這三個人三分天下是嗎？」

「荊州劉表，沒有資格。」年輕人淡淡地說。

「嚯，為何？」

少容雖然這樣問，內心也不禁佩服這個年輕人的洞察力。劉表長於社交，徒有虛名，而且一方面他年事已高，另一方面劉氏族中也已經出現了繼位之爭。來到荊州之後，少容便注意到了這些。

「教母自來荊州之後，都已經看到了吧。」諸葛亮微笑着說。

「既然如此，先生所言的天下三分，除了曹公與孫公，還有一公又是何人？」少容問。

「不是公。」

「哎？」

「而是教母大人。」諸葛亮説。

「公」是對男性的尊稱。這個年輕人所設想的最後一分天下，卻是少容所在的五斗米道。

「此事不可，」少容斷然道，「此言於我殊為失禮。先生竟然如此小看五斗米道嗎？到底還是太過年輕啊。」

「這，這……」一直都泰然自若得簡直令人生氣的年輕人，終於開始顯出一絲不安之色。

「不過，先生還是説説自己的想法吧。」少容和婉地説。想説就説吧，我聽着就是——她以母性一般的包容力對待眼前這個年輕人。

諸葛亮便毫不畏縮地陳述自己的觀點——若是三分天下，劉表所在的荊州並不足以成為其中一份。這既有人的原因，也有地理上的原因。此地遲早要被中原曹操或者江東孫權吞併——前者的可能性恐怕更大。能與黃河流域的中原、長江流域的江東鼎足而三的，只有巴蜀地區了。那裏物產豐富，人口眾多，又有蜀道與三峽之險，乃是易守難攻之地。而且，巴蜀地區又是五斗米道的發祥地，信徒眾多。少容的兒子張魯又掌管着連接巴蜀與中原的漢中地區，就連朝廷也不得不認可他的統治，封張魯為鎮民中郎將。所以，只要少容願意，有兒子的幫助，很容易就可以趕走盤踞巴蜀的劉璋，自己來做巴蜀之主。

劉焉死後，兒子劉璋的掌控力確實不強。若是沒有五斗米道信徒的支持，恐怕垮台就在朝夕之間。聽完了諸葛亮的解釋，少容挺了挺胸膛。這對她而言，是個很少見的姿勢。「五斗米道正在深入天下萬民的心，它要遍佈天下的每一處角落。事到如今，難道還要將它限制在巴蜀一地嗎？」少容說。她的語氣雖然和婉，其中卻透出一股不可抗拒的自信。「我明白了。」諸葛亮重重點了點頭。他是個一點就通的聰明人。

「不要誤會，我對你的天下三分之計，相當佩服。只不過，其中一份，我五斗米道並不想接受。」少容微笑着，凝視着年輕人說。

「請慢慢尋找吧。」

「哈哈哈，」諸葛亮朗聲大笑，搔頭道，「這可麻煩了……要是少了一個英雄，我的三分之策可就不成了。」

「教母大人若有什麼頭緒，也請指教。」

「我會留心的。」少容說完，轉身向馬車走去。耽擱的時間已經太長，要趕緊去隆中了。她一隻腳踏上了馬車台階，忽然轉過頭說：「一定要我現在說的話，倒也可以給你一個人。」

「是誰？」年輕人問。

「如今正在荊州劉表處做客，當年曾是豫州牧的劉備劉玄德。」少容說完，轉頭進了車中。馬車向着西面去了。

年輕人再度坐回池邊，拿起釣竿，將鉤子投向池塘。車輪聲漸漸遠去。「劉備劉玄德……唔，既然在荊州，且讓我慢慢留心觀察一番……」年輕人喃喃道。

作者曰：

赤壁之戰前夕，魯肅主戰，張昭主和。當時，魯肅恐嚇孫權說：「今肅迎操，操當以肅還付鄉黨。品其名位，猶不失下曹從事，乘犢車、從吏卒、交遊士林、累官故不失州郡也。將軍家世方興，北向迎操，豈能如肅？」（譯者按：這段話的前半段摘自《三國志．吳書．魯肅傳》，後面的「將軍家世方興，北向迎操，豈能如肅」為譯者所加。日文原文中有這樣的話，但在《三國志》中未見記載，也許陳舜臣參考的是《資治通鑒》中類似的文字。）

由此也可以看出，魯肅雖然是孫權的臣子，其家世卻比主公孫權顯赫。曹操的父親雖然曾經位列三公，然而祖父卻是宦官，因此總受世人的蔑視。至於劉備，則是生於織蓆販履的商人之家。袁紹、袁術、劉表這些出身名門的人一一沒落，而身世並不顯赫的人物卻能夠堅持到最後，這恐怕並非偶然吧。

少公子一馬當先

一

站在城樓上向東眺望，可以看見黃色的汾河水悠悠東去。「由上面往下看，便會一目了然了。」豹説道。

「連孰勝孰負都可以一目了然嗎？」蔡文姬問。「曹軍必勝。袁軍為何一定要送死呢？」剛滿二十歲的豹搖頭不解。「你自己剛剛不是已經回答了嗎？」三十二歲的蔡文姬説。

「我已經回答了？」

「由上面往下看才會一目了然啊。袁軍處在平地，不是由上面俯視，當然也就不知道自己會敗。」

「曹軍也並未站在高處觀戰啊……」

「其實，不必真的站在高處，頭腦中也可以想像出俯視的情景。」

「能想像出來？」

「當然可以。」蔡文姬笑着答道。

「那從今往後，若有戰事，就請文姬指揮如何？不管在哪兒，你都能在頭腦中描繪俯視的情景啊，哈哈哈……」豹放聲大笑。

「這可不好笑。」文姬責備道。

這確實不好笑。這一座平陽城，此時已經被曹操派遣的大將鍾繇團團圍住。

「這就是好笑的事啊。哈哈哈，哭也罷，笑也罷，什麼都行……這樣的事情也行……」豹突然一把摟住了文姬。

「啊……」文姬衣裳淩亂，狼狽不堪地倒在地上。豹的一隻手已經探到了她的懷裏，另一隻手貼着文姬的大腿慢慢向上遊走。

「不行，壞小子……」文姬低低呻吟了一聲，臉上顯出恍惚的神色。

「越是不行我越喜歡。」豹壓到文姬的身上。

「來人了怎麼辦？」文姬喘息道。

「我說過了，不讓人進來。」

「可……啊，平陽城都已經……不要……」

「平陽城沒事，不用擔心……女人的身體真是不可思議啊……哎呀，女人的心也是……」豹與比自己大十二歲的女子耳鬢廝磨起來。

這座平陽城，傳說是古時堯帝定都的地方。漢武帝時候這裏是開國功臣曹參曾孫曹壽的封邑。武帝的姐姐下嫁曹壽，所以也被稱做平陽公主。到了後漢末年，平陽成了匈奴單于的居城。很久以前匈奴便分裂成南北兩派，駐紮在平陽城的是南匈奴。南匈奴的單于於扶羅死於興平二年（公元一九五年），其弟呼廚泉接任單于之位。那時候於扶羅的兒子年僅十三歲，被立為左賢王。

平陽位於今天的山西省臨汾南部，距離中原很近，離洛陽也不是很遠。因此由地理上來講，與其說平陽的南匈奴是塞外的蠻族，還不如說是中原的諸侯之一更加合適。「我南匈奴要想生存下去，必須學習中原文化。」這是亡故的於扶羅的意見。於扶羅死後七年，平陽的南匈奴基本上都是遵照他的遺言去做的。

於扶羅去世之前，南匈奴從東歸的獻帝一行之中擄走了大批宮女。這是為了把她們許配給南匈奴的將校為妻妾。之所以採取此種果斷的措施，不用說，當然是與中原文化融合。二十五歲的蔡文姬，便是在那時被許給了十三歲的豹。

「女方年長十二歲，兩人能相處的好嗎？」

「那樣反倒更好吧，房中之事也可以手把手地教，不是嗎？」人人都在談論此事。實際上七年之中兩個人一直都相處得很好。

蔡文姬的父親蔡邕，雖然死於長安獄中，不過在世的時候既是大學者，又是彈琴的名家。文姬也受到父親的薰陶，擅長詩文，精通琴藝。她結過一次婚，然而丈夫早死，她便又回了娘家，此後更是供職於宮中，不是一般的女子。

對背負着匈奴未來命運的豹來說，文姬是一位難得的老師。豹很早熟，即使是在他十三歲的時候，就無須讓文姬來教他房中之樂了。「啊，竟然連這種事情……」這讓年齡與他幾乎相差一倍的文姬非常驚訝。

到了二十歲，豹依然讚歎女性肉體與心靈的不可思議，忘情撫摩文姬的身體。「左賢王，已經窮盡解色之道了嗎？」文姬說。

「哎呀，還早着哪……只是剛入門而已。過些日子我打算外出遊歷一番……」豹認真地說。「我要周遊各地，開拓視野。」他向叔父單于請求道。

對於他的請求，單于加上了一個條件：「周遊一年沒有問題，只是你一個人去，我有些放心不下。讓文姬與你同行吧。」

然而豹還沒有來得及動身，平陽城便被捲入了曹袁兩家的戰爭之中。平陽城一直都屬於袁紹的勢力範圍。雖然南匈奴並不認為自己與袁紹是主從的關係，然而地理位置放在那裏，也不得不聽從袁紹的號令。袁紹在官渡敗於曹操，是兩年前的事情。去年袁紹又在倉亭再度為曹操所敗。今年是建安七年（公元二〇二年），袁紹於五月咳血而亡。袁氏雖然還保有居城鄴城，然而他們已經沒有爭奪天下的實力了吧。

世人雖然都這樣認為，但袁紹的後繼者卻不這麼看。不願意承認自己的失敗，這也是人之常情吧。袁紹的兒子們都是名門之後，俱是好高騖遠、自尊心極強的人物。袁紹正式的繼承人是他的幼子袁尚，袁尚命郭援、高幹等人討伐河東，又向平陽城的南匈奴下令：「隨同郭援、高幹共討曹操。」

南匈奴並非袁紹的家臣，根本不打算答理袁尚的命令。然而袁尚這小子卻把南匈奴當成了自己的手下，向天下宣佈說，我已命南匈奴一同討伐曹操。這讓南匈奴感覺頗為難辦。若是不趕緊同袁氏陣營劃清界限，恐怕就要受曹操的攻擊了。實際上，此時平陽城已經被曹操的部將鍾繇包圍了。去救平陽，袁尚向郭援下令。

二

「這就是好笑的事。平陽城沒事，不用擔心。」在敵軍重重包圍的城池之中，豹如此向文姬說。他像是忘記了戰爭一樣，迷戀文姬成熟的女性肉體。豹的身體雖然強壯，其實還並沒有完全成熟，略顯青澀。被這樣一個年輕的男子抱着，文姬的深處都不禁慢慢濕潤起來。她一面感受着自己身體的融化，一面咀嚼豹適才的言語。

男子的身體離開的時候，文姬說：「是可笑啊，城外之戰。」豹皺起眉頭，盯着文姬：「這不是我剛才說的話嗎。」

「所以，不要在不知道的人面前說這樣的話。被我聽到也就罷了……」

「為何不可？」

「曹軍雖然圍了平陽，卻不打算真的攻城。城中的主將也知道這一點。」

「你怎麼知道？」豹不禁雙手搭在了文姬的肩上，手上不知不覺用上了力氣。

「你只要說了那樣的話，若是頭腦靈活的人，就能嗅出其中的味道。我既然能明白，一般人也都能明白吧。假若趕來救援的郭援知道了又該如何？這一場煞費苦心的戲，豈不是白演了？」文姬說。

「是嗎……」豹放開了搭在文姬肩上的雙手，像個被母親訓斥的孩子一樣咬住自己的嘴唇。袁尚隨意下的命令，當然給南匈奴造成了不小的麻煩。雖然不想聽命，但袁尚已經宣佈給了世人，己方若是默不做聲，就會被曹操誤解。因此單于呼廚泉當即便向曹操派去使者：「袁尚小兒雖有此言，我軍絕無逆公之意。」向曹操解釋原委。曹操不愧足智多謀，他知道了南匈奴的意思，當下便提案道：「且反其道而用之。」

世人都以為南匈奴是袁尚一派。曹操聽說這件事，派兵征討南匈奴，當然也沒什麼奇怪之處。倘若曹操圍了平陽，袁尚便不得不派兵救援。若是對自己的友軍坐視不理，以後就不會再有人跟隨袁尚。曹操包圍平陽，引出袁尚的援軍。此所謂圍點打援的戰法。

前來救援的郭援，一直以為到了平陽城附近就可以同城中的南匈奴軍裏應外合夾擊鍾繇。然而實際上曹軍與南匈奴的對陣不過是演戲而已。這一點只有平陽城中的首領知道。蔡文姬這樣的女子，當然不可能知曉。然而她卻從豹的話語之中算出了這一點，然後勸豹道：「謹言慎行。」

此刻的兩人，由城樓眺望戰場。由高處俯視，戰場的全貌一目了然。平陽城位於汾縣以西。由東而來的郭援人馬必須要過汾河。在郭援看來，曹軍不可能趁他們渡河之時舉全軍之力來攻。因為如果那樣的話，南匈奴軍隊就會打開城門，從背後襲擊曹軍。然而曹軍卻擺出了全軍出擊的陣勢。這一點在城樓上一望便知，不過汾河以東的郭援卻看不出來。若是附近有些稍高的小丘，在那上面多少也能看出一點，可惜周圍盡是平坦的地形。

「危險啊……渡河未半就要遇襲了吧。」郭援的部隊正在收拾船隻，準備渡河。曹軍則在對岸的樹叢後面隱蔽了大量船隻與士卒，只等着敵軍主力來到汾河之上。果如豹所預料，當郭援的人馬來到河上時，曹軍的船隻突然出現在水面上，向着郭援的人馬箭如雨下。郭援的人馬陷入了進退兩難的窘況。

「看啊，文姬，郭援狼狽不堪了。」豹探出身子，手搭涼棚向下看去。然而文姬卻轉過頭去，她根本不想看什麼戰爭。尤其是河上的戰役——這讓她想起七年前，黃河岸邊的悲慘之戰。

「對了！這裏就是要猛攻！」豹用拳頭把城樓的窗欞敲得咚咚作響。看他的側臉，完全是個天真的少年。

汾河之戰毫無懸念地結束了。郭援的人馬傷亡慘重，幾乎全軍覆滅。轉眼之間便敗了下去。

「哎呀，文姬，你沒在看啊？」豹終於發現文姬轉過了臉。這樣的場面難得一見，可是文姬卻在這緊急關頭，將臉轉了過去，對豹來説，實在難以理解文姬的心情。

「曹操的主將鍾繇，應該是袁軍主將郭援的舅父……真是殘酷啊。」文姬依舊別着臉説。

「哎呀，竟然在意這種事情……如今的亂世，兄弟鬩於牆也不是什麼稀奇的事嘛。」豹説。

這一戰中，取了郭援首級的，是一個名叫龐德的武將。

「將軍恕罪。」他對鍾繇説。

據説鍾繇看見外甥的首級，放聲痛哭。龐德於是再度謝罪。然而鍾繇擦去淚水説：「援雖我甥，乃國賊也，卿何謝之有！」

三

雖然等來了援軍，然而援軍卻在汾河上全軍覆沒，迫不得已，只有舉城投降。南匈奴以這樣的藉口投降了曹操。他們還是不敢把串通之事公之於眾。曹操最擅長這樣的戰法。與劉備的串通，雖然比這一次平陽之圍更加高明，其實質卻並沒有什麼改變。

平陽的南匈奴歸順曹操之後，豹因戰爭而延期的周遊各地之願，終於得以實現了。「那，去哪裏呢？」文姬問道。這一次旅行，沒有什麼具體的計劃。單于也沒有特別的要求，只是給文姬帶了些盤纏，又給她一封曹操的書信而已。這段時間，曹操擊潰了袁紹，大大擴張了自己的勢力。因此，只要有了曹操的信，旅行之中應該能派上用場。

「哪裏都行。」這個年輕的左賢王生性豁達。

「這樣說就麻煩了。首先要弄清此行的目的，然後再選一個最合適的地方吧。唔，想學什麼呢？」

「戰法。不是野戰，而是謀略。我匈奴最缺的就是謀略。」豹答道。

「那就是曹公之處了。除此之外呢？」

「女人。」

「哎？」

「哈哈哈，文姬似乎還有什麼沒有教我的，去哪裏才能有人教啊？」豹彷彿是在戲弄文姬。

「不知道，你自己想吧。」

「那就去我迄今為止見過的最美女子之處吧……」

「是嗎，那是何處？」

「洛陽城西的白馬寺……不過不知道她還在不在了。」

「白馬寺？是信奉浮屠教義的月氏人的寺院？」關於佛教，蔡文姬也略知一二。她在長安的時候，曾經和康國人接觸過。康國人也信奉佛教，她由康國人處聽說過不少佛教相關的消息。

「浮屠也好什麼也好，我倒不是很清楚。不過在我還是個孩子的時候，曾經在那裏見過一位美女。當世之中，簡直再無第二人能有那般美貌……我忘不了那張面孔。那還是董卓在洛陽時的事情。」豹說。

董卓進駐洛陽，是靈帝死的中平六年（公元一八九年）的事情。文姬心算了一下。「那時候左賢王還只有七歲啊？」

「是啊。我隨父王在洛陽附近遊蕩時的事。剛剛有些懂事，不過還有許多不懂的啊。」

「那時候就知道女子美不美了嗎？」

「那時候自以為知道啊。」

「好吧，先去洛陽吧。是走水路，還是山路？」

「走山路吧。」

由汾水入黃河的這條線路可以乘舟，不會太過勞頓，然而路線曲折迂迴。年輕的豹選擇了崎嶇的近路。

「還記得那位美女的名字嗎？」文姬問。

「我只是喊她姐姐，不知道名字。不過那張面孔我是不會忘記的，絕對不會認錯人。」豹答道。

「已經十三年了，那個女子也有不小的變化吧。真的不會認錯嗎？」文姬想要這樣問，但話到嘴邊還是忍住了。她感覺這種話還是不說的好。

雖然說南匈奴遵照於扶羅的遺言，不斷學習中原文化，然而亂世到底是亂世，豹是在殺戮的環境中長大的。在這樣的情況下，幼年時遇見的美女，大約是他唯一而又華麗的夢吧。在放眼皆是灰色的風景之中，只有這一幕以其鮮亮的色彩引人注目。這應該是作為聖域遺留下來的。

文姬與豹扮作姐弟，由平陽向南出發。洛陽因董卓之亂化為一片焦土。獻帝也無法在此定都，只好將都城遷去許都。文姬的家是在陳留，也算是河南人，洛陽也可以說是她的故鄉，她的亡夫也曾經在洛陽做官。對她來說，這個城市有她許多的回憶，然而此時街市已不復存在，只剩下一片瓦礫廢墟的荒原。

在滿城焦土之中，白馬寺看上去顯得愈發高大。文姬與豹前去拜訪，「十幾年前，我與貴寺的一位女子經常在一起玩耍。可惜她的名字我想不起來了，請問這位女子如今還在嗎？」豹說明自己的來意。

一個剃着光頭，鬚眉皆白的人反問道：「施主說是十幾年前，那是火燒洛陽之前的事嗎？」

「正在那之前不久。」文姬代豹回答道。

「嚯……那就是問景妹吧？當年她常常與匈奴單于的兒子遊玩……」這個人目不轉睛地盯着豹。那是一雙碧眼。

「我是與單于的兒子一起來這裏玩的……」豹臨時撒了個謊。那個碧眼的人仍然目不轉睛地望着他。「是叫豹吧……景妹經常提到這個名字。聽人傳說，豹娶了一位博學之女為妻……」這一次，那雙碧眼轉向了文姬，大約是已經看穿了他們的真實身份吧。

「可以見見她嗎？」文姬問道。

對方搖了搖頭：「不可。雖然她就在寺內……」

「這是為何？」

「因為景妹重病，臥牀不起。」

「那我們前去探望……」文姬剛說了半句，卻見那個碧眼人猛然搖頭，不由得停住了口。

「無論是誰，都不能見。」碧眼人斷然地拒絕。

「好吧，」文姬垂首一禮，轉向豹說，「那麼，我們走吧。」

四

已經過了十三年，而且患了無法見人的重病，那副容貌必然是衰老異常了吧。至少，與豹心中殘存的面容應該已經有了雲泥之別。為了守住心中的面容，不能讓他見到因病而憔悴不堪的女子。為了這個緣故，文姬並沒有苦求與景妹見面，便徑直離開了白馬寺。豹似乎還戀戀不捨，不斷地回頭張望。

「拜訪完曹公回來的路上，我們再順便來看一下吧，或許景妹的病會好起來呢。」文姬安慰豹說。她催促豹早些上路。

雖然來到了曹操的許都，但是曹操出征在外，不在許都。當時他正率軍駐紮在東北方向的黎陽，與袁紹的兒子們作戰。兩年前，在黃河岸邊的官渡，曹操大敗袁紹。這一次曹操更向東北深入，過了白馬津。黎陽也可以解釋為白馬津的別名，不過嚴格來講，通常將同一渡口的南岸叫做白馬，北岸稱為黎陽。因此，曹操的軍隊跨越黃河，深入到袁家的勢力範圍河北一帶。

袁紹之死所引發的袁家動盪不用多說。袁紹有三個兒子，按照順序分別是袁譚、袁熙、袁尚，前兩個兒子是前妻所生，最小的兒子袁尚是後妻所生。世人對於袁紹後繼者的問題，紛紛猜測：「傳長傳幼……」理論上應該由長子繼承家業。可是，袁紹的後妻劉氏性情猛烈，一直鬧着要袁紹把家業傳給自己的親生兒子袁尚。袁紹生病以後，劉氏更是死纏不放。

袁紹的繼承人，並不僅僅是繼承袁氏一家，更要治理萬民，統率全軍。不能僅僅因為是長子，就理所當然繼承袁氏家業，更要依能力選擇合適人選。袁紹的後妻劉氏向袁家的大臣們提出了如上的理由，不斷推薦自己的兒子。袁紹也有袁紹的想法：「給每個兒子一個州，試試他們的才能吧。」於是長子袁譚被封為青州刺史，次男袁熙被封為幽州刺史。

當時袁紹被朝廷封為大將軍，掌管冀、青、幽、并四州。他親自管轄冀州，所以本應該將剩下的三個州分別交給他的三個兒子，以此測試他們的才幹。然而他卻將侄兒高幹封為并州刺史，而把最小的兒子袁尚留在了自己的身邊。這一舉動讓人們覺得，「袁尚才是繼位者」。

不過袁紹本人直到臨死前都沒有決定由誰繼位。這也確實與他優柔寡斷的性格相符。然而袁紹死時只有袁尚在場，這對袁尚是相當有利的。

因為袁紹的優柔寡斷，他的家臣也分成了兩個派系。支持袁譚的是辛評、郭圖等人，擁護袁尚的是逢紀和審配等人。

「先主遺志。」袁紹死後，袁尚一派便以此為由擁立袁尚繼承了袁氏家業。長子袁譚趕回來的時候，已經是袁紹下葬之後了。袁譚沒有辦法，只好自封為車騎將軍。

「兄長，現在不是爭權的時候。我雖然受了擁立，但請兄長放心，這也只是權宜之舉。且待擊敗曹賊，論功行賞，再說繼位之事也不遲。」袁尚說。他是在群臣面前說這番話的，其中當然也有擁護袁譚的人。證人比比皆是。

「是啊，現在若是同室操戈，必為曹賊所趁，袁氏休矣。無論如何，先討了曹賊，再憑實力說話吧。」袁譚也明白這一點，於是進兵黎陽，與曹操對陣。袁家的居城鄴城是在河北省臨漳縣以西，邯鄲城以南約三十里的地方，距黎陽僅有七十公里。如果出兵黎陽的袁譚，突然改變主意，領兵衝到鄴城，那就不得了了。因此，袁尚在袁譚的軍中安插了自己的親信逢紀作為耳目。

「快派援軍！」袁譚催促身在鄴城的弟弟，像是理所當然一般。雖然是臨時接管袁氏一門，但到底還是一族的統帥吧，向迎擊曹賊的黎陽派遣援軍也是統帥該有的義務。

「不可。若在此刻向黎陽派遣援軍，那就成了袁譚的囊中之物。主公早晚都得與袁譚決一高下，怎可以己之兵增敵之實力？」謀士審配反對道。

「但是曹操兵臨城下，我不能不派兵啊，曹操會攻破黎陽的。」袁尚有些擔心。

「那豈不是更好？曹操幫你解決了袁譚，就不用主公親自動手了。」審配冷冷地道。於是鄴城只派了很少的人馬前來援助，簡直就是做個樣子而已。

袁譚大怒：「渾蛋！如此輕視於我，我要給你點厲害看看！」他將袁尚派來軍中的逢紀捉住斬首。聽到這個消息，審配也不禁仰天長歎：「主公，你家兄長恐怕會做出更加無情之事啊。」

「什麼事？」袁尚問。

「勾結曹賊，攻打主公……請速領大軍進攻黎陽。主公就對袁譚說，你是來援助他的。然後在黎陽佈陣，與曹操對峙。鄴城由我把守，主公速去黎陽吧……快，快去，萬萬不可遲疑……」

審配不斷催促袁尚，實際上之前他自己也說過這樣的話，借曹操的手幫你解決袁譚。可見雙方都是半斤八兩。袁尚即刻領兵南下，陳兵黎陽。

「兄長，我帶援軍來了，請放寬心！」他向袁譚大聲喊道。

「嚯嚯嚯，終於來了啊……」袁譚咧嘴笑了。

五

這樣又過了一年，到了建安八年。南匈奴的左賢王豹與文姬一起，以非正式的身份進入曹操的陣營，也就是在這樣一個時候。

曹軍於二月在黎陽大敗袁氏兄弟。袁氏兄弟整頓軍馬，退守鄴城。黎陽的對陣，從去年九月份開始，歷時五個月。

曹軍追趕袁軍直到鄴城，不過只是搶奪了一些糧食，隨後又再次退回到黎陽一線。「我等應當一鼓作氣攻陷鄴城，除掉袁氏兄弟。」曹營中，這種呼聲十分強烈。不過曹操卻不為所動。

「讓那群傢伙自尋滅亡吧。」曹操笑着說。袁氏兄弟內訌之事，早已經由細作的報告傳到了曹操的耳朵裏。「袁氏兄弟已經不是問題了，與此相比，我們還是先收拾荊州的劉表吧。」曹操大聲說。

這句話是故意說給袁家派來潛入自己陣營的間諜聽的。袁紹死了以後，袁氏一族被分裂為袁譚派和袁尚派兩個派系，這兩個派系處處對立。可以說逢紀被殺一事，更是促使了兩個派系的對立。

這兩個派別也可能放棄各自的利益，團結到一起。這就是外界壓力很大的時候。在意見不統一，派系鬥爭激烈的時候，如果和其他國家之間有戰爭的話，那國民仍會瞬間團結一致。與此相符的例子，在近代歷史上也並不少見。

「敵人發生內訌的時候，不該出手……」曹操這樣認為。在給黎陽的袁譚施加壓力時，袁尚率領大軍前來援助。即使是這種關係不好的兄弟，在面臨外敵時都會齊心協力。極端點說，現在妨礙袁家分裂的，正是曹操這樣的強敵的存在。

「如果可以的話，還是從那些傢伙的面前消失才好……」消失當然不可能，但至少可以做到相近的狀態。「曹操已經下定決心，將所有兵力都投入到與荊州劉表的戰爭中。因而，暫時沒有與袁軍作戰的計劃……」如果袁氏兄弟知道了這一點，就會埋頭於內部鬥爭了吧。那麼他們就真是自取滅亡了。

「留下賈信的部隊，剩下的全都回許都吧。下一個敵人是劉表。今晚大擺宴席，迎接南匈奴的左賢王。大家一同暢飲，換換心情吧。」曹操昭告全軍。士兵們的酒宴是在野外舉行的，只有長史（俸祿六百石）以上的高級將領才被宴請到主陣營的會場。主客是左賢王豹。

蔡文姬的父親蔡邕是曹操的好友，不過曹操並不認識文姬。文姬也隱瞞了自己的身份。她偽裝成平陽南匈奴宮廷裏的女官長。「哈哈哈——匈奴也有女官長嗎？我還是第一次聽說。哈哈哈，匈奴的女官長啊！怪不得，興平二年末，從長安返回洛陽的女官，幾乎都被匈奴搶走了。」曹操笑着說道。對他來說就連匈奴有宮女這件事都覺得好笑。

「匈奴的宮廷裏從很久以前就有女官了。」文姬說道。

「那何必要搶漢室的女官嘛。實際上那個時候，我有一個好友的女兒，也被一起搶走了。雖然是個女子，但是世人都說是個了不起的學者。蔡邕，就是那位女子的父親，為此十分自豪啊。她在夫君死後回了娘家，聽說是個美麗的女子，我也真想見上一面。女官長，你可知道蔡邕女兒的下落？」曹操手裏握着酒杯問。

文姬低着頭，聽別人說起自己的事，對自己的評價似乎不壞。不管怎麼說，像曹操這樣的人物，心中都能掛念自己的事情，這也確實很難得。「那時候我已經死在黃河岸邊了。現在我已經不是蔡邕的女兒，而是別人了……」文姬心中想。

就算是死了，被人忘記也是很淒涼的。丈夫死了，父親也去世了，事到如今，在這世上已經沒有人會記得有一個叫文姬的女子曾經生存於世了——這樣一想，忍不住也會悲從中來。不管是什麼樣的人，總希望自己能被人掛念，能活在誰的心裏。意想不到的是，英雄曹操，居然還記得「蔡邕的女兒」。

「大人所說的蔡邕之女……不知姓甚名誰？」文姬問。

「唔，好像叫蔡琰……對了，字文姬。不光擅長琴藝，在文學上，即使是男子也鮮有能勝過她的……哎呀，匈奴得到那樣一個人物，一定很有用處吧。」曹操一副十分惋惜的表情。

「那個叫文姬的女子，是個美女嗎？」脫口而出的，正是曹操的嫡長子曹丕。曹丕也就是後來的魏文帝，當時只有十八歲。雖然還很年輕，但臉上卻顯出老成的神色。「嗯，據說非常美麗。蔡邕很疼愛她，很少讓人見她。」曹操回答說。

「特別是不讓父上看見吧。平素的言行不是太好的緣故……哈哈哈——」曹丕笑道。

「你這個小子，說什麼呢？哈哈……」曹操也跟着放聲大笑。

「在匈奴之地，就算尚在人世，也已經容姿衰落了吧。」曹丕說。

「蠻夷之地，度日如年啊！想來真是可憐……」曹操一邊說着一邊將酒杯端到嘴邊一飲而盡。隨後像是想起什麼似的，問道：「女官長可曾聽說有關文姬的傳聞？」

「大人如此一說，我似乎也聽說過有位學者的女兒被帶到了平陽。」文姬竭力裝作不知情的模樣。

「嚯，是嗎？回到平陽之後，請為我留心此事吧。若是蔡邕的女兒還在匈奴，我曹操願意出錢為她贖身……請為我向單于轉達此言。」曹操說。

「父上，還是不要的好。」曹丕笑道。

「為何？」

「父上聽說她是個美女，又有學識，這些恐怕都是傳聞……傳聞就當做傳聞好了，若是現實裏見到的話，必然會讓人失望吧。」

「那可未必。你的閱歷還很淺，世間有很多你想不到的事情。名至實歸之事，也並不少見啊……」

「是嗎……既然閱歷豐富的父上這樣說，那應該不會有錯，我也懷上期望吧。」

「你又有什麼期望？」

「傳聞的美女能是現實……我期望的便是這個。」

「哦，那個傳聞的美女又在何處？」

「近在咫尺……就在鄴城。」

「你這小子……」

曹操說着，看着自己的兒子，忽然覺得他有些可怕。「哎呀，哎呀，真是像我……」曹操比誰都知道自己令人害怕。他的兒子，仿佛與他一個模樣。

六

期待的女子就在鄴城，十八歲的曹丕如此說。那位美女，指的是袁紹的二兒子袁熙的妻子。絕世美女。世人都如此傳言。

據說迎娶的當日，袁紹第一次看到自己二兒子的這位新娘的時候，不禁惋惜地小聲歎息道：「配給熙兒實在是可惜了啊！」那位女子姓甄名洛。父親名叫甄逸，有三個兒子，五個女兒。她是家中最小的女兒。

文姬因為一直生活在平陽這個偏僻的地方，所以沒有聽說過關於她的傳聞。然而在中原一帶，提起袁熙的夫人，幾乎沒有人不知道的。「真想見一見那位傳說中的女子啊。」甚至連豹都這樣說。

「哎呀，你真是個見異思遷的人啊。連白馬寺的景妹還沒見到呢。」文姬剛說完這句話，忽然想起了嫉妒這個詞——不應該的。她本以為，比她年輕十二歲的豹，無論心中想要什麼，她都不會有半點動搖……然而，那的確是嫉妒，這一點文姬自己非常清楚。她不禁有些為自己感到羞恥，想要做些祈禱了。

「這樣的時候，只有浮屠教義可以依靠了吧……」文姬想起了康國的佛教信徒們。同時她也想起了美麗的少容。少容推行的五斗米道也是能使人逃脫嫉妒之心的一條路嗎？

曹操由黎陽返回許都，那是五月的事情。他為了討伐劉表再度離開許都，率領大軍兵出西平，則是八月的事。在那之後，果然如曹操所料，袁氏兄弟很快就發生了內訌。起先是討論要不要在後面追擊兵回許都的曹操。袁譚力主追擊。「曹軍既然知道要退兵，當然就想儘早回去。望鄉之情難以抑制，戰意自然也就消失了。這是天賜良機。」在繼位之爭中遲了一步的袁譚，急於立功。然而要追擊曹軍，單靠他的人馬還不行。無論如何，他至少要借弟弟手中的冀州人馬。「兵民皆疲憊不堪，如今還是休養為上。」袁尚反對追擊。袁譚恨得咬牙切齒。

「渾蛋！我要是袁氏主帥，絕不會白白放過這個大好時機。」情緒衝動的時候，若是有人在一旁煽風，怒火就會衝天而起。「主公沒後，擁戴袁尚的首謀便是那個審配。」辛評加了一把柴。袁尚派的辛評早已是不共戴天的仇敵了。派系鬥爭之時，什麼主義、主張都不在考慮之列，全都是聽憑感情左右。

「好，既然不肯借給我兵馬，那我就自己去搶！」

於是袁譚領兵突襲袁尚，然而在鄴城城外的一戰，袁譚戰敗，逃到南皮。禍不單行，在袁譚的領地青州，守將們竟然也紛紛舉旗造反。父親袁紹之所以一直到死也沒有選定繼承人，說到底也有長子袁譚本身的問題在內，並非完全僅僅屈服於劉氏的壓力。在是否追擊曹操的問題上，弟弟袁尚以兵民疲憊為由反對追擊，然而袁譚全然不考慮百姓疾苦。由這一點上說，青州的守將造反也是理所應當的吧。

袁尚猛攻袁譚，似乎是打算徹底解決袁譚這個問題。袁譚接連戰敗，好不容易才逃回了平原城。袁尚乘勝追擊，大軍將平原城團團圍住。事已至此，只好破罐子破摔了。袁譚於是向仇敵曹操請求援軍，來攻打自己的弟弟袁尚。至於去求見曹操的使者，袁譚選了曾與曹操謀面的辛毗。他是袁譚最信任的辛評的弟弟。

曹操為了討伐荊州的劉表，早已在西平佈下了陣勢。他雖然對外宣稱自己專心攻打荊州，實際上背地裏從來沒有放鬆過觀察袁氏兄弟的動向。即使是在排兵佈陣的時候，也是暗地裏煞費苦心，能使人馬迅速轉往東北方向。他早已將劉備這樣的大人物送去了荊州。劉備在荊州，暗地裏都是為曹操的利益奔走。而且荊州主劉表看上去也並不熱心於爭奪天下的事。

荊州成為世人矚目的焦點，那是劉備奪了劉表的兵權自立之後的事情了。曹操與劉備的秘密同盟，也是在那個時候終止的。不過劉備奪取荊州，是好幾年之後的事。曹操由荊州的細作處得知這樣的事實，作客荊州的劉備，評價日升。

若要消滅袁氏兄弟，此刻正是最好的時機。曹操返回許都，招來豹和文姬。「想觀戰嗎？」他問。

「是，若能觀戰，不勝感激。」豹膝行而進。「與其觀戰，不如參加進來試試看，如何？」「若是可以……」豹又向前探了探身子。旁邊的文姬卻露出一副擔心的表情。

「所謂戰事，並非全都以野戰攻防而定。平陽城下袁軍為何會敗，左賢王可知原因？」

「略知一二……」袁軍趕去救援被包圍的南匈奴，然而這些本該等待救援的南匈奴卻和曹軍結下了密約，把袁軍狠狠騙了一遭。

「能學到那一招也很不錯了，不過趁現在的機會，我再教你一點……我軍接下來就要征討袁尚。官渡大勝之後，袁氏已經不是我的強敵了，況且已經一分為二。只是卻也不能輕易就輕視他們。若是有什麼事能使我軍陷入苦戰，那就是袁尚得了意料之外的援軍。為了避免此種情況，我們要趁現在加以預防。」長子曹丕與次子曹植都在曹操的身邊。曹操雖然是在給豹講這些道理，但同時也是講給兩個兒子聽的。他繼續說道：「戰場周圍，總有些獨立的勢力遊蕩，尋找可乘之機。說句不敬的話，之前的平陽城，左賢王的父親於扶羅單于就是那樣的一個。眼下有一個被稱為黑山賊的勢力不容小覷。這股勢力的首領名叫張燕，就連我也不想與他為敵。據說他手中有十萬人馬。雖然不需要他幫助我軍一起攻打袁尚，但也不能讓他加入袁尚一方。為此我要派個舌辯之士前去遊說，你便與我的使者同去，學習學習交涉的要旨吧。」

「是，謝大人。」豹垂首謝道。

曹丕稍稍抬了抬頭，彷彿是在笑什麼東西。他的弟弟曹植雖然年方十二，卻以一副嚴肅的表情聽着父親的話。

七

曹操受袁譚之託，再度兵出黎陽，這是十月時的事。袁尚匆忙解除平原之圍，回到自己的居城鄴城。不要說攻打他人的城池了，連他自己的城池都危險了。既然達到了幫助袁譚解圍的目的，曹操的大軍便又撤離了黎陽。

袁尚怒上心頭：「袁譚！你竟然向殺父仇人曹操求援。就算是我的兄長，我也決不能放過！」更讓他憤怒的是，他手下的兩員大將都在黎陽投降了曹操。過了一年，到了建安九年（公元二〇四年）的二月，袁尚留下審配與蘇由兩人把守鄴城，自己親率大軍，再度攻打駐紮在平原的兄長袁譚。曹操見狀隨即再度領兵渡過黃河，這一次他是要正式攻打袁尚的居城了。

出兵平原會導致曹操覬覦鄴城，這一點袁尚當然也知道。然而儘管他知道，為何還是敢於出兵呢？這當然不僅僅因為他怨恨袁譚，也是因為他與十萬黑山賊取得了聯繫。

袁尚的父親袁紹，當年曾在常山為這些黑山賊頭疼不已。那剛好是十年前的事情。袁紹北面還有強敵公孫瓚，騰不出手收拾黑山賊。於是便由親善黑山主帥張燕的呂布從中斡旋，以提供軍糧為條件，勸退了黑山賊。呂布當時從袁紹那裏得到二十萬斛軍糧，給了張燕十五萬斛，剩下的五萬斛收到了自己的懷裏。

無論如何，袁紹與黑山賊的交涉還是成功的。既然如此，不妨再來交涉一次。

張燕此時也正在為難——若是只有五萬人馬倒還好辦，可是如今已經有了十萬餘人，這些人必須要有飯吃才行。「今年歉收，眾人紛紛來附，這也沒辦法。該去哪裏找些糧草才行……」張燕冥思苦想。他到底是久經沙場，一直緊盯戰局，尋找機會。

曹操與袁氏兄弟之間，恐怕便有機會可尋。果然，還不等他主動聯繫，曹操和袁尚雙方都已經派使者來了。人稱「飛燕」的剽悍張燕也已經年歲日增，做起事來有些力不從心了。雖然在戰場上他還自信不會落於他人之後，但天天都要操心部下吃飯的問題，這實在讓他疲於應付。「難道沒人能幫我解決這個問題麼？」張燕不禁生出了這樣的想法。他開始希望能有一個主公讓他跟隨了。若是有了主公，自己當然也就不用操心部下的吃飯問題。曹操和袁尚雙方傳話過來的時候，張燕毫不猶豫地選擇了曹操。

「請收下我的全數人馬。」他提出了這樣的條件。曹操曾經收編過青州黃巾軍數十萬人，而且視他們為自己的嫡系，毫無歧視。這件事張燕也有所耳聞。袁氏雖然也收編過一些散兵遊勇，然而對他們並不像自己的嫡系一般。名門袁氏做什麼都講究門第家世，這不是黑山貧民軍合適的主公。

「且待收拾了袁氏，便可加入我軍。」曹操的使者回答道。

眼下暫時還不行。因為曹操要想讓黑山賊在討滅袁氏中發揮作用。「先擺出聽命袁氏的模樣。」袁尚有了黑山十餘萬的兵力做後盾，一定會採取大膽的行動。曹操要的就是這個效果。隨同使者一同前來的豹，不禁為曹操的謀略咂舌不已。其實豹不僅僅是以學習的身份來到黑山大營的，曹操給了他任務。

使者向張燕介紹豹說：「這位年輕人是當年張燕大人的戰友於扶羅單于的兒子。南匈奴駐紮在平陽城，此時也已經歸於我家主公帳下。這位左賢王豹大人，是來隨我等遊歷的……」「哦，原來如此……」張燕眯起眼睛說，「我家兒子也去曹公處修行一番吧。」豹是一個現成的模範。曹操確實摸透了身為父親的張燕之心。

離開居城攻打平原的袁尚，本以為黑山的十餘萬人馬是他的後盾，然而左等右等都等不來黑山賊的出兵，正在焦急的時候，忽然傳來消息說——黑山賊降曹了！

「上當了！」袁尚急忙回兵。

八

已經到了七月。曹操是從五月開始圍的鄴城。他在鄴城周圍深挖戰壕，引入漳水，準備進行水攻。據說城內的糧食已經耗盡，住民差不多餓死了一半。守城的審配雖然強硬，但曹軍若是一氣猛攻，恐怕也支撐不了多久。

然而曹操並未猛攻。若是鄴城陷落，那麼袁尚會逃往別處。當務之急不是鄴城，而是要重創袁尚。果然，袁尚撤了平原之圍，帶人馬來救鄴城。城內外相互應和夾擊曹軍。袁軍只能採取這種老套的作戰方式。袁尚人馬接近鄴城的時候，燃起狼煙，通知城內。城內的審配打開城門向外衝殺。

曹軍不理會前來救援的袁尚，全軍猛攻出城的審配。一般而言，應該是兵分兩路分別拒敵，然而曹操並非如此安排。城內的士卒食不果腹，不堪一擊，曹軍猛攻之下，只得敗回城中。審配已經無力再出城作戰了。審配縮回城中，曹操便引軍去攻袁尚。

黑山賊、夾擊，這些策略全都落空，袁尚的軍隊當然士氣低落，發揮不出應有的實力。遇到曹軍的猛攻之後，他們敗逃到一個名叫曲漳的地方，但不久又被曹軍圍住了。「沒辦法了……」袁尚只得向曹操投降。「多說無益！」然而對方卻不理睬。袁尚趁夜逃往祁山，卻又再度被曹軍追上。袁尚無計可施，只得棄了輜重，喬裝改扮逃去了中山方向。

曹軍在祁山得了袁尚的印綬衣裳，挑在竹竿上拿去給鄴城守軍看。「袁尚光着屁股逃了，沒人會來幫你們了。投降吧，投降吧！」曹軍嘲諷道。審配鼓勵城內士氣低迷的士卒百姓說：「袁尚大人雖敗，袁熙大人必會率幽州精兵前來救援。我軍雖然疲憊，曹軍也已經疲憊不堪，不要灰心！」為了激勵士氣，審配決定做出更激烈的舉動。

「辛評、辛毗兄弟，勾結曹賊，敗壞袁氏家業，我當誅殺辛氏一族。今後有膽怯畏戰者，與辛氏一族同罪！」鄴城內的辛氏一族，不論男女老少，都被抓去菜市口砍了頭。據說被誅殺的有八十餘人。一個青年臉色煞白地看着行刑的場面，咬牙切齒，渾身顫抖。這個人名叫審榮，是審配的侄子。他與辛氏一族中的一個女子相愛。現在看到愛人被殺，他氣得渾身直顫。

審榮是看守城門的將校。「殺了我的心愛之人，就算是我的叔叔，我也一定要報這個仇！」他決定打開城門，放曹軍進城。於是向城外射出箭書。「戊寅日二更開城。」箭書上如此寫道。

圍城的大軍之中，也有隨使者去過黑山的豹。他來這裏隨軍觀戰。曹操的少公子曹丕，悄悄向豹說：「今天晚上，給你看個有趣的東西。你是來觀戰的對吧？應該想看看戰爭之中最有趣的地方吧。」

「什麼地方？」

「一馬當先……一馬當先殺入城中的時候。」

「今晚？為何定在今晚？」豹問。

曹丕抿嘴一笑，拿出一紙文書給他看——那是審榮射出來的箭書。曹丕發現了這封書信，卻沒有告訴任何人。

「帶上一小隊人馬守在門口，城門一開就衝進去……這樣一來，就是第一個衝進城裏的了。」曹丕說道。

「這樣好嗎？」

「我已經做好了安排，等門一開便通知全軍。我只是要第一個進城罷了，只要早一刻進城就行。總之，我是想第一個進去。」

「是嗎……」豹感到很意外。曹丕雖然比他小兩歲，但總有一種比自己年長的感覺。雖然十九歲，卻帶着大人氣。臉上不動聲色的表情甚至令人有些害怕——雖然如此，卻又想要第一個衝進城裏，這也是有些孩子氣吧。

「還有件事要請左賢王幫忙。」曹丕說。

「不勝榮幸。」豹答道。

到了審榮說定的時間，城門果然開了。守在城門旁邊的一小隊人馬立刻一擁而上，衝入城內。圍城的曹軍沒想到城門會突然打開，不過因為聯絡及時，全軍的動身並沒有花費多少時間。

「傳令全軍，」曹操下令道，「擅闖袁氏府邸者斬！不許碰袁氏一家半根手指！」曹操的命令迅速傳至全軍。然而早在命令發出之前，已經有兩個年輕武將騎馬闖入了袁氏的府邸。

「左賢王，隨我來！」豹緊跟在曹丕的後面。袁氏府邸的深處，仿佛有些妖嬈的氣息。

「這是哪裏……這不是女子的居處嗎？」

「不錯，我就是要找這裏。」曹丕等人動作實在太快，一馬當先闖進城中，袁氏府中的人還不知道曹軍已經攻入了城裏。「我來迎接袁熙夫人，請帶路！」曹丕朗聲說道。下人也沒有起疑，大家都以為是幽州的袁熙派人來接夫人。

「遵命，請隨我來。」一個侍女趕緊來到兩個人面前，將他們帶到裏面的一處房間。

兩個年輕人一時間都停住了呼吸。一個絕世美女站在那裏。白皙清透，溫文爾雅——袁熙的夫人甄洛，這一年芳齡二十二歲，比曹丕年長三歲。

曹丕先回過了神。「左賢王，別發呆了，快搶了她走！」曹丕叫道。

此時外面已經開始亂了。

攻下鄴城，斬了審配之後，曹操一邊喝酒，一邊惋惜地說：「這一仗簡直就是為了給兒子娶妻打的……」曹操的目標也是傳說中的美女甄氏。所以攻城之前，特意下令全軍禁止踏入袁氏府邸。

「說是在下令之前幹的……」曹操放下酒杯，喃喃自語。

又是自己的兒子，又是下令之前幹的，所以也不能把他怎麼樣。更可氣的是，連幫忙搶走甄氏的人都不能懲治，因為那是南匈奴的左賢王。

「全都算計好了啊……難道說，他能把我幹不了的事情都幹了……」曹操輕聲自語，向酒壺探出手去。

作者曰：

有一種說法認為，歷時五個月的黎陽對峙，最終以曹操的失敗而告終。「尚逆擊破操。」《後漢書》中有這樣的記載。此外，諸葛孔明的《後出師表》中，列舉曹操戰敗之事，也提到了黎陽這個地名。

歷時五個月的對峙之中，當然會有許多局部戰役。其中偶爾也會有曹軍失利的時候。然而從全局來看，曹操怎麼也不可能戰敗。黎陽對峙之時，袁氏的內部已經分裂，不再是足以威脅曹操的勢力了。從黎陽撤軍，大約還是為了加深袁氏兄弟的對立而採取的措施吧。

魂斷白狼山

一

這位老人姓公孫，名度，字升濟。這些年來，一直都是病懨懨的。最近身體更顯虛弱，脾氣也不是很好。「把這東西扔到柴房去！」臥病在牀的公孫度，隨手把手裏的東西扔了出去。那是一枚官印。

官印是合法行使權力的證明。印大都是金屬質地，上面繫的帶子稱為「綬」，這樣官印就可以隨身攜帶了。只要是官，官印都得片刻不離地帶在身上。後漢末年的時候，基本上都是掛在膊上。

公孫度扔出去的官印，在地板上滾了幾滾，發出清脆的聲音。朝廷傳來旨意，封公孫度為威武將軍，賜為永寧鄉侯，同時送來了這枚官印。這裏是遼東的襄平城。

襄平城位於今天的遼寧省瀋陽市（舊稱奉天）以南，是在日俄戰爭激戰地遼陽以北。公孫度是遼東霸主。在他的全盛時期，勢力甚至遠及朝鮮半島。他年輕的時候也曾在朝鮮半島為官。

隨着後漢王朝的日益衰敗，朝廷對地方勢力的控制也逐漸減弱，公孫度就趁此機會在遼東自立門戶。在中央實力強盛的時候，如果地方上想要自立，立刻就會被討伐；然而中央實力衰弱之時，各地便群雄並起了。公孫度也是其中的一個。他成為遼東之主，已經有很長一段時間了。連朝廷也承認他的地位，終於封他為侯。

「恭喜主公！」群臣紛紛如此祝賀，然而公孫度卻把官印丟了出去。群臣臉顯驚訝之色。

「什麼朝廷，還不就是曹操嘛！」老人不高興地說。在公孫度看來，身為宦官孫子的曹操，只不過是偶然得了中原的地利，現在挾持着天子而已。「我不走運啊……」生病的老人心中暗想。遼東地方偏僻，想要號令天下，首先就沒有地利之便，於是只能眼睜睜看着曹操之流佔據中原霸主之位。這也沒有辦法。

從朝廷也就是曹操處，來了使者，「你是遼東之主，我也承認你這個地位。現在給你武威將軍之職，封你做永寧鄉侯」。還像模像樣地拿了個「印綬」過來。作為公孫度而言，對這印綬不屑一顧，這是再正常不過的事。反倒是群臣臉露不解之色，比較奇怪。「我憑一己之力成就遼東之主。如今給我封侯，這有什麼值得高興的？蠢貨……咳，我真是不走運啊……」公孫度躺了下來，鑽進了被子。這是建安九年（公元二〇四年）的事。也就是這一年的八月份，曹操攻佔了袁氏的居城鄴城。曹操的兒子曹丕還擄走了袁熙的妻子甄氏。

公孫度想錯了。他總說自己不走運，其實他才是非常幸運的人物。倘若他也是中原群雄之一，恐怕早就被人吞併了。他並沒有什麼超出旁人的地方。遼東之王——今天的遼寧省直至朝鮮半島，再越過大海直抵邪馬台國之間的各地大小勢力，全都以公孫度為盟主。在這樣的偏僻之地，基本上沒有什麼了不起的人才。正因為如此，像公孫度這樣的人物才能在這裏稱王稱霸。

他向來看不起曹操是宦官的後代，不過之前一直都有袁氏這個強有力的屏障擋在他與曹操之間，所以才會過得輕鬆自在。如今袁氏這堵大牆已經倒了，公孫度也應該能感到來自曹操的威脅。倘若他真是個審時度勢的人，便可以由這枚朝廷送來的印綬之中讀出曹操脅迫的意思，「如何，歸順我吧？」然而公孫度沒有讀出來。一方面是他年老，另一方面也是因為疾病影響了他的判斷力吧。不久他便病死了。

兒子公孫康繼位。朝廷封的永寧鄉侯，他讓給了自己的弟弟公孫恭。公孫康和他的父親一樣，心中總以遼東王自居，當然看不上曹操給的小小侯位。遼東一直都置身中原的諸侯混戰之外，這是一件幸事。然而袁氏這一堵牆倒了之後，遼東也不得不受到中原政局動盪的影響了。公孫度有些「井底之蛙」的味道。不過幸好他的兒子公孫康要比他稍稍明白一些天下大勢。公孫康明白，要想久居遼東王之位，就需要隨機應變，靈活應對才行。

二

袁尚盡棄輜重，變換裝束逃去了中山。他的手下慢慢也聚攏過來，然而不久之後敵人也跟來了。袁尚以為那是曹軍，但是探馬回來稟告說：「是顯思大人的軍隊，正要來攻我軍。」顯思是袁譚的字。袁氏三兄弟的字都以「顯」字開頭。袁熙字顯奕，袁尚字顯甫。「是兄長啊……」袁尚仰天歎息。

作為袁紹的幼子，他繼承了袁氏家業。然而長子袁譚並不服氣。他此刻帶了大軍討伐敗北的弟弟來了。「可悲啊……」袁尚低聲自語。大哥的執念固然可悲，為了得到袁氏家業而費盡心機的母親，現在看來也是可悲的。甚至包括自己在內，大家全都很可悲，費盡心思給他人作嫁衣裳。袁尚沒有半分戰意，他和身邊的幾個親隨悄悄逃出了中山城。他要逃去的地方，是二哥袁熙的所在故安城。

這樣一來，袁譚不費一兵一卒便取了中山，還收編了弟弟袁尚的軍隊。他為了從袁尚的手中奪回「袁氏主帥」的地位，不惜與父親的敵人曹操聯手。不過此刻收編了袁尚的人馬，他也知道曹操終究還是袁氏最大的敵人。要想抵抗曹操，該怎麼辦才好？曹操背後有荊州劉表。若是劉表有所動作，曹操也不得不提防。至少對於北面袁氏的攻擊要減弱。袁譚向劉表派去密使，「共討曹賊」，想與劉表結盟。

「賢弟以為如何？」劉表詢問客居荊州的劉備。「袁譚曾經與曹操結盟，現在又想與荊州結盟嗎？還是不要捲入這些事情為好。若是此刻相助袁譚，曹操恐怕會丟下北邊，全力攻我荊州。曹操不是喜歡兩面作戰的人。」劉備答道。「的確如此。鄴城就是前車之鑒……」劉表點頭道。

當年曹操包圍鄴城，聽說袁尚前來救援，便不理鄴城守軍，全力擊潰了袁尚。曹操確實不喜歡兩面作戰，他喜歡集中兵力、各個擊破。「倘若曹操全軍進攻荊州，那我可應付不了。還是不要捲進去吧，太傻了！」於是劉表拒絕了袁譚的請求。「雖然是拒絕，有沒有更好一點的拒絕方式？」劉表問。到底是劉表，拒絕人的時候都要找好一點的方式。從年輕時候起，他就是一個喜歡交遊的名門子弟，世人對他評價很高。凡事都要做得盡善盡美。

「這不正是景升最擅長的嗎？」劉備說。雖然這話聽起來似乎有些諷刺的味道，然而劉表卻笑道：「是啊，確實如此。」要説把事情做得恰到好處，劉表是當之無愧的高手。

於是劉表回信道：「忘先人之仇，棄親戚之好，而為萬世之戒，遺同盟之恥哉！若冀州有不弟之傲，仁君當降志辱身，以濟事為務，事定之後，使天下平其曲直，不亦為高義邪？」袁譚聯手曹操攻打自己的弟弟，如此無情的人物，當然不可能再與弟弟重歸於好，這一點劉表心知肚明。雖然知道，他還是要寫這樣一封信，顯然就是拒絕對方的提議了。

「也罷。」袁譚退至南皮，陳兵清河岸邊。在河北省滄州市的西南方，直至今天還有一個叫做南皮縣的地方。而袁譚本來駐紮在山東省北部平原，一路退到南皮，這也是相當大的撤退了。翌年建安十年（公元二〇五年）正月，席捲平原的曹操再度出兵直指南皮。因為劉表不肯出兵，袁譚知道大勢已去。

「我是名門袁氏的嫡子，就讓宦官之後曹操看看我的厲害！」袁譚已經退無可退，南皮一戰，正所謂破釜沉舟，就連曹軍也難以應付。「袁譚勢盛，我軍損失不小，暫且退兵如何……」連曹操也不禁有些畏縮，然而他的堂弟曹純反對道：「今千里蹈敵，進不能克，退必喪威；且懸

師深入，難以持久。彼勝而驕，我敗而懼，以懼敵驕，必可克也。」曹操為曹純一番話說服，親自上陣擊鼓。曹軍士卒奮勇爭先，抵死力戰。果然如曹純所言，袁譚人馬的士氣無法持久，曹軍不斷猛攻之下，袁譚軍終於疲憊，隨即徹底崩潰。主帥袁譚親自出戰，最終被曹軍斬於沙場。由此，整個冀州全都落進了曹操的手中。

這一場南皮之戰，乃是嚴冬之後的戰鬥。大河封凍，船隻不行。兵員與補給都無法由水路順利運抵。曹操只得徵用附近的居民破冰，但是許多百姓不願被徵用，紛紛逃走。曹操大怒，下令要將這些逃走的百姓抓來斬首。

南皮之戰結束後，當時逃走的百姓之中有人投到曹操的營中自首，曹操手拈鬍鬚說：「若不殺汝等，則吾號令不行；若殺汝等，吾又不忍：汝等快往山中藏避，休被我軍士擒獲。」百姓於是垂淚而去。

冀州有厚葬與世仇的風俗，曹操得了冀州之後，立即嚴禁這兩樁風俗。袁尚雖然逃去了袁熙所在的故安，袁熙的部將焦觸與張南卻又舉兵反叛。袁尚還沒有來得及在故安歇息，就不得不隨同袁熙逃出故安，向烏桓逃去。

三

烏桓也寫作烏丸。烏桓本是東胡部落聯盟中的一支，後來被匈奴趕到了烏桓山，因此得名。烏桓當時分為三個部落，丘力居統率遼西烏桓，難樓統率上谷烏桓，而蘇僕延統率的是遼東的屬國烏桓。其他還有烏延所率的右北平烏桓等，不過人數最多的還是上谷烏桓。

遼西烏桓的首領丘力居死後，其子樓班年幼，由侄兒蹋頓代理其位。這個蹋頓是個很有謀略的人物，不久之後便成了三個部落的盟主。蹋頓之所以嶄露頭角，是因為他與袁紹結盟。當時袁紹與幽州公孫瓚相爭，蹋頓向袁紹自薦，舉烏桓而助袁紹。所以冀幽之戰中，烏桓跟隨袁紹，立下了擊破公孫瓚的功勞。也因為這個原因，蹋頓掌握了烏桓族的主導權。

無論如何，擅長騎馬的烏桓族，是袁氏陣營中的重要戰鬥力。袁紹封他們的首領為「單于」，對他們使用懷柔政策。由於焦觸和張南造反，袁熙和袁尚的落腳之處，也只有烏桓了。烏桓若是接受了袁氏兄弟，就意味着與曹操為敵。袁氏兄弟要去的地方，是和袁氏關係最密的遼西烏桓。袁紹為了懷柔烏桓，曾經認部將的女兒為乾女兒，將她嫁與單于為妻。因此，對遼西烏桓來說，袁氏兄弟也算是他們的親戚。

這時候遼西烏桓的舊主丘力居的兒子樓班已經長大成人。這個部落雖然是因蹋頓的功績繁盛起來，但因為樓班成年，蹋頓便將單于之位讓給了樓班，自己在樓班手下做了一個王。只不過實權依然掌握在蹋頓手中。他當然不會把所有權力都交給剛剛成年的樓班。然而樓班卻以為，自己既然已經當上了單于，就應該行使自己應有的權力。

袁氏兄弟來投的時候，蹋頓曾說：「請趕走這兩個人，收留他們很危險。」「此乃不義之事，斷不可為。我烏桓與袁氏既有盟約，又有秦晉之好，袁氏遭難，豈可袖手旁觀？斷無趕走袁氏兄弟的道理。」年輕氣盛的樓班說。「這個小傢伙，教育不當啊……」蹋頓咬住嘴唇。

樓班的老師是漢人。由於中原動亂，有不少漢人為了尋求安定的生活來到了邊境地區。不單是烏桓，鮮卑族中也有漢人流入的現象。烏桓雖然是遊牧民族，也漸漸出現了被漢人同化的特徵。不具備自己文字的烏桓，便把教育部族後代的事情交給了漢人。烏桓本來重視騎射格鬥之技，輕視文字——文字之類，交給漢人去弄就行了。「能寫字的話多少也有些好處，好吧，那就學學吧。」他們對於漢人的教育基本上都是這樣的態度。然而漢人教師不單教給烏桓子弟讀書寫字，還教了他們仁義人倫。

烏桓的首領本來是由部族大會選舉出來的人物，並非世襲。然而不知道什麼時候就變成世襲制。這也是因為烏桓族中漢人日增的緣故吧。

「若是接納了袁氏兄弟，曹操必然出兵來討。」蹋頓說。

「曹操若來，我軍迎擊便是。」樓班挺胸說。

「曹操乃中原霸主，我烏桓恐怕不是他的對手。」

「就算不是對手，也要迎擊。此乃正義之戰。」

「正義之戰未必能勝。部族的存亡豈不應該比一個義字更加要緊？」

「非也。烏桓若是背信棄義，賣友求榮，子子孫孫都要活在羞恥之中了。」

「唉，怎麼説你才明白……」蹋頓歎氣道。

年輕氣盛的樓班已經完全按照漢人的思考方式考慮問題了。烏桓本來是遊牧民族，向來都以近乎本能的趨利避害原則行事。是否有利，本是他們行動的唯一標準。所謂「利」，自然就是能令部族長久延續下去的方法。在朔北這樣惡劣的自然環境中，這是理所當然的準則。然而年輕的首領還是捨利而取了義。

「怎麼説你才明白……」蹋頓接着道，「危險啊。」

「有些事情縱然危險也要去做。蹋頓不也做過危險的事嗎？為何我就不行？」樓班指的大約是當年蹋頓幫助袁紹攻打公孫瓚的事。然而，那件事情並不危險。在當時，蹋頓搜集了所有的情報，判斷出來：相助袁紹有利可圖。於是才隨袁紹攻打公孫瓚。然而這一次相助袁氏兄弟，對於烏桓只有不利。

「我們也要為烏桓的後代着想啊。」蹋頓説。

「是啊。為了讓烏桓的後代不被世人恥笑，我們更應該捨生取義！」樓班大聲道。聲音高亢。

「的確如此！」

「捨生取義！」

「不能貪戀小利而忘大義！不能讓後輩受世人的恥笑！」

「我等追隨單于迎擊曹操！」

「曹操算個什麼東西！」

遼西烏桓的部族大會之上，年輕的聲音此起彼伏。蹋頓只有悲傷地搖頭不語。烏桓的年輕人似乎都被漢人的倫理同化了。然而這種倫理，即使在漢人的社會之中，也只是個倫理而已，並沒有得到嚴格的遵守。不知道漢人實情的烏桓年輕人，被這種純粹的理想主義吸引，不惜為之獻身。蹋頓已經無力回天了。

四

攻下袁氏的居城鄴城之後，曹操將自己的居城也由許都遷來了鄴城。一個原因是他終究忌憚背後的劉表，能遠一點還是遠一點好。鄴城位於黃河之北，若是荊州來攻，至少要先渡黃河，不可能突然來襲。不過，更重要的理由是，袁氏居城的鄴城，要比許都大，對接下來的都市建設更為有利。

關於如何處理逃去遼西烏桓的袁氏兄弟，鄴城的曹操軍中也有激烈的爭論。「袁熙、袁尚兵敗將亡，勢窮力盡，遠投沙漠；我今引兵西擊，倘劉表乘虛襲許都，我救應不及，為禍不淺矣：請回師勿進為上。」大多數人都是這樣的意見。

然而郭嘉力主追擊：「公雖威震天下，胡恃其遠，必不設備。因其無備，卒然擊之，可破滅也。且袁紹有恩於民夷，而尚兄弟生存。今四州之民，徒以威附，德施未加，捨而南征，尚因烏丸之資，招其死主之臣，胡人一動，民夷俱應，以生蹋頓之心，成覬覦之計，恐青、冀非己之有也。」

「荊州劉表若是偷襲許都，如之奈何？」有一個武將擔心地問。

「劉表坐談之客耳，必不會兵。」

「劉表固是坐談之客，荊州還有劉備客居。大耳賊乃世之梟雄，恐怕會力勸劉表出兵。」

「縱然勸劉表出兵，劉表也必不會出兵。」郭嘉斷言道。

「這又是為何？」

「劉表自知其才不及劉備，早有畏懼劉備奪取荊州之心。若使其領兵，徒增劉備的實力；若不使其領兵而自己出征，又怕劉備趁機取了荊州。無論如何，他都不敢出兵。」

郭嘉說完，曹操掃視了一圈群臣道：「眾愛卿都說了各自的意見，議論便到此為止了吧。」群臣都安靜下來等待曹操最終的決定。然而曹操卻看了看兒子曹丕，彷彿故意岔開話題似的，「對了，丕兒，你怎麼想？」

曹操也已經年過半百了，他也到了要培養繼承人的時候了。

「玄德不會勸劉表出兵的。」曹丕答道，微微一笑。

「壞小子……」有其父必有其子，曹操心想。與劉備的密約，只有他們兩個自己知道。然而似乎總感覺曹丕也有所察覺似的。適才他的一笑也頗為詭異。「還不到二十歲，為何就如此敏銳……唔，說是敏銳，更像是冷酷得可怕啊。」曹操知道自己心中有着冷酷的一面，然而這個年輕人的心中，彷彿有着比父親更加徹底的冷酷。

「好，就這麼決定，遠征遼西。」曹操起身說道。曹軍出兵遼西還是遲了一些日子，因為之前高幹造反了。

高幹是袁紹的外甥，被封作并州刺史。當然，是袁紹封的他。鄴城陷落的兩個月之後，高幹投降了曹操。曹操還是讓他繼續去做并州刺史，然而他不久就起兵反叛了曹操。於是曹操留兒子曹丕鎮守鄴城，自己率領人馬將高幹包圍在了一處叫做壺關的地方。曹操雖然攻下了壺關，但還是讓高幹跑了。

這一次高幹逃去了匈奴的地盤。他打算向匈奴求助，再與曹操決一勝負。這時候左賢王豹已經回了匈奴。他向高幹說：「我匈奴與曹公親善，絕不叛曹。」一句話就回絕了高幹。高幹無法，只得去投南邊的荊州劉表，然而途中被上洛都尉王琰捉住斬了。

五

「父上，該挖多大才好？」曹丕問。「挖什麼？」曹操反問。「這小子！」他沒什麼話好說了。挖池子。遠征烏桓之前，曹操本想讓兒子曹丕做這件事。然而他還沒有開口，兒子便來問他池子的大小了。臉上還擺着一副完全沒必要吩咐挖池子這件事的表情。

「難道我說過？」一時之間，曹操不禁生出這樣一種錯覺。可是想來想去他都沒有對任何人提過這件事。「我怎麼不知道。」曹操回答道。他還是有點兒不高興。兒子那雙冷澈的眼睛，恐怕能夠徹底讀透人心吧。確實，曹操想在鄴城之中挖一個池子。他已經在想遠征烏桓之後的戰爭了。

荊州劉表，關於戰爭的對象，他的家臣都這樣認為，那是他們的假想敵。然而曹操卻以為不會是劉表一個人。坐談之客劉表，絕對不想一個人和曹操作戰。只不過他雖然不想作戰，曹操還是要來攻他，所以劉表必然會拚命尋找同盟。江東孫權，這個人物遲早也要與曹操決一雌雄。既然如此，還不如早些與他攜手，一同對付曹操。劉表一定會這樣想。

荊州與江東的聯軍——曹操認為，下一次的對手應該是他們。而且，戰場應該在長江一帶。也就是說，不得不打水戰。曹軍缺乏水戰經驗，此後必須要加強水戰練習。鄴城附近沒有適合水戰的演習場所，那麼就需要人工造一個出來——若是在城內挖了大池，也就可以晝夜不停操演水軍了。

「我明白了。」曹丕連操演水軍的池子需要多大都知道了。

「在哪裏為好？」曹操已經選定了地方。不過他特意問了兒子一聲，想考考他。

「玄武苑最為合適。」曹丕答道。

這正是曹操選定的地方。「你小子……」曹操丟下這一聲，轉身走了。

「呵呵……」曹丕含笑看着父親的背影消失。然後迅速轉身，走過長廊。長廊拐角的地方站着一個女子。姓甄，名洛——這個女子當年曾是袁熙的妻子，現在則是曹丕之妻。她與曹丕已經快做了一年的夫妻。

「父上似乎不是很高興。」甄氏說。

「嚯，你是在想我的事嗎？真是受寵若驚啊。」

曹丕將手搭上妻子的肩頭，想要抱起她來。甄氏掙扎着，然而再怎麼掙扎也無濟於事。二十歲的曹丕將這個比自己年長的妻子推倒在地上，由衣衫間伸進手去。

「啊……」甄氏喘息起來。曹丕的手指已經開始撫弄她的乳頭了。

「不可思議的人……」甄氏睜開眼睛，自己年輕丈夫的臉已經緊貼在一邊了。丈夫正喘着粗氣。慾火像是點燃了他的呼吸一樣——儘管如此，丈夫的眼神依然冷靜。他只有呼吸在燃燒，冷冷的眼神看上去依然可怕。

「父上不是在討伐你的前夫嗎……顯奕的性命眼看就保不住了……洛姬，你心中有什麼感覺？」曹丕冷峻的目光看透了她的內心。她彷彿感到自己的心一下子凍結起來一樣。

「洛姬渺如螻蟻。」她以輕不可聞的聲音說。這句話中包含了太多的意思。自己猶如一件物品一般被人搶來奪去，不能擁有自己的意志。相比之下，還不如躲在草叢裏逃避人類目光的螻蟻自由。

「別說悲哀的話。」曹丕笑道。這個年輕人的笑臉很奇怪，那張笑臉的正中依舊是一雙冷峻的眼睛。

「悲哀的是我還不如螻蟻……」

「別這麼說！」曹丕仿佛叫喊一般地說。他用力抱住了甄氏的身子。

「痛……」甄氏喘息着說。

「痛就忍着吧，不久我就立你為皇后。」曹丕小聲在她的耳邊說出這樣的話。立你為皇后——這就意味着他要自己當皇帝。這豈不是大逆不道的話嗎？

「不可亂說……」

「你我之間有什麼好顧慮的。心中想什麼，就對你說什麼而已。我現在說的正是我心裏的想法。」

「我怕……」

「首先我要讓父上立我為嗣……父上大約也只有立我了吧。」曹丕說。

父親曹操不管有多少僭上的言行，終究還是以獻帝為天子的。不論何時都沒有說過這般大逆不道的話。然而，他的兒子曹丕想的卻是將後漢王朝取而代之的事。建立一個新時代。他的野心比父親更大。

曹丕一隻手托住甄氏的後背，另一隻手開始揉弄她的乳房。沉重的喘息不知何時消失了。甄氏有些不可思議地望向丈夫的臉。「有人在看。」曹丕輕聲說。他的唇邊透出一絲冷笑。「真的……」甄氏吃了一驚。相比於現在這副尷尬的模樣被人看到，她更擔心丈夫剛剛大逆不道的言語被人聽到。

「已經逃走了……剛才一直都在偷偷看我們。」

「太丟人了……」

「是偷看的傢伙丟人吧。」

「可是，你不是說了些那樣的話……」

「不用擔心。那傢伙絕對不會把那種事情告訴別人。」

「你知道是誰？」

「曹植啊。」

「啊，曹植大人……」

曹丕的同胞弟弟曹植，今年剛剛十五歲。

曹操的二十多個孩子當中，若說繼承人的話，首選就是曹丕和曹植。雖然是兄弟，也是競爭者。「這樣說來……」甄氏雖然從未對別人提起過，但她確實常常感到曹植望向自己的眼神非常熱切。「說不定這個人知道……曹植大人在看我們……難道說，他是故意讓他看的……」甄氏重重喘息起來。

六

遼西烏桓的居城是柳城。烏桓與鮮卑都是東胡部落，與匈奴等蒙古族人相比，他們要更加適應定居生活。而且隨着逃難來的漢人逐漸增多，他們的定居性也在逐漸增強。慢慢地他們就住到了四周有城牆的柳城裏。《漢書．地理志》的遼西郡十四縣中，就已經有柳城縣的名字了。聽說曹操要出兵的消息，柳城之中圍繞是否出城作戰的問題，意見出現了分歧。

「我烏桓向來是在山野作戰，從未有過守城的經歷。應該出城迎擊。」蹋頓如此主張。

關於是否應該保護袁氏兄弟的問題，漢人倫理佔了上風。然而到了作戰的時候，那又另當別論了。烏桓對於漢人的「文」雖然推崇，但說到「武」，他們可不會順從漢人的方式。戰於山野，這是他們民族的驕傲。

後漢初年，烏桓曾經擊破過以勇猛著稱的匈奴人。後漢安帝（公元一〇七年—一二四年）時期，烏桓也曾聯合鮮卑、匈奴，侵佔過漢朝的代郡、上谷、涿郡、五原等地。那時候漢朝命何熙為帥出兵討伐。在這一場動用了禁軍的遠征之中，連匈奴都投降了漢朝，然而烏桓卻沒有歸順，遠遁去了塞外。這個故事至今都在烏桓族人中傳揚。說到人倫，當以漢人為準；然而戰爭還是要從祖法——這是烏桓一般的思考方式。

「戰事都交給蹋頓吧。」年輕的單于樓班說。

「正是！」

「擊破公孫瓚的就是蹋頓。他也會打敗曹操的吧。」

「出戰，出戰！」

部族大會將戰事有關的一切全權委託給了蹋頓。「全權委託給我？」蹋頓追問了一句。「不錯。戰事上連我都聽從你的指令。全權委託於你。」樓班說。

「好，舉我烏桓全軍之力迎擊曹操。我聽說曹操好像沒有留下什麼人馬防備荊州，差不多也是全軍來攻我烏桓。我們也不必留人守城了，能戰者一個不剩全都出戰，如何？」蹋頓的這番話引來熱烈的歡呼。

「兵貴神速，即刻準備，儘早出兵。」有關戰事，眾人全都認可他的獨裁。只要是他的命令，沒有一個人違背。烏桓族人全都樂於按他的命令行事。遼西烏桓之所以有今日的強盛，可以說都是因為蹋頓領導有方。

聯結袁紹擊破公孫，他對天下的政局都有極大的影響。而且，上一任單于之子年幼之時他就盡心輔佐，等到幼子長成，他又心甘情願讓出了大權。人人都說蹋頓是個偉大的人物。跟隨着他不會有錯，大家都很放心。身負遼西烏桓全員的信任，蹋頓開始了戰事的準備。

「奇怪，如此進兵好嗎？」有過戰爭經驗的人，心中也有這樣的疑惑。出戰固然不錯，然而離城未免太遠了。不過人人都還是信任蹋頓。「蹋頓心中大約有什麼妙計吧。」大家都這麼想。這一戰蹋頓極為重視探馬的情報。他利用漢人的農夫探聽曹軍的進軍路線。沿大淩河岸有一處名叫白狼山的地方，這裏雖然也叫白鹿山，不過山勢險峻，相比於鹿，還是叫狼更適合。遼西烏桓的人馬就朝着白狼山前進。

蹋頓領軍一路疾行，再不休息，士卒都要疲憊不堪了。終於有人向蹋頓進言。然而蹋頓卻搖頭道：「這並非演習，而是真的戰爭，迫不得已。」依然領着人馬繼續疾行。接近白狼山的時候，他又下令，「散開。」烏桓擅長使槍，對集結作戰很有經驗，不習慣分散作戰。他們常年以集團方式進行遊牧生活，整個民族的性格也偏向了密集型。身邊若是沒有族人陪伴就會心中不安，當然也難以發揮出自己的實力。

「蹋頓大人到底在想什麼……」幕僚都有些不解。「居高臨下便不會敗，」蹋頓說，「登山。」大家本來都以為是要繞過白狼山，然而主帥卻下令登山。多為騎兵的烏桓人馬，對於山嶽戰並不擅長。但是主帥有令，他們也只有登山。「要在高處佈陣吧。」幕僚們覺得有點兒理解蹋頓的意思了。

看來是要登上山去等待曹軍，然後由山上一鼓作氣衝殺下來。「原來如此，難怪蹋頓大人要觀察敵軍的動向。」幕僚們對主帥的指揮心悅誠服。因為山上幾乎沒有現成的道路，只有分散開來爬山才快，讓人馬散開的命令也可以這樣解釋吧。

七

「山頂似乎有人……」戰場經驗豐富的將校向蹋頓說道，臉色都有些變了。之所以強行登上白狼山，本是為了居高臨下攻擊敵軍。斜坡對己方來說將會是強有力的友軍，由斜坡上衝殺下來的那股氣勢，具有超出想像的力量。山頂有人——倘若那是曹軍，烏桓軍如此辛苦爭取的「高地」之利，豈不是白白落在敵人的手中。

「不會吧……」蹋頓仰望山頂，輕輕歎道。

「雖說不會，但若真有，可就糟糕了……還是先觀望一番如何？」那個將校說。一直都在緊盯曹軍動向的蹋頓，居然會在如此重要的時刻弄錯了敵軍的位置，非但如此，而且敵人竟然就在自己正在攀登的山頂上，烏桓軍沒有人相信會有這種事情。

只有一個人，知道整個事情的來龍去脈，便是蹋頓自己。他清楚地知道，曹軍就在山上。烏桓軍人馬疲憊，氣喘吁吁地沿白狼山的斜坡而上。而且還解散了拿手的密集陣勢，分散開來向上攀登。

烏桓軍的幕僚正在說着「不會吧」的時候，曹操也正由山頂向下張望。「難以置信……」他也不禁低聲自語道。蹋頓密切探查曹軍位置的事，曹操自己也知道。「如此緊密的探查之下，我軍根本無從隱藏行跡。」曹軍是在知道自己的動向俱為烏桓所知的前提下行軍的。登上白狼山的時候，曹操也認為烏桓軍當然知道這件事。山頂上視野開闊，易於作戰。他是為了慢慢商討攻擊之法，才登的白狼山。既然知道曹軍在山上，烏桓軍應該不會靠近才對。然而烏桓軍卻眼看着來到了白狼山的山腳下。而且都是急行軍，全軍都沒什麼精神。不僅如此，他們還解散了拿手的密集陣勢，分散開來開始登山。

「對付糧草不濟的遠征軍，守城戰術最為上策。次善之策則是在城池附近迎擊。可是為何烏桓人馬選了最下之策？離柳城如此之遠，又要登敵軍所在的山……」這真是無法相信的事。不過，對於曹操而言，這當然是他歡迎之至的事態。如此行動簡直就是專門向曹軍送死來的一般，之所以無法相信，是因為這一切太過順利了。

「敵軍是有什麼詭計嗎？」曹操之所以遲遲不下總攻的將令，只是為了確認這一點而已。曾經在柳城住過的某個給曹軍引路的漢人，眺望烏桓的人馬，小聲說：「那個騎白馬、戴紅纓的是蹋頓。」

「什麼，蹋頓在最前面？」對曹操來說，這又是一件難以置信的事。若是一般的將帥也就罷了，居然連身經百戰的蹋頓都會出此下策，實在是無法想像。可是，無法想像的事情卻活生生出現在眼前。曹操慢慢抬起手，然後在頭上左右搖了搖，這是總攻的號令。

這個時候，蹋頓在白馬上閉起了眼睛——他一直在等待山頂上響起喊殺聲。「我沒有錯，這是拯救烏桓的唯一辦法……」離開柳城、來到白狼山的這一路上，他作了無數次的自問自答，此刻又開始了，恐怕這也是最後的一次了吧。從接納袁氏兄弟開始，烏桓的危機便開始了。蹋頓驅逐袁氏兄弟的主張，被「仁義」之論壓倒，沒有得到採納。他被委以全權，是戰爭開始之後的事。比起眼前的勝負，他考慮的更是烏桓的生存之道。

蹋頓知道，曹操在父親被殺之後，曾經在徐州屠城。這樣一種慘無人道的屠殺，曹操恐怕還會再來。如果下一次的對象變成烏桓，那整個部族都要滅亡了。他之所以不選有利的守城戰術，正是這個原因。守城也許有利於一時。然而綜合考慮下來，柳城絕不可能永遠擋住曹操的大軍，只是延長敗北的時間而已。圍城之時，柳城之內餓死的人也會不計其數吧。到了城池陷落之時，曹操若是又要屠城，遼西烏桓便無法再存續下去了。蹋頓率領烏桓的所有兵力，盡力遠離柳城。柳城之中再無一兵一卒。既然已經沒有了戰力，守城當然也就不可能了。

「要讓曹操認可我這敗戰之善。」這一次的出戰，蹋頓想的就是這個。若是讓曹軍費盡氣力才能取勝，對方弄不好就會勃然大怒，以屠城來出胸中惡氣。相比之下，還是讓他們輕輕鬆鬆勝了為好。這是拯救烏桓的唯一一種、也是最為有效的方法。蹋頓睜開眼睛，身邊是年輕的單于樓班。他向樓班道，「哪怕到了萬一之時，也不可退去柳城。」

「萬一之時？」

「戰爭之際，當然要想到所有可能，退兵當然也是一種。」

「哦，這個我知道，可是為何不能退回柳城？」樓班問。

「逃往襄平去求公孫康。把公孫家也拉進來對付曹操吧。」

蹋頓說着，臉上顯出微笑。

他的話音未落，山上就湧起了震天動地的喊殺聲。

曹軍的總攻開始了——

八

烏桓軍開始逃了。一開始勝負便已分明。烏桓軍是在最惡劣的狀態下，與佔據天時地利的對手作戰。可以說一轉眼就決定了勝負。曹軍的先鋒是張遼。他是雁門人士，在匈奴邊境長大，熟知塞外民族。起初他跟隨呂布，後來歸順了曹操。即使在曹軍中，他也是屈指可數的猛將。

曹操將軍旗給了張遼。張遼一馬當先，揮舞軍旗由山路衝殺下去。「那個騎白馬的人便是敵軍的主帥！」

「取蹋頓！」先鋒軍喊殺着衝將下來。烏桓軍紛紛潰敗，然而那個騎白馬的人卻沒有要逃的模樣。他在馬上微微探身，拔出寶劍舉過頭頂。

張遼向着蹋頓猛衝過去。他是由山上衝殺下來的，勢頭極猛。張遼手中的長槍直刺蹋頓的前胸。蹋頓的身子由馬上摔落，掉在山路上，滾進草叢之中。

「退兵！退兵！」

「不是柳城！去襄平！」

「逃去襄平！」

「去投公孫氏！」

蹋頓的耳中聽到如此呼喊的烏桓語，終於失去了意識。被抬到曹操面前的時候，蹋頓雖然還有微弱的脈搏，但終究沒有恢復神志。

「好生看護此人。」曹操說。蹋頓終於還是在曹操面前停止了呼吸。

「真讓人大開眼界。」

「今日一戰乃是首功啊。」

諸將紛紛稱讚討取蹋頓的張遼。曹操也誇讚道：「文遠做得漂亮。」

然而，曹操心中卻在揣測死去蹋頓的心思。他似乎有些明白這個烏桓英雄的想法。烏桓接納袁氏兄弟的時候，曹操想：「渾蛋！到底是蠻族，什麼都不懂，不知道自己做的事情會招來什麼結果。」然後他又下定決心：「蕩平遼西烏桓，讓天下看看，與我曹操為敵是個什麼下場！」然而此時的他也知道了，遼西烏桓也有能人。恐怕蹋頓就是因為自己要驅逐袁氏兄弟的提議沒有得到年輕單于的採納，才選擇了次善之策吧。敗戰之善，蹋頓想的就是這個。

守城固然悲慘，即使出戰，若是戰力相當，也會是一場血戰。若是自戰端開啟之時便已經勝負分明，敗的一方便不會再有戰意，必然要引兵逃遁。烏桓是馬上的部族，逃亡起來當然比曹軍要快。曹操的中原騎兵怎麼也是追趕不上的。蹋頓的苦心，就是要從一開始就能分出勝負的狀態。將自家人馬放在最為不利的條件之下，將天時地利全都讓給敵軍。他之所以如此熱切地探聽敵軍位置，為的真是這個目的。白狼山之戰，曹軍雖然大勝，然而烏桓軍的死傷卻出人意料的少。

「逃起來還真快！」曹軍士卒紛紛惋惜地說。若是全軍聞風而逃，曹操說不定又要震怒。還是給他一個適當的收穫為好。「——就把我的屍體送給曹操吧。」蹋頓一定是這樣想的。曹操盯着蹋頓的臉看了許久。他似乎覺得眼前這個已死之人又張開了口對自己說：「請放過遼西烏桓吧。膽敢阻擋將軍的蠢貨，已經送來了自己的首級……」

「知道了……知道了……」曹操不禁回答道。

「主公知道了什麼？」聽到此話的幕僚，不禁用怪異的眼神望向曹操。

「啊，沒什麼，」曹操說完，又加了一句，「厚葬此人吧。」

「袁氏兄弟與烏桓人馬逃去了襄平，即刻準備進軍襄平嗎？」兵不血刃進了柳城之後，幕僚如此問。曹操答道：「不必。」

「為何？」

「襄平的公孫度雖是井底之蛙，然而此人已經死了。其子公孫康，沒有他父親那麼蠢，很快就會送袁氏兄弟的首級來給我。」曹操笑着說。

果然，幾天之後，由襄平公孫康處送來了袁熙、袁尚以及樓班單于等人的首級。

曾經稱霸華北的名門袁氏，至此徹底滅亡了。遼西烏桓所屬的二十萬人歸降了曹操。以上層人士的幾顆首級，換來了烏桓一族的存續。

作者曰：

據史書記載，白狼山之戰是八月的事。曹軍回到河北省易水，則已經是十一月的事了。當然，這裏說的都是陰曆，東北一帶早已天寒地凍了。「時寒且旱，二百里無複水，軍又乏食，殺馬數千匹以為糧，鑿地入三十餘丈乃得水。」根據史書中的記載來看，確實是一場艱難的行軍。

關於是否討伐烏桓，贊成與反對者兼而有之。曹操採納了贊成一論。然而回兵之後，他招來反對者：「孤前行乘危以徼幸，雖得之，天所佐也。故不可以為常。諸君之諫，萬安之計，是以相賞，後勿難言之。」厚賞了這些人。

曹操巧妙操縱部下的手段，由這個故事也能窺見端倪。

喜得軍師

一

黃鶴西樓月，長江萬里情。
春風三十度，空憶武昌城。

五百多年後的唐代詩人李白吟誦的長江，歷經歲月的流逝悠悠而來，引發人們心中的遙遠回憶，也就是那詩中所述的「萬里情」。

五斗米道的教母少容，聽説長江岸邊新建了一座浮屠祠，便帶着陳潛南下而去。那座寺院修建在沙羨縣。沙羨，位於漢水流入長江口處的南岸，也就是今天的武昌。「多了許多寺院啊……」陳潛感歎道。不過説是感歎，其實歎服的成分更多一些。如今，各地的外來佛教寺院都在急劇增加。

「這也是要考慮的事啊。」少容説。

「已經考慮了二十多年了。」陳潛已經四十多歲了。少容雖然看上去還很年輕，其實也已經年過六十了。她的頭髮都已變得一片雪白，然而臉上卻依然圓潤光澤。

「還早着呢……二十年是不夠的。」少容抬頭望着浮屠祠說。

這個時代的佛寺基本上都是以塔為中心。

「義舍建在哪裏？」陳潛問。

所謂義舍，指的是免費提供住宿的地方。也就是收容難民，為他們提供衣服和食物的福利設施。

「江對岸怎麼樣？」少容說。

在中國，只說「河」的時候，指的是黃河；只說「江」的時候，指的是長江。

佛寺也是一種福利設施。因為佛教在長江南岸建了佛寺，道教就去北岸建義舍吧。

武昌的對岸是漢口，當時被稱為夏口。發源於陝西省丐縣的漢水注入到這裏。漢水接近長江的那部分，在那時候被稱為夏水。所以此地取名為夏口，意思就是說夏水流入長江的入水口。今天的漢口這個地名，其實也是漢水入江口的意思。這一帶是孫權與劉表兩人的勢力交錯之處。當然兩股勢力多少都有些摩擦，也因為這個緣故，確實很有必要建立收容難民的地方。

夏口駐紮着劉表的部將黃祖。黃祖是個老將。十七年前，他曾奉劉表的命令與孫權的父親孫堅作戰，導致孫堅在峴山中箭身亡。孫權也正因此憎恨黃祖，把他看成是殺父仇人。所以孫權常常出兵進犯夏口。不過因為是邊境地區的局部戰爭，所以老將黃祖還頑強堅守。他手下有水盜出身的蘇飛和陳就這樣的猛將。

在牢牢地佔據江東一帶的孫權陣營之中，流行的是「西進論」。孫權若想向西擴展，就必定要和荊州的劉表發生衝突，而且劉表陣營中的先鋒正是殺父仇人黃祖。復仇之劍已經等了十七年。孫權作好了充分的準備。雖然他去年也曾派兵攻打黃祖，不過很快就撤兵回去了。因為孫權的母親吳氏去世了。

「那小子死了母親，咱們總算可以休息一下了。可是過不了多久那小子還會再來的吧，真是麻煩。」黃祖說着，朗聲大笑起來。少容與陳潛拜見黃祖，向他請求建立義舍的時候，黃祖張着缺牙的大嘴，一邊搔着自己的頭，一邊哈哈大笑地說：「這個腦袋，還不可能給那個小子呀。」黃祖的笑聲雖然豪放，然而少容與陳潛都從中聽出一些力不從心的感覺，不由得面面相覷。「天下形勢如何？」黃祖問兩個人。

佛教和道教的傳教者雲遊各地，所以會知道很多事情。人人都想從他們那裏探聽各種消息。尤其是那些想要奪取天下的諸侯，更是熱衷於與他們交流。少容無論去哪裏都能受到優待，正是因為她能提供非常珍貴的信息。

「曹公從遼西凱旋之後，在鄴城的玄武苑挖了一個大池，操演水軍。」少容告訴他最重要的一條消息。「曹操要行水戰？」黃祖抽動着鼻子，又放聲大笑起來。這一回他的笑半晌不絕。陳潛都能看到他的喉嚨了。

「果然還是二流人物……」陳潛心中暗想。若是換作曹操或者劉備聽說此事，一定會刨根問底、仔細追問。「太可笑了，太可笑了……還有什麼更可笑的事情嗎？」黃祖終於止住了笑，如此問道。

「其他也沒什麼了。」少容答道，施了一禮。雖然還有其他重要的情報，然而這一位似乎是一個不值得相告的。還是早些告辭，儘快着手建設義舍才是明智的選擇。

「黃將軍的首級，不會在他的肩上長太久了吧……」回去的路上，陳潛這樣說道。

「他與天下形勢無緣呢……不要說天下，連自己家中的事都不知道……」少容一邊走，一邊環顧左右。

她正在物色建立義舍的地方。亂世百姓為了找一個心靈的寄託，連外來的佛教都能接納，然而生於本土、紮根於這片土地的道教，卻不是十分興旺。這到底是因為什麼原因？漢末的道教大致分為「太平道」和「五斗米道」這兩支。前者極具政治性與攻擊性，一度引發黃巾之亂，最終被朝廷鎮壓。在巴蜀一帶發展的則是後者，或許是因為遠離政治中心的緣故，對於政治保持着一定的距離，得以生存到現在。少容作為五斗米道的教母，吸收了佛教的做法，開始將精力投入到建設義舍的工作之中。

「戰事將近啊。」陳潛佛然道。他長年遊歷於各地，十分了解天下大勢。可與官渡之戰相比的大戰迫在眉睫。而且戰場必定就在這附近。這一點他非常清楚。「要快快建立義舍啊。」少容低聲說。說是義舍，其實並非建一座房子如此簡單。還需要收集糧食、購買衣料，儲藏在義舍之中才行。其中當然也包括如何避免這些物資被人掠走的對策。兩個人沉默下來，步履沉重地走在這座夏口城中……這是建安十三年（公元二〇八年）入春不久的事。越過長江吹來的風還讓人感到微微的涼意。

二

連自己家中的事都不知道。少容這樣評價黃祖。在黃祖所屬的劉表陣營之中，確實發生了很大的變化。第一，客居荊州的劉備，請來了諸葛孔明做軍師。第二，劉表的身體每況愈下。這兩件事情都有極大影響。劉備的手下，雖然多有關羽、張飛、趙雲這樣的猛將，但卻沒有一個像樣的謀臣。

劉備屢次更換主公。自黃巾之亂舉兵至今已經有二十四年了，他還是未能成為盟主。劉備現在的盟主是劉表，之前則是袁紹，再之前乃是呂布。呂布之前，劉備又是投靠的陶謙。從最初投靠的公孫瓚算起，現在的劉表已是第五位了。「四十七歲了還在客居人下，真是可悲啊……」這是劉備心中的感歎。

表面上看他是有過五位盟主，若是再加上他秘密的盟主曹操，就是有過六位主公了。他之所以一直不能獨當一面，其原因清清楚楚——沒有謀臣。曹操身邊聚集着荀彧、賈詡、郭嘉等智謀之士，多不勝數。孫權的營中也有像周瑜、魯肅這樣足智多謀的將領。然而劉備一直都沒有謀士，這麼多年裏，從來都是他親自率領全軍東征西戰。關羽也好、張飛也罷，只是等待着他的命令而已。只要有了劉備的命令，他們就會奮勇作戰，可是他們卻不會對作戰獻計獻策。劉備只能一個人琢磨作戰之策，沒有一個可以商談的對象。對劉備來說，這是個很大的負擔。

「只要有謀臣……」這句話在他心裏不知道重複了多少次。劉備求賢若渴，幾乎到了常人無法想像的地步。他客居荊州的最大目的是想奪取劉表的地盤，然而哪怕是為了達到這個目的，他也需要一位謀士。在荊州寄居的這七年時間裏，劉備相對來說還算比較空閒。他的主要任務就是尋找軍師。就像現在的大企業到大學裏尋求人才一樣，劉備也想在荊州的學堂裏尋找軍師的候補者。在荊州講學的司馬徽是位遠近知名的人物，他的門下聚集了眾多的英才。

劉備屢次帶着禮物登門拜訪司馬徽，每次臨別時都會問：「先生門下可有智謀之士？」

「智謀之士？我這裏的都是一些年輕人，還沒有什麼人中龍鳳……對了，臥龍、鳳雛倒是有……」司馬先生這樣回答道。

龍得雲而登天，登天之龍才是真正的龍；沒有登天的，當然也就是伏龍。至於鳳雛，指的則是鳳凰的幼雛。「是什麼樣的青年？」劉備問道。「唔……據我所知，諸葛孔明乃是臥龍，龐士元則是鳳雛。」司馬徽當時如此答道。

「臥龍與鳳雛，有什麼不同？」

「鳳雛的成長還要花費一些時日，而臥龍只要得了雲便可以即刻登天。」

「是嗎……」劉備點頭道。

諸葛孔明似乎是一個可以馬上發揮作用的人物。只要得到了雲。也就是說，只要有可以善用他的人。「就讓我來做雲吧……」劉備立刻前去見諸葛孔明。那時候諸葛孔明還住在隆中，這個地方距離荊州的州都襄陽約有十幾里。但是諸葛孔明並不想見劉備。他認為自己生而為男，志在天下，這是他心中的渴望。正因為如此，他不能將自己隨隨便便賤賣給他人。

赤壁之戰前群雄割據圖

公孫康
曹操
孫權
劉表
劉備
韓遂
馬騰
張魯
劉璋
鄴
許
長安
荊州
吳
漢中
益州

其實，劉備並非是在司馬徽那裏第一次聽到諸葛孔明這個名字。有一個名叫徐庶的人，與他往來甚密。徐庶就曾經對他說過：「吾友諸葛孔明，才能勝吾十倍。」另外，五斗米道的少容也曾經說過：「隆中的諸葛孔明，是個很有趣的年輕人。」司馬徽的話，算是一個總結。劉備本想故意弄些手段，讓他親自來求見。這樣一來，自己作為他的主公，也就更容易使用他。然而諸葛孔明若是名聲越來越響亮，不知道什麼時候就會被別人搶走了。

天下畢竟還有像曹操那種熱衷於籠絡人才的人。所以，劉備親自出馬。雖然第一次的求見遭到了拒絕，第二次他還是去了。第二次又被拒絕，劉備又去拜訪第三次。這一次劉備終於見到了諸葛亮。這就是歷史上赫赫有名的三顧茅廬。就這樣，諸葛孔明成了劉備的軍師。

這一對君臣不分晝夜、廢寢忘食地談論天下大事，讓關羽和張飛二人心中頗為不快。二十年來，他們與劉備既有君臣之分，又有兄弟之誼，可是劉備現在卻只對這個新來的諸葛孔明感興趣。

「那個黃口小兒有什麼能耐？」

「淨耍嘴皮子，連仗都沒打過，能懂什麼！」

「大哥不會被那小子的花言巧語迷惑吧？」

關羽和張飛相互抱怨着。他們的不滿溢於言表，這兩個人都不是那種能夠掩飾自己感情的人。劉備也注意到了他們二人的不滿，招來他們語重心長地解釋道：「孤之有孔明，猶魚之有水也。魚離水不得生。願諸君解之。」劉備這樣一說，關羽和張飛也進一步體會到，迄今為止軍中沒有謀士的難處。他們更加理解了劉備的心情。「我等再不復言。」兩個人說。

劉備客居劉表之下，雌伏七年之久。此時既然得了諸葛孔明，可以說是有了真正翻身做主的機會。然而雖然與之同在一個陣營，黃祖這樣的人物，卻絲毫沒有意識到事情的嚴重性。

三

「準備兩個裝首級的桶。」孫權說。

「又要出戰了……」部下們從孫權的話裏聽出這樣的意思。「要裝誰的首級？」幕僚們問。

「黃祖和蘇飛的首級。」

「明白了。」

「其實如今已經晚了。母親在世的時候，我本想讓她親眼看到黃祖的首級，真是遺憾啊……」孫權咬着嘴唇說。父母死時，孩子要服喪三年，這是儒家的教誨。在此期間，不可以處理俗務之事，戰爭當然更是禁止之列。不過這只是理論，現實中不可能實行。漢朝時候，從漢文帝（公元前一七九年—前一五七年）時起，就已經把服喪定為三十六天了。

服喪期已經過了。江東的碧眼兒孫權，為了慰藉母親的在天之靈，決定討伐黃祖。

「命呂蒙為前鋒，董襲、淩統為副將協助呂蒙。甘寧是這一次討伐黃祖的軍師。」孫權下令道。起用甘寧，讓人們十分意外。甘寧出生於四川，曾經在成都追隨過劉焉。劉焉死後，甘寧因其子劉璋氣量狹小，頗為失望，於是亡命於荊州。但荊州的劉表也不是他所期待的人，所以又棄了劉表要投孫權。不過在投孫權的途中，他被黃祖的部下蘇飛挽留在夏口，逗留了三年的時間。起用新人做軍師，雖然讓人覺得十分意外，但對於夏口的情況，確實沒有人比甘寧了解得更加詳細。對孫權來說，起用在黃祖軍營中三年之久的人作為討伐黃祖的軍師，也是再自然不過的事情。

建安十三年春，孫權的艦隊逆江而上。黃祖接到急報，立即派人將蒙衝開到漢水的入江口防守。蒙衝，也叫艨艟，是一種巨大的戰船。船體上蒙着厚厚的牛皮，可以抵擋弓箭。它的船體細長，船頭尖尖突起，以此來衝擊敵船。排列在漢水入口處的蒙衝，將繫在船頭和船尾粗繩上的巨石作為錨扔進水中，變成了紮根於水上的要塞。數千士卒在蒙衝上排成人牆，拉開弓箭，向孫權的軍隊射去如雨的箭矢。

要攻入江夏郡的夏口城，無論如何都必須越過這座水上要塞。然而話雖如此，實際上眼下就連接近要塞都很困難。於是孫權軍選拔了一百名敢死隊員，身披兩層鎧甲，乘坐大舸駛向蒙衝。蒙衝上的士兵於是集中精力射向載着敢死隊員的大舸。（註：長江附近，稱大型船隻為舸，小型船隻為艖。）

「砍斷繩索！只要砍斷繩索！不用管別的！」敢死隊長董襲大聲呼喝。只要蒙衝船群不動，孫權的艦隊就不能通行。不過只要切斷了船錨，不管多大的巨艦都會被水流沖走。所以敢死隊的作用就是要砍斷繫在船頭船尾的粗繩。他們只要集中精力做好這件事就可以，不必顧及其他。百名敢死隊員損失了大半，最後終於爬上了蒙衝，然後又一根一根逐一砍斷了所有繫在船頭和船尾的粗繩。

巨大的蒙衝船群失去了船錨，終於開始隨着水流慢慢移動。水上要塞逐漸暴露出巨大的缺口。「衝！用力划！」孫權的船隊終於進入了漢水。

黃祖任命手下的部將陳就率領兵船進行防守。然而水戰之時孫權的人馬佔據絕對的上風。他們都是在江邊長大的，都是熟悉水性的漢子。黃祖的水軍眨眼之間就被殺得大敗。主將陳就的首級也被砍了下來。孫權軍兵分兩路，由水陸兩側追擊敗退的黃祖軍，一直殺到夏口城。如此一來，夏口的命運便已經決定了。黃祖雖然棄城而逃，但孫權的人馬由後面追了上來，騎兵部將馮則一刀砍下了他的首級。

夏口城周圍橫屍遍野，血流成河。孫權軍打掃戰場之時，只是收拾了己方的戰死者，卻把剩下的屍體留在戰場上置之不理。取勝的孫權軍本來就沒有多少戰死者，四周剩下的都是戰敗的黃祖軍的屍體。

終於，戰場上出現了一些身穿白衣的人，他們開始默默地收拾屍體。五斗米道的人。這些人當中還夾雜着一些穿黑衣的人，他們也在默默打掃戰場。這些黑衣人是浮屠教眾。

五斗米道的義舍裏擠滿了難民。在其中一個角落裏，陳潛低聲道：「死亡啊……」

「是啊……直面死亡……」少容也重重點了點頭。

道教重視現世的利益，對於死後的事情不甚關心。特別是對死亡本身，幾乎沒有給出任何解釋。這是他們與浮屠教義最大的不同。

「我還是不能理解浮屠教義，把死亡當做解脫……這只是飾美而已吧……死亡這個東西，太醜陋了……」

陳潛深深吸了一口屍臭。

四

臥病在牀之後，劉表已經完全失去了鬥志。就算在年輕健康的時候，他對於奪取天下也並不是那麼積極。他很喜歡社交，或許在他心中，一直認為和天下群雄的鬥爭，只不過是彼此打打交道的程度罷了。在這十幾年的時間裏，雖然因為別人的背叛而戰鬥過，但他自己卻從未出賣過別人。曹操在和袁氏爭鬥的時候，他本可以由背後偷襲曹操，但他卻不想這樣做。

「我怎可做那樣的事。」這句話是他的口頭禪。他十分看重自己的形象，不願意去做這些卑鄙之事。髒手之事，交給他人去做就可以了。代替他幹那種事的，是他的妻弟蔡瑁和外甥張允。或者說，劉表陣營的實權實際掌握在這兩個人的手中。不論什麼事情，他們都會忠心耿耿地完成。雖然不是第一等的人物，但在荊州卻非常有勢力。

也是因為劉表消極的態度，當時的荊州戰事比其他地方要少許多。因此各地的人也紛紛聚集而來，譬如諸葛孔明這樣優秀的人物也不少，可以說是人才濟濟。然而儘管如此，這些人卻並沒有出仕劉表，出仕的也並沒有得到重用。這就是所謂劣幣驅逐良幣。

劉表五年前喪妻，現在的蔡氏是後妻。新嫁入的蔡氏，想在劉家儘早建立自己的勢力圈。因此她將蔡氏一族引入了劉家。弟弟蔡瑁就是其中的代表。

劉表有兩個兒子。劉琦與劉琮。哥哥劉琦已經成婚，於是蔡氏就讓弟弟劉琮與自己的侄女成親。看到父親因病不斷衰弱，長子劉琦坐立不安。父親萬一有什麼三長兩短，與繼母蔡氏有關聯的這一群人就會控制整個荊州。不但如此，他們一定會選擇弟弟劉琮作為荊州之主。「單單如此倒也罷了……」劉琦擔心自己會被當做礙事的人物而殺掉。

某一天，劉琦和諸葛孔明二人一起登上荊州州都襄陽的高樓。這是公子劉琦邀請的諸葛孔明。走到最上面的一層後，劉琦抽走了樓梯，問道：「今日上不至天，下不至地，言出子口，入於吾耳，可以言示？」

「君不見申生在內而危，重耳在外而安乎？」諸葛孔明回答說。這說的是春秋時代，晉獻公十二年（公元前六六五年）的事。晉獻公有申生、重耳兩個兒子，但他本人卻十分寵愛驪姬。驪姬生了孩子以後，想讓自己的孩子繼位。於是她策劃各種陰謀，結果申生被逼無奈，只好自殺。重耳出逃，在諸國之間亡命十九年之後，終於回到了晉國，成為一國之君。春秋五霸之一的晉文公，正是這位重耳。

「明白了……不過，我要去哪裏才好？」劉琦聽了孔明的勸言，知道繼續在襄陽待下去非常危險，應該出逃。

「少主若是有意，不妨接任江夏太守。」

「哦，對了……」劉表勢力範圍內的江夏郡太守本來是黃祖，但是黃祖不久前被孫權的手下殺了。劉表還沒有任命新的太守。於是，劉琦立即申請擔任江夏郡的太守，得到了劉表的應允之後，立刻離開了襄陽。

「曹操人馬的腳步聲漸漸近了吧……」諸葛孔明回到府邸。他和劉備兩個人又開始討論起天下大事。中原有曹操，江東有孫權，中國現在被南北兩大勢力分為兩段。兩雄不能並立。孫曹之爭將會使天下荒蕪，慘不忍睹。

「兩條腿的椅子是站不住的。除非有第三條腿，才能稍稍安定一些。為了天下萬民，主公也要做這第三條腿。」孔明總是如此對劉備說。劉表缺乏霸氣，最終無法成為第三條腿。而陝西的韓遂、馬騰等人，或是益州地方的劉璋也都過於弱小。即使是坐擁漢中、以五斗米道為背景的少容之子張魯，力量也依然不夠。但是有一點，如果只在荊州，那這第三條腿也有些短。只有吞併益州、掌握了巴蜀富足之地，才能擁有差不多的長度吧。

「奪取劉表的荊州，吞併劉璋的益州。」這是孔明的主張。「這和我想的計劃有點兒不一樣。」劉備心想。他想唆使劉表與孫權作戰，當兩人都疲憊不堪之時，自己再領兵出戰，那時便可以一舉取而代之。

曹操對劉備的期望也正是想讓他消滅劉表與孫權。到了那時，天下只剩下曹操與劉備雙雄的對決。他們之間的秘密同盟，應該會一直持續到那個時候。孔明考慮的是天下三分之計。劉備考慮的是天下二分之計。從統一天下這個最終的目標來看，與三分相比，還是二分更接近目標。劉備想的是成為天下之主，而諸葛孔明則更看重世上百姓的安居樂業。這就是他們的不同。

「孔明是個好軍師，不過他不知道我的本心。當然也沒有讓他知道的必要。我與曹操的密約，還是不告訴他為好。」劉備這樣決定。

「嚯，曹操要出兵了嗎？」他順着孔明的話道。

「曹操改變了朝廷結構。」

「啊，是說他廢除三公的事吧。」

東漢的政治一直是由司徒、司空、太尉這三公來管理的。可以說這也是一種合議制。這是為了防止權力集中於一人之手的措施。但也正因為如此，導致了中央的指揮能力很弱。征討烏桓、由遼西凱旋之後，曹操便廢除了三公合議制，恢復了西漢的丞相制度。權力集中到丞相一人手中，便可以發揮出很強的指揮能力。對於需要當機立斷的戰爭年代，這種體制自然非常有利。

看到曹操廢除三公合議制，諸葛孔明便知道曹操將要發動戰爭了。「曹操已經做好了戰爭的準備。」孔明說道，「是啊……」劉備微微笑了笑。為了防止荊州偷襲曹操的背後，要讓劉表與孫權陷入戰爭的泥潭，這是曹操所期望的結果。這一份期望終於要實現了，劉備想。夏口黃祖的戰敗，正是一個序幕。「我要讓雙雄沉入泥潭之中……」劉備終於開始有了自信。

曹操也對這個結果期待已久了，劉備確信。「我聽說曹操在玄武苑挖了一個大池，一心操演水軍。」孔明靜靜地說。「練兵自然不能懈怠。曹操這是在為戰事做準備吧。」劉備抬眼望天說。荊州劉表與江東孫權，相比之下還是前者的力量薄弱。為了讓他們陷入戰爭的泥潭，就需要牽制孫權，不能讓他使出全部力量。操演水軍，大約就是意味着曹操將要由背後襲擊孫權吧，這是劉備的理解。

「主公太樂觀了。」孔明說。

「此言何意？」

「曹操已經不再需要主公的相助了。既然沒了用處，他必然毫不猶豫地丟棄。迄今為止，曹操一直都是這麼做的。」

「什麼……」劉備啞口無言。此刻諸葛孔明的語氣，似乎是已經知道了他與曹操秘密結盟的事。

「奇怪嗎，主公？孔明的這雙眼睛可不是白長的。」孔明笑道。

「你說的沒了用處，指的是……」

「劉表的勢力已經有了衰頹的徵兆。使荊州劉表與江東孫權鷸蚌相爭，坐收漁翁之利，此事已經沒有什麼希望了。」

「唔……荊州的衰敗已經到了如此程度？」

「長子劉琦已經去了江夏，荊州內部的爭鬥如何激烈，明眼人已是一目了然。對曹操來說，荊州已經如同不復存在一般。他迫不及待地想要佔領這片土地，趁勢消滅孫權。到了那時候，可就沒有主公出場的機會了。恐怕孫權到時也會不戰而降。如此一來，曹操的霸業便成了吧。」孔明的語氣逐漸帶上了熱情。

「那，那該如何是好？」

「要讓孫權出戰，不能讓他降曹。為此，便要使荊州與江東結盟，共同對抗曹操。對於孫權而言，單靠他自己的力量，無法與曹軍抗衡。不過若是有了荊州的協助，他應該就會有些戰意了。」

「碧眼兒會同意嗎？」

「孫權的眼力不如曹操，不會知道荊州已經衰弱不堪了。」

「可是，病榻之上的景升，會同意與碧眼兒結盟嗎？哎呀，不是景升，而是握有實權的蔡氏一族？」劉備猶豫道。

荊吳邊境紛爭不斷。今年春天剛剛在夏口發生了衝突，荊州大敗，失去了老將黃祖。戰火餘燼未散，結盟的事能順利進行嗎？

「這件事情就交給我吧。孫權營中之事，孔明了如指掌。」諸葛亮說。

「哦，對了……」劉備點了點頭。孔明的胞兄諸葛瑾，在孫權的手下為官。因此，諸葛亮有着可靠的消息渠道。

五

曹操果然出兵南征了。張遼、于禁、樂進諸將，領兵南下。這些將領之中，雖然多多少少有些缺點，但哪一個都是一時豪傑。樂進身材短小，但是精力十分旺盛，從一開始就跟隨曹操南征北戰。而張遼過去曾是呂布的手下，于禁則是鮑信的幕僚。因為出身各不相同，所以性格也有不合的地方。

曹操隨軍派了一個名叫趙儼的人，他就相當於人際關係當中的潤滑油。這種分配方式，正是曹操用人的高明之處。在某種程度上將這些相互排斥的將領聚集到一起，以引發他們的競爭之心。同時，為了不使這種競爭過火，又給他們派去了調停的高手。這真是讓人讚歎的人事安排。

南下的人馬在當年七月出發。然而曹軍還未到荊州，便聽說劉表病死了。長子劉琦本在江夏出任太守，當他得知父親病危的消息時，曾經回過襄陽，但蔡瑁卻說：「治理江夏責任重大，若是知道少主人擅離職守，臥病在牀的父親恐怕會很生氣。不要惹怒少主人的父親，這才是盡孝之道。」就這樣又把他打發回來了。

曹操的南征軍逼近荊州，失去劉表的群臣聚集起來商議對策。劉備作為客將，很長一段時間裏一直駐紮在新野，後來受劉表的邀請，移駐樊城。樊城距離襄陽很近，他是想讓劉備的軍隊在州都的正前方抵禦曹操的人馬。

然而劉表死後，襄陽的重臣會議卻沒有邀請劉備。是因為如此重要的問題，不能有外人參與吧。荊州的重臣蒯越、傅巽等人主張向曹操投降。

「曹操擁戴天子。我軍若與之為敵，恐怕會被指為叛賊。」他們雖然舉出這種理由，但實際上他們自己心中也清楚，荊州現在的狀態根本無法和曹操作戰，根本沒有戰勝的希望。之所以沒有邀請劉備參加會議，是因為他也是討論的對象。

「劉備能對抗曹操嗎？」大家需要議論這個問題。像這樣的事情，在本人面前當然不便於討論。「劉備沒有那個實力。他若是能抵敵曹軍，為何還要客居荊州？想要依靠他就錯了。就算劉備幫我們擋住了曹軍，他會把自己守住的荊州還給我們嗎？無論如何，我們都保不住荊州。既然要失，不如順天子之命，拱手讓給曹操為好。」滔滔不絕說這一番話的，是一個名叫王粲的人。這個人個頭不高，臉上滿是皺紋。

看重外表的劉表沒有重用王粲。其實王粲文采斐然，是後來的「建安七子」之一。他的曾祖父曾經做過太尉、祖父做過司空（副首相），所以他也可以說是名門之後，僅僅因為容貌醜陋而不受重用。劉表放棄這樣一個有才能的人，難成大器也是可想而知的事。王粲的話，可以說是這一場討論的結論。

誰都認可他的說法。王粲起草了給曹操的降表。雖說是降表，卻也是一篇威嚴莊重的文章，連曹操看了都大加讚賞。「唔，荊州也有了不起的人物啊。這一篇降表寫得真是漂亮，來讀讀看。」曹操把降表交給身邊的二兒子曹植。曹操與他的兩個兒子都有詩人氣質。

「確實了不起。」讀了一遍之後，曹植也感歎道。這時候剛剛十七歲的曹植還不知道，今後自己與這位寫降表的人物之間的應和詩文，將會受到後世文學愛好者怎樣的大力推崇。

襄陽決定投降的事情，客居樊城的劉備渾然不知。今天的襄樊市，包含了當年襄陽與樊城兩個地區。這兩個地方的相距之近由此可見一斑。然而距離雖近，卻依然沒有人請劉備參會，甚至連會議的決定都沒有傳達給他。這其中當然也有原因，因為在荊州，人們都知道劉備是主戰派。為了將荊州劉表與江東孫權拖入戰爭的泥潭，劉備總是在各種場合提出應該戰鬥的主張。

曹操來攻的時候，這樣的人物當然也會主張抵抗到底的吧。劉備雖然是客居荊州，然而他到底還是豫州刺史，說話頗有分量。這個人物的意見若是干擾到了難得作出的決定，就不太好辦了。無論如何，劉備終究是個外人，又沒有通知他來開會，還不如繼續隱瞞下去——荊州的重臣這樣打算。

當樊城的劉備得知荊州投降曹操一事的時候，曹操的南征軍已經由宛城出發了。宛城就是今天的河南省南陽市。由此南下，便是劉備當初以客將身份駐紮的新野。過了新野，就到了今天河南與湖北的省界了。亡故劉表的次子劉琮作為代表，將荊州的降表送到曹操軍中的時候，南征軍剛剛佔領了新野。「心高志潔，智深慮廣……」曹操盛讚劉琮，接受了他的歸降。

六

「曹軍到了新野，我軍不得不逃了。暫且先逃到江陵吧。」劉備如此決定。

「逃往江陵自然不錯，不過曹操也知道主公會去江陵的吧。」諸葛孔明說。

地處長江沿岸的江陵，是荊州最大的糧食和武器庫。一旦荊州有難，便能由州都襄陽迅速退至此地，再在此處憑藉長江天險與敵人周旋。曹操當然也知道此事，他應該會搶在劉備逃去江陵之前追趕上他加以圍剿的吧。若是讓劉備逃入江陵，也就不好輕易收拾掉他了。

「新野離樊城一百五十多里。要去南面的江陵，樊城當然比新野快。」劉備說道。當時的一百五十里大概相當於現在的六十公里。

「曹操軍中有輕裝的騎兵，他們的行動相當迅速。」孔明搖頭說。

「我們也輕裝逃亡。」

「不行。」孔明依舊搖頭。

「為何？」

「就算逃到江陵，主公以為就能擋得住曹操的大軍嗎？」

「所以不是才打算與那碧眼兒聯盟嗎？這件事情不是拜託給先生了麼？」

「孫權還沒有決定是否與我們聯盟。他也在觀望形勢。孫權營中，既有主降的張昭，也有主戰的魯肅。孫權似乎也猶豫不決。倘若我軍一路逃去江陵，孫權會作何想？說不定他會相信旁人所言——曹操勢大，果然還是不能與荊州聯盟，投降曹操才是上策。」

「是嗎……」

「荊州新主劉琮降曹的事，不久後就會傳到孫權的耳朵裏。雖然如此，也要讓孫權知道，投降的是以劉琮為首的他身邊那一伙主降派，並非舉州盡降。」

「啊呀，由襄陽來的消息看，沒有人提出反對，好像是舉州盡降啊。」

「就算事實如此，我們也不能讓孫權這樣認為。」

「孫權的細作應該也在襄陽，這些人看到曹操兵不血刃佔領荊州，一定會向孫權報告。」

「不能讓那些細作看到無人反抗。」

「說是不能，可他們都長了自己的眼睛，不是能看到嗎？」

「主公還不明白嗎，」孔明微微一笑，「主公不妨領兵去襄陽鬧他一場。雖然這會延緩逃跑的進度，然而長遠來看，還是對主公頗為有利啊。」

「唔，是嗎……我明白了。是要讓細作看到，荊州之降，引起了州中騷亂。」

到底是劉備，理解能力很強。在得到諸葛孔明之前，總是由他自己出謀劃策，所以他也知道一些謀略的機巧。劉備領軍由樊城朝着沉浸在和平氣氛中的襄陽進發。劉備軍中殺氣騰騰。領先的騎兵之中，許多人的長槍上都戳着剛砍下來的血淋淋的人頭。這種殺氣當然是孔明弄出來的東西。槍上戳的首級都是些犯了大罪而被處以極刑的人。然而騎兵卻都對着槍上的首級痛罵道：「敢言降曹者便是如此下場！」

劉備自己身披大紅鎧甲，在荊州牧官邸的門前大聲叫道：「我有話要和公子講！投降曹賊可是當真？為何不與我劉備商量？我想聽聽公子的本意！是被奸臣讒言所惑嗎？」

襄陽確實是主和派佔據上風，但是也有人主張抵抗。只是因為人數太少，所以在會議上他們也不得不保持沉默。這些人心中都有不滿，現在聽到了劉備的呼喊，都欣然衝到外面，參與到劉備的軍中。

諸葛孔明叫來張飛，對他說：「翼德請盡情大鬧襄陽。」張飛最喜歡大鬧。他晃了晃他的鋼髯，大叫了一聲：「看我的吧！」隨後狠狠踹了一下馬肚，飛奔而去。

孔明轉向關羽說：「有件最要緊的事，要請雲長去做。」

「最要緊的事？」

「不錯。曹操雖然曾在鄴城玄武苑挖池操演水軍，然而如今他沿陸路南下，斷無攜帶船隻同行的道理，必然要在此地徵調船隻。雲長請去徵調襄陽附近的所有船隻，乘兵南下，一艘也別給曹操留下。」

「我明白了。」關羽點了點頭。

這時候，劉備還守在荊州牧官邸的大門前叫喊着：「公子，請到門前來，請向玄德解釋一下！玄德也有話要與公子說！」公子劉琮還不滿二十歲。

「（劉備）駐馬呼劉琮，劉琮懼而不能起。」史書上如此記載。劉備便是如此引發了襄陽城的大亂。對於壟斷荊州的蔡氏一族心中不滿的人，也有許多武裝起來加入劉備的軍中。張飛策馬飛奔，一連打破了許多蔡氏一族與投降一派的重臣府門，又在這些人的府邸周圍放火。張飛的身後還跟着幾千名騎兵。

至少由這一場面看來，荊州不單有主戰和主降兩派，而且似乎是主戰派佔了上風。孫權派往荊州的細作，大概也不會只向孫權送去「荊州舉州而降」的消息了吧。城中的百姓也以為馬上就要發生戰爭了，紛紛收拾金銀細軟，開始做逃難的準備。

諸葛亮勸誘這些難民，讓他們跟隨劉備的人馬同行，又帶了許多襄陽城中的輜重。「這些人太礙事了吧？」趙雲有些不滿地說，不過孔明並未理睬他。

「我軍暫且退出襄陽，去投江陵。到那裏重整旗鼓，討伐曹賊！」劉備如此昭告全軍。離開襄陽之前，劉備特意來到劉表的墓前參拜，痛哭流涕。此舉打動了劉表舊部的心，由這一場參拜，追隨劉備的人更多了。

七

跟隨劉備南逃的人多達十餘萬，裝載輜重的車輛也有數千輛之多。而且這十餘萬人幾乎都是難民，士卒的人數並沒有多少。

「日行十餘里。」史書上如此記載。當時的一里相當於四百多米，所以也就意味着一天只能行走五公里左右。這個速度對承受身後有曹操的大軍追擊的情況來說，不得不說是相當緩慢。

張飛和趙雲多次進諫說：「宜速行保江陵，今雖擁大眾，被甲者少，若曹公兵至，何以拒之？」然而劉備不聽，含淚道，「夫濟大事必以人為本，今人歸吾，吾何忍棄去！」諸葛孔明在背後也頻頻點頭。

這時候曹操已經兵不血刃地進了襄陽城。他聽說劉備已經逃往江陵，抱起胳膊想：「與大耳賊的密約，也該就此結束了吧……」接着他又聽說，還有十餘萬難民和數千輛輜重車隨同劉備南下，這一次曹操不禁起了疑心。劉備到底有什麼詭計？「據說有個名叫諸葛孔明的曠世之才，專為劉備出謀劃策。」有人如此稟告。

「是嗎……大耳賊劉備得了軍師啊……」曹操陷入了沉思。他很想知道那個叫諸葛孔明的軍師現在想的是什麼。無論如何，不能讓劉備進入江陵。對遠征荊州的曹軍來說，江陵的輜重糧草正是他們亟需的東西。

「好，追擊劉備！不過更要緊的還是江陵。要完好無損地拿下江陵。為此也要趕在半路上擊潰劉備。劉備身邊跟着那麼多累贅的百姓，速度快不到哪裏去。急追！」曹操挑選了五千精銳騎兵，全部是輕裝。

「一日一夜行三百餘里。」史書上如此記載。以日夜兼程百餘公里的速度追擊。

曹操的輕騎兵從襄陽朝南一路追擊，途中自然並沒有遇到什麼抵抗。這條路線與一千七百四十年之後的一九四九年二月中國人民解放軍追擊國民黨軍的路線一樣。國民黨將領宋希濂指揮的軍隊，在一個叫做荊門的地方被解放軍追上，旋即被殲滅。劉備的部隊也是在差不多同樣的地方被曹軍追上了。

被追上的地方名叫當陽，在荊門稍稍往南的地方。跟隨劉備的百姓當然驚慌不安，四處而逃。這是十餘萬的數目。諸葛孔明之所以要帶着他們，就是為了在這種時候起到迷惑對方的作用。遭遇地點則是當陽東面一個叫做長阪坡的地方。

「請向漢水逃。漢水上自有關羽接應主公，他應該已經備好船了。」孔明向劉備說。

「嗯，明白了！」劉備笑了。

果然還是要有一個軍師才行啊。劉備深刻體會到了孔明存在的價值。就算這一次敗走，孔明也對敗走的速度給出了指示。

「若不快逃……」雖然也有人頗為不滿，但孔明還是仔細計算出會合關羽水軍的地點，再由計算結果來調整敗逃的速度。而且，劉備軍敗走的時候還抽空臨時建了一座叫長阪橋的橋。橋下的河水既深且急。劉備的人馬過橋之後，孔明便向張飛說：「翼德，斷了此橋，莫讓敵軍過河追擊。」

「得令！」不過，這之後恐怕不會再有如此順利……

「劉備得的這個軍師諸葛孔明，看來非同小可啊。」曹操心中暗想。在當陽長阪坡遭遇劉備軍之後，曹操終於開始隱約明白了一點這位年輕軍師的意圖。帶着十幾萬被一般人視作累贅的百姓，其目的恐怕還不僅僅是為了在遭遇敵軍的時候起一個煙幕的作用。

「有如此眾多的百姓跟隨，可見荊州降曹的不過寥寥而已。」劉備是在帶着如此活生生的證據行軍。他是要讓誰來看這個證據？沿途的每個人都在看着，而且，還會將這件事四處傳揚……

「對了，是要傳到孫權的耳朵裏……」曹操恍然大悟。劉備離開襄陽的時候，公開宣稱他是要向江陵進軍，然而軍師諸葛亮從一開始就沒有打算去江陵。他們繞道漢水，沿江南下，是想靠近孫權的陣營吧。襄陽城裏一艘船也沒有留下，全都被關羽徵調走了。恐怕關羽現在正在長阪坡東面的漢水邊上帶着數百船隻等待劉備諸人吧。

「不要再追了！」曹操之所以下了這道命令，是因為他已經明白了孔明的意圖。再追下去也沒有什麼用了。無論如何，他的手中沒有船。「到了江陵便要立刻調集船隻。」曹操心中暗想。「孫權與劉備恐怕會結為同盟……至少，那個名叫諸葛亮的年輕人，一定會努力實現這個目標的吧。」

「進兵江陵！」曹操向全軍下令。一個可怕的軍師投去了劉備那裏，曹操心想，今後自己必須得萬分小心才行。然而諸葛孔明卻比曹操所想像的更具謀略。他以春秋時代的故事說服劉表的長子劉琦離開襄陽出任江夏太守，這其實也是他整個謀略中的一環。

就像前任黃祖一樣，江夏太守是邊境的最高官職。黃祖與孫權交戰而死，江夏人馬也折損大半，新任太守當然要補充兵力，所以會帶着軍隊上任。劉琦便帶了數萬人馬去江夏。黃祖在夏口被孫權擊破，所以夏口就落到了孫權的手裏。因此新上任的劉琦沒有去夏口，而是駐紮在漢水流域。

劉備軍在漢口不單與關羽的船隊會合，還順便將劉琦麾下的數萬名荊州兵收入了帳下。這便是實力。這股實力，也是要讓孫權看到的東西。

在漢水的船上，諸葛亮展開地圖，向劉備說道：「我軍由此兵分水陸兩路，沿漢水出長江。此時孫權的大營乃是在柴桑，前哨則是在夏口……孫劉兩家若是能夠結成同盟，對抗曹操的主陣地便應該是夏口了吧。對此，曹操一定也會在江陵徵調兵船，把江陵作為自己的大營。」

「水戰嗎？」劉備探了探身子。

「在長江之上的作戰。曹操在上游，我們孫劉兩家的聯軍在下游。決戰便會在江陵與夏口之間進行。」

「唔，這樣的話……」劉備的手指在地圖上沿着長江移動。

「哦，是在這一帶吧。」

「烏林，還有赤壁。」

「我熟知那一帶的地理，不過開戰之前還是再去探查一番吧。」諸葛孔明說。

「唔，就算因為這個原因，我們也要與孫權聯盟啊……」劉備放眼望向漢水河岸。漢水東岸煙塵滾滾，那是公子劉琦率領着數萬名荊州兵馬在前進。

「幹吧！」劉備像個年輕人似的叫道。他雖然已經過了四十五歲，卻也終於找到了自己的舞台。

曹操聽憑劉備逃去漢水，自己率領大軍向江陵前進。到了江陵之後，頒佈了一系列人事命令。他任命歸降的劉琮為青州刺史，那是袁紹長子袁譚曾經就任的要職。勸說劉琮歸降的蒯越、傅巽、王粲等人也都被封為列侯。

就這樣，以長江為舞台的大決戰，終於將要拉開帷幕了。

作者曰：

孫權的母親吳氏之死，在《吳志》中的記載是建安七年，但在《志林》中的記載是建安十二年。有一本殘留下來的孫權政權下的《貢舉簿》，其中少了建安十二年和十三年的記載，這可以作為一個依據。《貢舉簿》是高等文官考試的合格者名簿，若是掌權者的家中適逢大喪，考試就會暫停。建安七年和八年都有名簿，所以顯然當時並沒有大喪。

吳氏姐妹都嫁給了孫堅。建安七年去世的就算是孫堅的遺孀，也可能是孫權母親的妹妹吧。

在《三國演義》中，曹操雖然任命劉琮為青州刺史，但是後來生出許多事端，於是便派人將他殺了。然而實際上劉琮在做過青州刺史之後，又依本人的願望去了朝中為官，被拜為諫議大夫，一直好好地活着。《三國演義》可能是為了塑造曹操的惡人形象，所以故意歪曲了史實吧。